UN CASO DIFFICILE

LA SERIE LUCA MYSTERY

DAN PETROSINI

DAN PETROSINI
MYSTERY & SUSPENSE AUTHOR
www.danpetrosini.com

Disponibile in formato eBook, cartaceo e audio.

Prima edizione: 2025

ISBN Print: 978-1-960286-54-3

Naples, Florida, USA

RINGRAZIAMENTI

Un ringraziamento speciale a Julie, Stephanie e Jennifer per il loro amore e il loro sostegno, e un grazie al Sergente di Squadra Craig Perrilli per i suoi consigli sul mondo reale delle forze dell'ordine. È lui che mi fa restare con i piedi per terra.

1

Era una conversazione strana. La persona al telefono sosteneva di avere informazioni per risolvere un omicidio di venticinque anni prima. La donna identificò la vittima come la diciassettenne Debbie Boyle. Insistendo per saperne di più, diventò evasiva, dicendo che si trattava di una sorta di confessione in punto di morte di cui voleva discutere di persona. Mi annotai il suo indirizzo e riattaccai.

Mi trovavo a Naples, in Florida, da diversi anni e il nome di Debbie Boyle non mi diceva nulla. Per quanto desiderassi fare qualcosa di diverso dal dare la caccia a ladruncoli, dovevo controllare gli archivi dei casi irrisolti prima di uscire.

Il protocollo prevedeva di passare le informazioni ai detective che avevano lavorato al caso. Inserendo il nome di Debbie Boyle nel database, scommettevo che se n'erano andati da un pezzo.

Sullo schermo apparve la foto sgranata di una graziosa diciassettenne. Capelli biondo sporco lunghi fino alle spalle le incorniciavano un naso minuto e sopracciglia folte e scure. Erano tinti? La ragazza era alta un metro e sessanta per quarantotto chili. Sembrava che indossasse la maglietta di una squadra sportiva scolastica.

SOTTO L'IMMAGINE c'era un riepilogo:

Caso numero 038231 - Detective Ernest Foster

Deborah Boyle, data di nascita 19/4/1976. Corpo ritrovato al Delnor-Wiggins Pass Park la mattina del 15 maggio 1993. Ferite multiple da taglio inferte con uno strumento simile a un coltello. Trauma da corpo contundente alla nuca.

Nessuna arma ritrovata sulla scena. Il fratello della vittima, Brian Boyle, di 7 anni, era con lei ma non assistette all'aggressione.

PERSONE DI INTERESSE:

John Wheeler - Fidanzato - Con la vittima la notte dell'omicidio. Ha sostenuto di essere stato aggredito anche lui, ricevendo un colpo alla fronte che gli ha fatto perdere conoscenza. Incapace di ricordare gli eventi di quella notte.

Clem Walker - A pesca sulla spiaggia vicino a Wiggins Pass la notte dell'omicidio.

Spiro Papadakis e Diane Nielsen - Separatamente, a passeggio sulla spiaggia in zona quella notte.

Matt Boralis - Uomo di 37 anni della Contea di Lee, interrogato per adescamento di ragazze giovani nel parco.

Lew Mackay - Visto nel parco da testimoni, ma negò di essere stato lì.

.   .   .

PROVE, documenti del caso e note degli interrogatori archiviati in Registri, Sezione 3, Fila L, il 15 novembre 1996.

Strano, il rapporto era stato archiviato esattamente ventidue anni fa, oggi. Mi appoggiai allo schienale. Il detective Foster aveva accantonato il caso in meno di quattro anni. Perché? Sembrava avere una sfilza di sospetti. Secondo me, non si definisce qualcuno "persona di interesse" se è stato scagionato. Forse aveva a che fare con il modo in cui erano stati caricati i casi irrisolti quando tutto era stato messo online.

Digitai un interno al telefono.

«TIMMY, sono Luca. Puoi tirarmi fuori il fascicolo 038231? ... No, solo l'incartamento... Ottimo, scendo tra dieci minuti.»

2

UN SOTTILE STRATO DI POLVERE SCURIVA LA PARTE SUPERIORE della scatola di cartone da archivio. Sollevai il coperchio con cautela. Accolto da un odore di muffa, lo posai sul pavimento.

Erano passati venticinque anni; non si usava più la carta, a quei tempi? C'erano solo quattro fascicoli a comporre il caso, ed erano sottili. Che Timmy avesse dimenticato una scatola? Controllai l'etichetta del primo fascicolo: Deborah Boyle 19/4/76.

Un pennarello nero era stato usato per scrivere il numero del caso e per cancellare un timbro rosso che diceva *attivo*. Il fascicolo prestampato non aveva una casella per gli omicidi, che erano rari nella Contea di Collier. Qualcuno aveva spuntato la casella *altro*, scrivendo *omicidio* a penna lì accanto.

Nessuno aveva più consultato il fascicolo da quando era diventato un caso freddo. Era strano. Non era emerso nulla in venticinque anni?

Soffocando uno starnuto, aprii il primo fascicolo. Una

fototessera di Debbie Boyle era pinzata a sinistra. Era la stessa che si trovava online, ma molto più nitida.

Fissando l'adolescente, percepii una minuscola vibrazione alla base del cranio. Non mi succedeva dal mio primo caso di omicidio, quello di Barrow. All'epoca ero un novellino e mi ero lasciato intimidire fino ad arrestare qualcuno che non credevo fosse il colpevole.

Ingoiare il rospo non era stato nulla in confronto al senso di colpa che provai quando Barrow si impiccò la sua prima notte in cella. Sapevo che avrei continuato a rimpiangere di aver ignorato quell'allarme biologico per il resto della mia vita.

Non avrei commesso di nuovo quell'errore.

———

«Ciao, Frank. Cosa stai leggendo?»

«Ehi, Vargas. Ho ricevuto una strana telefonata per un caso: una ragazzina, Debbie Boyle, è stata uccisa a Wiggins Park.»

«Un omicidio a Wiggins?»

«Venticinque anni fa.»

«Oh, mi hai spaventata.»

«È successo tanto tempo fa, e non voglio gettare fango su questo tizio, Foster, che ha condotto le indagini, ma ha fatto un lavoro schifoso.»

«Di cosa parlava la telefonata?»

Cercai il blocco note. «Una donna, Betty Kennedy, ha chiamato dicendo di avere informazioni che risolverebbero l'omicidio della ragazza.»

«Chi era il responsabile delle indagini?»

«Il detective Ernest Foster.»

«Sarà in pensione.»

«Probabile. Comunque, questa donna, Kennedy, ha chiamato...»

«Era nel fascicolo?»

«No, ma non l'ho ancora letto tutto.»

«Aggiornami e poi andiamo a trovarla.»

«La Boyle era a Wiggins con suo fratello, che aveva solo sette anni, e un fidanzato di ventidue.»

«Quanti anni aveva la Boyle?»

«Diciassette.»

«E usciva con un ventiduenne?»

«Lo so, la ragazza aveva perso il padre a tre anni. Probabilmente cercava una figura paterna.»

«Una figura paterna di ventidue anni?»

«Hai capito cosa intendo.»

«Vai avanti.»

«Erano in spiaggia fino a tardi e, verso le otto, la ragazza è scomparsa.»

«Hanno tenuto un bambino di sette anni in spiaggia fino a così tardi?»

«È una domanda su cui dovremo indagare. Dunque, la Boyle scompare. Il fidanzato ha detto che era andata in bagno e, visto che ci metteva troppo, è andato a vedere cosa stesse succedendo.»

«Ha lasciato il bambino da solo?»

Annuii. «Il fidanzato ha detto di essere stato aggredito da qualcuno e colpito alla testa. Sostiene di aver perso i sensi e di non ricordare più nulla.»

«Per quanto tempo è stato svenuto?»

«Ha detto meno di un'ora. Ha detto che quando ha ripreso conoscenza è andato a cercare la sua ragazza e il fratello. Il fratello era in riva al mare a parlare con un tipo di nome Clem Walker, che stava pescando. Questo Walker ha un passato losco, un paio di arresti.»

«Cos'è successo? Hanno trovato la ragazza?»

«No, hanno detto di aver setacciato la zona ma di non averla trovata.»

«Pensi che il fidanzato sapesse dov'era?»

«Sarebbe il primo della mia lista. Comunque, un campeggiatore ha trovato il suo corpo la mattina presto. Era stata pugnalata più volte ed è morta tra le dieci di sera e mezzanotte.»

«Che ne è stato del fidanzato? Ha detto di essere stato aggredito.»

«Aveva una ferita alla fronte da corpo contundente, ma non sembrava troppo grave.»

«Pensi che se la sia procurata da solo?»

«Piuttosto comodo, non trovi? Sembra maledettamente sospetto.»

«Lo so. È svenuto abbastanza a lungo da poter dire di non sapere cosa sia successo?»

«Non ci sono ancora arrivato, ma è meglio che la sua cartella clinica confermi un colpo abbastanza forte da metterlo k.o.»

«Cosa ha detto suo fratello dell'accaduto?»

Scossi la testa. «Ho scorso un interrogatorio, e sembra che Foster stesse suggestionando il bambino. È un'altra cosa che dovremo esaminare se lo riapriamo.»

«Hai intenzione di riaprire il caso basandoti su una rapida lettura?»

«E sulla telefonata. E poi, perché no? Non abbiamo nient'altro che quella banda di ladri di borse a cui stiamo dando la caccia.»

«Hai una sensazione su questo caso, non è vero?»

Mi conosceva meglio di quanto mi conoscessi io. «C'è qualcosa qui, Vargas.»

«Va bene, andiamo a trovare la Kennedy.»

«Subito dopo aver controllato la scatola delle prove.»

L'elenco degli oggetti raccolti sulla scena del crimine era deludente. Cosa mi aspettavo? Gli oggetti della scena sembravano una lista di controllo per un picnic: una borsa frigo rossa contenente patatine e Coca-Cola, una coperta, la borsetta della vittima, capelli appartenenti alla vittima, a suo fratello e a John Wheeler, il fidanzato. C'erano un mazzo di carte, una rivista, una paletta da sabbia e un secchiello blu.

I reperti ottenuti dall'autopsia erano standard: vestiti macchiati di sangue, i gioielli della vittima, quattordici dollari in contanti e la sua patente.

Frugai tra gli oggetti imbustati nella plastica. La muffa era visibile ed estesa. Mi chiesi quando fosse avvenuto il passaggio ai sacchetti di carta e rimisi il coperchio sulla scatola.

3

C'ERANO SEI AGENTI COINVOLTI IN UN APPOSTAMENTO CHE avevamo organizzato da Saks, ai Waterside Shops. Nell'ultimo mese, una banda di ladri aveva fatto irruzione nel reparto borse per due volte, fuggendo con trentadue borse ogni volta.

A Miami era successa la stessa cosa, ed eravamo certi che si trattasse della stessa banda. Puntando solo alle borse più costose, a quattro ladri bastava meno di un minuto per arraffare otto borse di Chanel e Prada a testa. Saks subiva una perdita al dettaglio di 70.000 dollari a ogni colpo. Chi ha detto che il crimine non è scalabile?

Vargas e io ci eravamo sistemati nell'ufficio della sicurezza dei Waterside a guardare i filmati delle telecamere. Due agenti donne, vestite da commesse, pattugliavano il reparto borse. Due agenti ciondolavano vicino a ogni uscita e altri due aspettavano in auto civetta nel parcheggio, a motore acceso.

Era un gioco d'attesa e, sebbene fosse la mia operazione, ero più interessato a un omicidio di venticinque anni prima che a incastrare dei ladri di borsette. Contattai via radio il sergente di squadra che copriva l'ingresso del centro commerciale.

«Bill, sono Luca. Ho bisogno che tu gestisca la situazione dall'ufficio della sicurezza. Io e Vargas dobbiamo vedere un testimone per un'indagine di omicidio.»

———

Betty Kennedy viveva a Egret's Walk, un complesso residenziale di villette a schiera a Pelican Marsh. Adoravo la posizione del Marsh, e i suoi quattro ingressi garantivano un ottimo accesso. Avevo considerato anch'io quel posto e mi ci sarei stabilito se avessero avuto un garage per due auto.

L'appartamento della Kennedy, al secondo piano, dava su un lago dove una fontana spruzzava un enorme getto d'acqua a forma di V. Non mi erano mai piaciute le fontane nei laghi. A meno che non si dovesse coprire il rumore del traffico, erano kitsch.

La Kennedy venne ad aprire indossando jeans bianchi impeccabili, una camicetta blu royal e un sorriso. L'arredamento moderno smentiva la sua età e l'esterno tradizionale dell'unità. Aveva chiuso la veranda che dava sul lago con delle vetrate, ampliando la zona giorno. Diedi una gomitata a Vargas, indicando con il mento una fantastica finitura su una delle pareti principali. Era una cosa che mi sarebbe piaciuto fare a casa nostra.

La cucina era bianco sporco con ripiani in quarzo grigio. Ci sedemmo attorno a un tavolo fatto dello stesso materiale, il che era un'esagerazione.

La Kennedy disse: «Posso offrirvi qualcosa da bere?»

Mary Ann mi stressava perché non bevevo abbastanza, così dissi: «Un po' d'acqua andrebbe benissimo.»

«Ne prendo una anch'io.»

Aprì il frigo d'acciaio, ci porse le bottigliette e si sedette.

Vargas disse: «Grazie. Apprezziamo che si sia fatta avanti con queste informazioni.»

«Devo essere onesta, quando mia sorella me l'ha detto, sono rimasta sbigottita. Non sapevo cosa fare.»

Vargas disse: «Ha preso la decisione giusta.»

Dissi: «Sua sorella? Perché non ci racconta quello che sa, signora Kennedy?»

La Kennedy si stropicciò una manica e disse: «Mia sorella Cheryl è morta due settimane fa. Aveva una brutta cirrosi epatica. Non era dovuta all'alcol o cose del genere. In qualche modo ha contratto un'epatite virale. Hanno detto che potrebbe essere stata causata da un ago quando era stata ricoverata in ospedale dopo un incidente d'auto vent'anni fa.» Socchiuse gli occhi. «Ma quell'uomo che ha sposato, io penso che andasse a prostitute e l'abbia portata a Cheryl.»

Dissi: «Qual è il nome completo di sua sorella?»

«Cheryl Mackay.»

Mackay? Ero abbastanza sicuro che fosse una delle persone vicine alla scena del crimine.

Annotando il nome, Vargas disse: «Prego, continui.»

«Cheryl stava molto male. È stato terribile; moriva un po' ogni giorno. Era così triste.»

La Kennedy chinò il capo e Vargas le diede una pacca sulla mano.

«Due giorni prima di morire, era in assistenza domiciliare ed era molto debole. Le stavo costantemente accanto. Sentivo che voleva dirmi qualcosa. Cercavo di continuare a parlarle di quando eravamo bambine, sa, per distrarla.»

Dissi: «Cosa le ha detto riguardo all'omicidio Boyle?»

«Ha detto che era stato suo marito, Lew. Che aveva mentito per proteggerlo.»

«Mentito su cosa?»

«Dopo che era successo, le cronache riportavano che Lew era stato visto in zona. Era un sospettato e venne interrogato. Ma Cheryl disse che lui era con lei quando avvenne l'omicidio, così lo lasciarono andare.»

«Sua sorella ha mentito sul suo alibi?»

«Sì. Ha detto che si era sentita in colpa per tutti questi anni per aver mentito.»

«Come è saltato fuori l'argomento dell'omicidio di Debbie Boyle?»

«Sapeva che se ne stava andando e voleva mettersi in pace con Dio. Chiamai Padre Ahearn per la sua confessione. Dopo che se ne fu andato, mi disse che c'era qualcosa che doveva togliersi dalla coscienza, e fu allora che me lo raccontò. Mi creda, rimasi scioccata. Glielo chiesi di nuovo il giorno dopo per esserne sicura, e mi disse che aveva mentito per aiutare Lew. Mi creda, Lew non mi è mai piaciuto, ma non pensavo che avrebbe mai fatto una cosa come uccidere quella povera ragazza.»

«Cosa può dirci di Lew, suo marito?»

La Kennedy arricciò il naso come se avesse sentito l'odore di pesce andato a male. «Era al di sotto di lei. È un uomo rozzo. Non ha mai trattato bene Cheryl.»

«Che lavoro fa?»

«Lavora per il sistema dei parchi della contea.»

Vargas disse: «È mai stato violento?»

«Non l'ho visto molto finché lei non si è ammalata. Mi ha fatto dei commenti molto inappropriati.»

«Può condividere cosa le ha detto?»

«No, ma le dirò che erano allusivi e volgari.»

«Tradiva sua sorella?»

«Sì.»

«Ne è sicura?»

«Assolutamente. Cheryl mi parlò di una delle sue scappatelle e io le dissi che avrebbe dovuto lasciarlo. Non voleva, e avemmo una grossa discussione al riguardo. Mi creda, le dissi che era una stupida a restare con lui. Dopo quello, non disse più nulla sul fatto che lui fosse infedele. Secondo me, lo stava proteggendo, non voleva dirmelo.»

«Gli piacevano le donne più giovani?»

La Kennedy fece un sorrisetto. «Mi mostri un uomo a cui non piacciano.»

Dissi: «Lew Mackay aveva precedenti con ragazze molto giovani, adolescenti?»

«Non saprei dirlo. Immagino che tenesse una cosa del genere segreta.»

«Lo ha mai visto fissare una ragazza più giovane? O essere troppo amichevole? Qualcosa che all'epoca poteva sembrare innocuo?»

Serrò le labbra e scosse lentamente la testa. «Davvero non saprei dire.»

Vargas disse: «Non si preoccupi». Le porse un biglietto da visita. «Ci pensi su e ci chiami se si ricorda qualcos'altro.»

Salimmo sulla nostra Jeep Grand Cherokee e ci dirigemmo da Lew Mackay.

«Se incastriamo Mackay per questa storia, Chester dovrebbe darci un ufficio con vista sul Golfo.»

«Non fare ancora le valigie, Frank. L'unica cosa che abbiamo è una confessione in punto di morte riferita da altri. Non abbiamo uno straccio di prova.»

«Se teniamo la testa bassa e lavoriamo sodo, le prove le troveremo.»

«È una storia di venticinque anni fa, con prove e ricordi vecchi di venticinque anni.»

«So che questo rende le cose più difficili, ma sai una cosa? In tutti i miei anni di servizio, sia nel Jersey che qui, non ho mai avuto un caso che si sia arenato.»

«Perché ho la sensazione che tu abbia trovato la tua prossima ossessione?»

«Non mi piace come è stato gestito il caso.»

«Come puoi dirlo? Hai iniziato a occupartene solo oggi.»

«Non so spiegarti il perché. Lo so e basta, tutto qui.»

«D'accordo, Frank. Ti seguo, ma devi promettermi che non appena inizieremo a dare la caccia ai fantasmi, ci tireremo indietro.»

«Affare fatto. Ma non dimenticare che non abbiamo altro che l'anello e la borsa.»

«Lo dirai allo sceriffo?»

«Prima sentiamo cosa ha da dire questo tizio, Mackay.»

4

«MI PIACE UN SACCO QUESTA CHEROKEE, MARY ANN. FORSE quando ti scade il leasing dovresti prenderne una.»

«Sai che non sono un tipo da SUV, Frank.»

«Ti piacerà. Stai seduta in alto, così puoi vedere tutto.»

Svoltando da Livingston, girai a destra in Delasol, una piccola comunità di villette unifamiliari dove viveva Lew Mackay. Non ci avevo mai dato un'occhiata seriamente, ma sapevo che i servizi erano limitati, il che significava spese condominiali basse e convenienti.

Mackay viveva in Vallecas Lane, in una piccola casa in stile mediterraneo che stimai sui cinquecentomila dollari.

I capelli radi, il viso di Lew Mackay aveva un'espressione tirata, come se avesse appena battuto un ginocchio. Di carnagione pallida, non sembrava passare molto tempo all'aperto, il che mi rese diffidente. Era una di quelle persone che si portano in giro l'ombrello per proteggersi dal sole? Non mi piacque, anche se non aveva ancora aperto bocca.

Mackay sbatté le palpebre mentre Vargas ci presentava e

si fece da parte. Sulla credenza nell'ingresso c'erano una pila di biglietti di condoglianze e una Bibbia bianca con una croce rossa.

Vargas disse: «Le nostre condoglianze per la sua perdita, signor Mackay».

«Grazie. Probabilmente è meglio così; Cheryl soffriva molto.»

«È sempre difficile.»

Lui sospirò. «Lo so. Sediamoci in cucina.»

Lo seguimmo in una cucina con mobili in rovere sormontati da un granito di un marrone ancora più scuro. C'era un peso sgradevole in quella cucina. Non riuscivo a capire se la pesantezza derivasse dalla morte recente o dall'orribile combinazione di colori.

Mackay tolse dal tavolo della cucina un vaso di fiori appassiti e ci accomodammo sulle sedie.

Vargas disse: «Abbiamo riaperto il caso di Deborah Boyle».

Le sopracciglia di Mackay si sollevarono. «Davvero?»

Dissi: «Sì, infatti, è stata sua moglie a far riaprire le indagini».

«Mia moglie? Cosa c'entra la morte di Cheryl con questa storia?»

«Poco prima di morire ha parlato con sua sorella, Betty Kennedy.»

«E allora? Betty veniva qui tutti i giorni.»

«Pare che sua moglie abbia ammesso di aver mentito alla polizia riguardo al suo alibi.»

«Il mio alibi?»

«Quello che ha fornito riguardo a dove si trovasse la notte in cui Debbie Boyle è stata uccisa.»

«Cosa? Che ero a casa con lei quella notte?»

«Esatto. Ha detto a sua sorella che era una bugia, e che Lei non era a casa con lei.»

Lui scrollò le spalle. «Guardate, ora che non c'è più posso dirvi la verità. Quella notte ero fuori con un'altra donna.»

Disse Vargas: «Okay, capisco perché non voleva che sua moglie lo sapesse».

«Mi sento malissimo per essere stato infedele, specialmente ora.»

Dissi: «Chi era la donna?».

«Uhm, non ricordo.»

«Non ricorda la donna con cui si trovava la notte in cui è stato accusato di omicidio? Andiamo, chi era la donna?»

«Suo marito darebbe di matto.»

«Avrebbe dovuto pensarci allora. Il nome?»

Le sue spalle si afflosciarono. «Okay, vi dirò cosa stavo facendo veramente. È stato stupido, ma un tizio che conoscevo, be', spacciava droga e aveva bisogno di qualcuno che incontrasse un fornitore giù a Wiggins. Non ho toccato la droga né niente. Ho solo consegnato i soldi.»

«Quanti soldi?»

«Non lo so. Ho solo consegnato una borsa; non era molto grande.»

«Chi era questo tizio?»

«Ah, solo un amico di un amico.»

Vargas disse: «Ci serve un nome».

«Non so nemmeno se sia ancora da queste parti. Non l'ho più visto da allora.»

Dissi: «Ha intenzione di fare il nome o no?».

«Hector Machado.»

Annotai il nome. «E qual è il suo ultimo indirizzo conosciuto?»

«Non so dove vivesse.»

«Dove lo avrebbe incontrato?»

«Al vecchio Pewter Mug, sulla quarantuno.»

«Traffico di droga. Bell'alibi nuovo che si è trovato.»

Vargas disse: «Quanto bene conosceva Debbie Boyle?».

«Io... io non la conoscevo affatto.»

«Ne è sicuro?»

«Assolutamente. Lo giuro. Non ho mai visto quella ragazza.»

«Okay, signor Mackay, per oggi basta così.»

La porta si chiuse alle nostre spalle. Dissi: «Guarda che cielo. Neanche una nuvola».

«Bella giornata. Cosa pensi di Mackay?»

Scrollando le spalle, feci dondolare le chiavi. «Vuoi guidare tu?»

Vargas guardò la Cherokee e aggrottò la fronte. «No.»

«Non sai cosa ti perdi.»

«Magari dopo.»

«Va bene, controlleremo questo Machado e vedremo se la narcotici sa se c'era qualche movimento al Pewter a quei tempi.»

———

Dopo il folle caso dell'Assassino Acquatico, le cose nella Contea di Collier erano tornate alla loro tipica tranquillità. Non riuscivo a capire perché lo sceriffo Chester sembrasse guardingo quando lo salutai.

«Si sieda, Frank.»

«Grazie per avermi ricevuto, sceriffo. Non si preoccupi, non sta succedendo niente di folle. Volevo solo farLe sapere a che cosa sto lavorando.»

Lui нe sorrise. «Bene.»

«C'è stato un omicidio, venticinque anni fa, giù al Delnor-Wiggins Park. Una ragazza era al parco con suo fratello e il suo ragazzo. Scomparve e fu trovata morta la mattina dopo.»

«Come si chiamava la vittima?»

«Deborah Boyle. Aveva appena diciassette anni.»

Chester scosse la testa. «Terribile.»

«Il caso si è raffreddato troppo in fretta, secondo me.»

«All'epoca non avevamo un gran dipartimento di crimini efferati. Chi se ne occupò?»

«Il detective Ernest Foster. Non sembrava avere molta esperienza di omicidi.»

«Vuole riaprirlo?»

«Sì, ho ricevuto una chiamata da una donna la cui sorella ha fatto una confessione in punto di morte. Aveva mentito sull'alibi di suo marito.»

«Pensa che sia stato lui?»

«Non ne sono ancora sicuro, ma posso dirLe, e ho il massimo rispetto per i miei colleghi, che questo caso non solo è stato gestito in fretta, ma anche in modo maldestro.»

«Non voglio che questo dipartimento venga screditato. Si assicuri che non trapeli una sola parola su quanto male crede che sia stato gestito il caso. Ha capito?»

«Assolutamente, signore. Voglio solo che la famiglia senta che è stata fatta giustizia.»

«Non sarebbe male. Va bene, proceda pure e lo riapra. Mi piacerebbe molto chiuderne uno vecchio.»

«Grazie, signore.»

Feci per alzarmi quando Chester disse: «Aspetti un minuto. Ho una cosa di cui vorrei discutere.»

Mi lasciai ricadere sulla sedia. «Certo. Di cosa si tratta?»

Chester appoggiò un braccio sulla scrivania. «Di Lei e della detective Vargas.»

«Oh. E cosa ci sarebbe?»

«Me lo dica Lei. Sono al corrente della vostra relazione. Non La sto giudicando. Anzi, la detective Vargas mi è simpatica e penso che siate una bella coppia.»

Borbottai un ringraziamento e Chester continuò: «Quest'ufficio ha delle regole sulle relazioni interne al dipartimento...»

«Ma abbiamo controllato, signore. Ci è stato detto che contava solo se si era sposati.»

«Sposati? Non significa più esattamente quello che significava una volta. Ci sono tutti i tipi di relazioni oggigiorno, e l'ufficio legale ritiene che l'intento della dicitura fosse quello di prevenire situazioni compromettenti.»

L'ufficio legale? Lo sceriffo stava parlando con dei maledetti avvocati della mia relazione con Mary Ann?

«Non c'è assolutamente nulla di cui preoccuparsi, signore. Ci comportiamo con il più alto livello di integrità che...»

Chester alzò una mano. «Si risparmi il discorso, Frank. Non dipende da me. Voi convivete e, in quanto tali, non potete lavorare insieme sullo stesso turno.»

«Quindi, o la mia ragazza o la mia partner?»

«È il momento perfetto per cambiare partner.» Batté le nocche sulla scrivania. «Non abbiamo un crimine importante per le mani.»

«Ma lavoriamo così bene insieme.»

«Lei ha molto da offrire, Frank. Formerà qualcuno di nuovo.»

«Quanto tempo abbiamo?»

«Non più di novanta giorni.»

5

Più ci pensavo, più mi arrabbiavo. Feci attenzione a non sbattere la porta quando entrai. La TV era accesa e nell'aria c'era odore d'aglio. Mi diressi in cucina.

Mary Ann stava guardando *WINK News* mentre mescolava una pentola sul fuoco.

«Cosa stai preparando?»

«Scarola e fagioli.»

Il mio piatto consolatorio preferito. Come diavolo faceva quella donna a sapere che ero turbato?

«Che c'è che non va, Frank?»

«Che sei, una specie di strega?»

«Vuoi dirmelo?»

«Chester ci sta separando. Ci dà novanta giorni per chiudere tutto.»

«Dovevamo aspettarcelo, Frank. Perché sei sorpreso?»

«Non sono sorpreso. Sono incazzato. Ti rendi conto che sto perdendo la mia partner per la seconda volta?»

«Calmati. È completamente diverso.» Mi avvolse con le braccia. «Io sono ancora qui. E ci sarò sempre per te.»

«Ma non ti importa?»

«Certo che mi importa, ma onestamente, è meglio così. Riusciremo a separare la nostra vita lavorativa dal resto.»

«Ma io non voglio. Mi piace lavorare con te.»

«Anche a me, Frank, ma fidati, è meglio così.»

———

DOPO CHE MARY ANN andò a dormire, presi un fascicolo e una bottiglia d'acqua e mi ritirai sulla veranda. Una grossa luna piena poggiava sulla linea degli alberi, proiettando un bagliore giallo sulla piscina. Stappai la bottiglia, pensando che con quell'atmosfera tranquilla e quella scena da cartolina avrei dovuto prepararmi un caffè.

Brian Boyle, il fratello di sette anni della vittima, era stato interrogato tre volte. La prima volta era presente sua madre e l'interrogatorio era stato condotto dal detective Foster a casa dei Boyle. Si era svolto il pomeriggio del ritrovamento del corpo e non era stato registrato. Ad assistere all'interrogatorio c'era un agente in uniforme di nome Henry Glevek. La firma di Foster appariva sotto il suo riassunto:

IL TESTIMONE, Brian Boyle, è minorenne. Ha accompagnato la sorella al Delnor-Wiggins Pass Park la notte del 14 maggio 1993. Sono andati al parco con l'auto di Wheeler. Il testimone non è sicuro dell'ora di arrivo, ma ha detto che c'era ancora luce. Il parco è aperto dall'alba fino a due ore dopo il tramonto, che era approssimativamente alle 20:07.

La madre di Brian e Debbie Boyle ha confermato di aver

partecipato a un matrimonio quella sera, un venerdì, e di aver lasciato Debbie a prendersi cura di Brian.

Il testimone afferma che era presente anche il fidanzato della vittima, John Wheeler, e che aveva con sé uno o due borsoni. Arrivati in spiaggia, la vittima ha steso una coperta e vi si sono seduti sopra. Hanno giocato a carte e mangiato dei panini che la vittima aveva portato da casa. Hanno passeggiato in riva al mare e si sono tenuti per mano.

Il testimone ha detto che c'erano altre persone che passeggiavano in riva al mare, ma non è stato in grado di identificare nessuno. Ha detto che qualcuno stava pescando dalla spiaggia, ma non è stato in grado di stimare la distanza. Messo alle strette, il testimone non poteva essere certo che si trattasse di un uomo, né che stesse effettivamente pescando.

A un certo punto, dopo il tramonto, i tre erano sdraiati sulla coperta a guardare le stelle quando sua sorella si è allontanata per andare in bagno. Non sa con certezza dove intendesse andare, ma in base al ricordo del testimone, si è diretta verso nord.

Dopo un periodo di tempo di durata imprecisata, il fidanzato si è alzato e ha detto al testimone di rimanere sulla coperta, che sarebbe andato a vedere dov'era la vittima. Dopo un lasso di tempo indeterminato, il testimone ha lasciato la coperta e ha portato con sé una delle due lanterne fino alla riva. Pensava che la coppia potesse essere andata a fare una passeggiata.

Il testimone ha incontrato Clem Walker, che sosteneva di stare pescando in quel momento. Il testimone e Walker si sono incamminati nella direzione da cui proveniva il testimone e hanno incontrato John Wheeler.

Il testimone ha detto che il signor Wheeler aveva un

livido sulla fronte, era agitato e urlava. I tre hanno cercato per un po', ma non sono riusciti a trovare sua sorella. Non era sicuro di chi avesse suggerito di chiamare la polizia.

Misi giù il rapporto. I bambini piccoli come Brian Boyle non erano in grado di valutare il passare del tempo. L'incapacità del ragazzino di determinare quando sua sorella se n'era andata e per quanto tempo lei e Wheeler fossero stati via contribuiva a rendere il mistero ancora più fitto. Ma la domanda principale che avevo riguardava la presunta ferita che Wheeler aveva subito. Aveva perso i sensi ma era stato in grado di cercare Debbie Boyle e di tornare a casa in macchina? Che cosa aveva da dire il pescatore sulla ferita?

Il secondo interrogatorio era stato condotto due giorni dopo, il diciassette maggio. Era stato condotto dal detective Foster nel suo ufficio. La madre di Brian Boyle non era presente, ma il tutto era stato registrato. Scorrendo la trascrizione, cercai il punto cruciale:

FOSTER – Quando eri seduto sulla coperta, cosa facevano tua sorella e John Wheeler?

Boyle – Giocavamo a Rubamazzetto.

Foster – Ai fidanzati piace baciarsi. Tua sorella e il suo ragazzo si baciavano?

Brian – Un po', credo.

Foster – Alle ragazze piace quando i loro ragazzi le toccano. Johnnie toccava Debbie?

Brian – Non lo so.

Foster – Pensa. Erano seduti vicini?

Brian – Sì.

Foster – Debbie ridacchiava? Le piaceva Johnnie, vero?

Brian – Sì.

Foster – Quindi, le piaceva quando Johnnie la toccava.

Brian – Sì.

Foster – Tua sorella e Johnnie stavano molto insieme, vero?

Brian – Sì.

Foster – Johnnie è un bravo ragazzo ma, come tutti, anche tua madre, a volte si arrabbiava, giusto?

Brian – A volte si arrabbiava con me.

Foster – E si arrabbiava con Debbie, giusto?

Brian – Sì.

Foster – E a volte litigavano.

Brian – A volte.

Foster – Debbie ha lasciato la coperta per allontanarsi da Johnnie?

Brian – Ha detto che doveva andare in bagno.

Foster – A volte gli adulti dicono cose che non pensano. Lo sai, vero?

Brian – Sì.

Foster: «Potrebbe essere che se ne sia andata per allontanarsi da Johnnie, giusto?»

Brian: «Suppongo.»

Foster: «Quando Debbie se n'è andata per allontanarsi da Johnnie, Johnnie l'ha seguita?»

Brian: «No.»

Foster: «È sicuro? Non potrebbe essersi distratto giocando con le carte e non averlo visto seguirla?»

Non riuscii a leggere oltre. Foster stava pilotando il ragazzino. Una cosa del genere non sarebbe passata al vaglio di un giudice, tanto meno di un avvocato difensore.

La versione di Wheeler era difficile da credere, ma Foster stava costruendo contro di lui un caso che sarebbe crollato in tribunale. Non aveva alcun senso.

Arrivato all'ultima pagina, scossi la testa. Foster non l'aveva firmato. Quel tizio cominciava a darmi sui nervi.

Il terzo interrogatorio fu la solita solfa: inutile. Se la famiglia avesse saputo quanto malamente erano state gestite le indagini, si sarebbe rivolta alla stampa o avrebbe intentato una causa. Spettava a me condurre un'indagine come si deve e assicurare l'assassino alla giustizia.

6

LA NOTIZIA CHE FOSTER NON ERA UN DETECTIVE DELLA Omicidi rafforzò la mia sensazione di essere sulla strada giusta. All'epoca le forze dell'ordine erano molto più ridotte, e l'unico detective con esperienza in omicidi si stava riprendendo da un'operazione all'anca. Per il detective Foster, che di solito si occupava di furti con scasso, il caso Boyle fu il suo primo omicidio.

Chi era lo sceriffo nel 1993? Chiunque fosse, aveva fatto un disastro. Avrebbe dovuto chiedere aiuto a un'altra contea e condurre un'indagine come si deve. Era una cosa terribile, ma ero fiducioso di poterla sistemare.

Carico all'idea di poter risolvere un caso irrisolto, mi diressi da John Wheeler, che era in cima alla mia lista dei sospettati.

Wheeler si era attenuto alla sua versione durante numerosi interrogatori. Sosteneva di essere andato a cercare Debbie Boyle venti minuti dopo che era scomparsa. Wheeler insisteva che non stessero litigando e che lei era andata in bagno.

Disse di essersi allontanato dalla loro coperta, che si trovava a circa cinquanta piedi dalla riva, attraversando una zona alberata che faceva da riparo a un'area picnic, in direzione dei bagni. Mentre si avvicinava all'edificio, sentì un rumore e, quando si voltò, fu colpito da qualcosa e crollò a terra.

Dichiarò che, quando riprese conoscenza, andò a cercare Brian, che era con Clem Walker. Poi andarono a cercare Debbie, e trascorsero mezz'ora prima che Wheeler insistesse per coinvolgere la polizia.

———

SE WHEELER ERA STATO AGGREDITO, ed era un grosso "se", mi chiesi se Clem Walker avesse avuto il tempo di attaccare sia la Boyle che Wheeler e di tornare in spiaggia. Chissà, magari voleva fare fuori anche il ragazzino.

———

ERA UNA GIORNATA PERFETTA, con umidità zero e un sole caldo e splendente. Eravamo a metà novembre e non vedevo l'ora di godermi almeno sei mesi di tempo incredibile. Lasciai gli occhiali da sole sul cruscotto e mi avviai verso la porta della casa a un piano di Wheeler.

Wheeler viveva a Vasari, un complesso residenziale che prendeva il nome dall'artista italiano Giorgio Vasari. Si trovava a Bonita Springs, al confine con Naples. Era un bel quartiere, ma era una comunità con servizi inclusi, il che significava che si pagava per il golf, che ci si giocasse o no. Perché la gente che non giocava mai a golf viveva in quel tipo di complessi?

La sua casa in stile mediterraneo era beige scuro, come tutte le altre, il che introduceva un editto di uniformità nel regno della noia. Avvicinandomi alla porta, sentii qualcuno che si esercitava con la tromba. Spostai una fronda di palma con un calcio e suonai il campanello.

John Wheeler venne ad aprire con in mano una lattina di root beer. Aveva i capelli neri, bagnati e pettinati all'indietro. Sembrava molto più giovane dei suoi quarantasette anni.

«Signor Wheeler? Sono il detective Frank Luca».

«Piacere di conoscerla».

Ci stringemmo la mano. La sua era massiccia e ruvida come carta vetrata. Lo inquadrai come un idraulico.

Nell'area giorno, che conduceva a una piccola piscina protetta da una zanzariera, c'erano una manciata di camioncini giocattolo. Il giardino confinava con una riserva dall'aspetto trasandato. Da un corridoio proveniva una voce femminile che cercava di convincere un bambino a fare il bagno.

Seguii Wheeler attraverso le porte scorrevoli aperte fino a un tavolo in fibra di vetro. Lo scroscio della spa copriva gran parte degli stridii del suonatore di tromba.

«Bel posto che ha qui».

«Grazie, l'abbiamo comprata bene, circa cinque anni fa, prima che le cose si rimettessero in moto».

«Che lavoro fa?».

«Sono un elettricista».

Quasi. «Riesce a giocare molto a golf?».

«Mia moglie sì. Io ci vado forse due volte al mese. Lei gioca?».

«Non ancora. Forse uno di questi giorni inizierò».

Rise. «Le conviene armarsi di pazienza. Può essere frustrante».

«È quello che mi frena dal provare». Tirai fuori il mio Moleskine. «Volevo farle qualche domanda sulla notte in cui Debbie Boyle fu assassinata».

Wheeler si accigliò e si appoggiò al tavolo. «È passato molto tempo, ma per certi aspetti sembra ieri».

Mi servì la risposta perfetta su un piatto d'argento. «Recentemente è arrivata una chiamata e abbiamo riaperto il caso». Wheeler non batté ciglio alla notizia, ma la mia richiesta di vederlo lo aveva messo in guardia. «Ho un paio di domande».

Scolò l'ultimo sorso di root beer. «Certo».

«A che ora siete arrivati al parco quella sera?».

«Poco prima delle sette».

«Ha visto molta gente lì?».

Iniziò a stringere e rilasciare la lattina vuota, producendo un fastidioso rumore metallico. «C'era parecchia gente. Sa, gente che passeggiava sulla spiaggia, un paio di persone che pescavano. Era una bella serata, con la luna piena, se non ricordo male, quindi la gente era uscita».

«Ha mai picchiato Debbie Boyle?».

«Cosa? Certo che no. Non ho mai alzato un dito su una donna in vita mia. Che razza di uomo pensa che io sia?».

«Non sto mettendo in discussione la sua virilità, ma all'epoca in cui usciva con lei era un ragazzino».

«Più giovane sì, ma non un ragazzino, avevo ventidue anni».

«C'è un verbale secondo cui lei e Debbie vi siete allontanati, lasciando Brian da solo, per avere un po' di intimità».

Wheeler accartocciò la lattina. «Questa è una stronzata. Avevamo un sacco di occasioni per essere, ah, intimi. E poi, non avrebbe mai lasciato suo fratello da solo. Debbie era una ragazza molto responsabile».

«Pensa che sia responsabile portare un bambino di sette anni in spiaggia di notte?».

«Non stavamo facendo niente di folle. Il ragazzino era perfettamente al sicuro. C'eravamo noi due a badare a lui. Non avremmo mai permesso che gli succedesse qualcosa».

«Quando è andato a cercare Debbie, è andato da solo, giusto?».

«Sì».

«Ma quando lo ha fatto ha lasciato Brian da solo».

Fece spallucce. «Credo di sì».

«Cosa vuol dire "credo di sì"? Lo ha fatto. Ha lasciato un bambino di sette anni da solo, al buio, in un posto sconosciuto».

«Wiggins non è un posto sconosciuto, c'era stato un sacco di volte».

«Perché non lo ha portato con sé a cercarla?».

«Non lo so. Ho solo pensato che avrei fatto più in fretta a controllare. Un bambino di sette anni non si muove così velocemente, sa. Mio figlio ha quasi sette anni e si distrae facilmente».

«Lascerebbe suo figlio da solo su una spiaggia?».

«No. Certo che no».

«Immaginavo. Ecco perché è difficile capire perché ha lasciato Brian da solo quella notte. Stava facendo qualcos'altro di irresponsabile quella sera, tipo bere o drogarsi?».

«No. Nessuno di noi ha preso droghe e non abbiamo bevuto molto».

Un paio di lattine di birra vuote furono trovate vicino al punto in cui si erano messi e, sebbene ci fosse una piccola quantità di alcol nel sangue della vittima, nessuno aveva detto che Wheeler si comportasse da ubriaco o che puzzasse di alcol.

«Quando siete arrivati in spiaggia, come ha deciso dove mettervi?»

«Uh, credo che sia stato Brian. È corso dritto verso l'acqua e noi, partendo da lì, ci siamo messi un po' più indietro».

«Chi ha deciso di smettere di cercare Debbie e di chiamare la polizia?»

«Sono stato io. Stavo andando nel panico, sa. Sentivo che il tempo stringeva. Se qualcuno l'avesse presa, prima la polizia l'avrebbe potuta trovare...»

«Ma perché non ve ne siete semplicemente andati?»

«È quello che abbiamo fatto».

«Ma siete tornati a prendere la coperta e tutte le vostre cose».

«Ci è voluto un secondo». Allargò le braccia, aggiungendo: «Dovevo comunque recuperare le mie infradito».

«Le sue deposizioni giurate affermano che si è guardato intorno prima di passare vicino ai bagni».

«Esatto. Ho perlustrato a zigzag la zona dietro di noi e poi sono andato dove c'erano i bagni».

«Aveva detto che andava in bagno. Perché non è andato direttamente lì a cercarla?»

«I bagni vengono chiusi a chiave al tramonto».

Buona risposta, se non fosse che: «Ma nel 1993 le serrature dell'edificio dei bagni più vicino a voi erano rotte».

«Andavo sempre a pisciare dietro gli alberi, quando venivamo qui».

«Andava spesso al parco?»

«Sì, ci andavo parecchio. Era un ottimo posto dove passare il tempo».

«Con tutto il tempo che ci ha passato, si potrebbe pensare che sapesse che le serrature dei bagni erano rotte».

«Come ho detto, non era un problema, facevo i miei bisogni vicino agli alberi».

«Tornando alla sua ricerca di Debbie. Era vicino ai bagni quando ha sentito qualcosa e dice di essere stato colpito?»

«Non *dico* di essere stato colpito. *Sono stato* colpito». Si picchiettò la fronte con un dito. «Proprio qui».

«Cosa l'ha fatta voltare?»

«Non lo so. Quella notte c'era un po' di vento e non sono sicuro se ho sentito qualcosa o se è stato come un sesto senso, sa, quando senti che c'è qualcuno».

«Crede che a colpirla sia stato un uomo o una donna?»

«Non lo so. Direi un uomo, per via della forza. Mi ha messo K.O.».

«È caduto a terra?»

«Sì, un crollo totale».

«Sa spiegare perché non aveva altre ferite a parte quella sulla fronte?»

«Di che sta parlando? Mi hanno colpito in testa con una sbarra o un pezzo di legno e sono svenuto».

«Quando una persona sviene, spesso si procura dei lividi cadendo, dato che non può proteggersi. Sa, colpisce il viso, le braccia, le gambe, cose del genere».

«Ero sulla sabbia; era morbida, quindi probabilmente ha aiutato».

«Nessuna abrasione dovuta alla sabbia?»

Scosse la testa. «Nessuna».

«Quando ha ripreso i sensi, cosa ha fatto?»

«Ero disorientato, non sapevo dove fossi. Mi ci sono voluti un paio di secondi prima che la nebbia si diradasse. Poi sono corso da Brian».

«Non ha più cercato Debbie?»

«No. Ero preoccupato per Brian».

Ci girammo un po' intorno. Non riuscivo a capire se nascondesse qualcosa o se stesse cercando di ripulire la sua reputazione. La storia non mi piaceva; era fin troppo comoda. Colpito abbastanza forte da perdere i sensi, ma senza ferite gravi? Avevo intenzione di esaminare Wheeler più a fondo di quanto farebbe un proctologo.

7

NON APPENA VARGAS ENTRÒ, LE LANCIAI UN FASCICOLO SULLA scrivania. «Dobbiamo dare un'occhiata a Clem Walker. Il fascicolo del caso lo dipinge più come un buon samaritano che come un sospettato.»

«È quello che stava pescando, giusto?»

«Già, e se Foster ha messo in discussione la versione di Walker, nel fascicolo non ce n'è traccia.»

«Strano. Forse l'hanno scagionato in qualche modo.»

«Sii sincera, pensi che sia un altro passo falso o sto giudicando la gestione di questo caso con troppa severità?»

«Lo scetticismo per te è uno sport olimpico, Frank. Ma non c'è dubbio. Il modo in cui pare sia stato gestito solleva delle domande.»

«Voglio dire, è stata una coincidenza che Walker fosse vicino al ragazzino dopo la scomparsa della ragazza e di Wheeler? O era coinvolto in qualche modo? Guarda cos'ho trovato su di lui. Questo Walker ha un passato losco.»

«Mmm, non so, solo un paio di arresti per marijuana, piccoli furti...»

Sbattei un palmo sulla scrivania. «Ha aggredito il suo vicino di casa, per l'amor di Dio!»

«Calmati, Frank. Pensavo ti stessi concentrando su Wheeler.»

«C'è una lista di personaggi che devono essere riesaminati, e chi sa cosa si è perso Foster? Dobbiamo affrontare il caso come se fosse successo ieri.»

«D'accordo, ma non sarà facile. Qualsiasi prova ci sia, ha un quarto di secolo. Tra quello e i ricordi sbiaditi, sarà dura.»

«Senza dubbio il tempo erode la memoria, ma certe cose rimangono cristalline, specialmente quando sono legate all'omicidio di qualcuno che conoscevi o a qualcosa di traumatico. Tutti ricordiamo cosa stavamo facendo quando quei bastardi hanno fatto schiantare gli aerei contro il World Trade Center. Non dimentichi cose del genere; ti si marchiano a fuoco nel cervello.»

«So che hai ragione, ma sto solo dicendo che...»

«Senti, la verità è che nessun caso è facile.»

«Pensi che non me ne renda conto? Non so perché sei così agitato.»

Indicai una lavagna bianca con sopra la foto di Debbie Boyle. «Perché sono agitato? Per quella povera ragazza, che aveva solo diciassette anni. Per lei e per sua madre. È una magra consolazione, ma abbiamo la responsabilità di assicurarci che sia fatta giustizia e che qualcuno ne risponda. Ho la sensazione che saremo in grado di rimediare. Il pensiero che un assassino l'abbia fatta franca e se ne stia lì fuori a riderci in faccia mi fa imbestialire.»

«Lo prenderemo, se potremo, Frank.»

«C'è qualcosa in questo caso, Vargas. Lo sento. So che dirai che lo dico sempre, ma stavolta è diverso.»

———

Clem Walker viveva in una casetta a Capri Island, una minuscola isola appena prima del ponte per Marco Island. Non era certo l'Italia. Nel vialetto della casa azzurro cielo c'erano una barca e un pick-up rosso.

La porta d'ingresso era aperta e le voci di un quiz televisivo filtravano attraverso la zanzariera. Il campanello aveva un suono debole. Lo suonai due volte. Una sedia strisciò e, sigaretta in mano, Walker apparve.

Walker era molto abbronzato, il viso segnato e coriaceo. La maglietta aderiva alla sua corporatura magra, il logo illeggibile.

«Signor Walker? Detective Luca.»

La zanzariera si aprì con un cigolio. «Entri pure. Vuole una birra?»

«No, grazie, sono in servizio.»

La casa non aveva l'aria condizionata, ma due ventilatori nella stanza principale la rendevano confortevole. Ci accomodammo intorno a un tavolo da cucina. L'ambiente aveva un vago odore di pescheria.

Walker spense la sigaretta nella conchiglia che usava come posacenere.

«Allora, dopo tutti questi anni, sta indagando sull'omicidio di quella ragazzina?»

«Sono emerse nuove informazioni sul caso.»

«Riuscirà a prendere il colpevole?»

«Credo di sì.»

«Cosa è cambiato?»

«Non posso parlarne, ma è importante. Ho un paio di domande per Lei.»

Walker si mosse sulla sedia, tirando fuori un'altra sigaretta dal pacchetto. «Certo.»

«Cosa stava facendo sulla spiaggia la notte in cui la Boyle è stata uccisa?»

«Pescavo.»

«Dove di preciso?»

«Non saprei dirglielo con esattezza. Cammino lungo la spiaggia, lancio e riavvolgo.»

«Per quanto tempo è stato là fuori?»

«Due ore circa.»

«Quando ha incontrato il ragazzo, Brian Boyle, dov'era?»

«Caspita, non lo so esattamente. Ho visto il ragazzo camminare vicino all'acqua. Era solo e mi sono diretto verso di lui.»

«Cosa le ha detto?»

«Che sua sorella si era persa e che voleva trovarla.»

«Quanto tempo dopo è comparso John Wheeler?»

«Non molto dopo. Gli ho fatto un paio di domande per assicurarmi della sorella del ragazzo e tutto il resto. Poi abbiamo cominciato a camminare nella direzione in cui il ragazzo aveva detto che si trovavano.»

«Quanto era distante?»

«Non sapevo dove si fossero sistemati.»

«Ma ha detto che stava pescando su e giù per la spiaggia da due ore. Quella notte c'era la luna piena. Deve aver visto dov'erano.»

Esitò prima di dire: «Li ho visti una volta, sono abbastanza sicuro che fossero loro».

«Chi altro c'era con un bambino là fuori quella notte?»

«Nessuno che io abbia visto.»

«Quando Wheeler l'ha avvicinata, che impressione le ha fatto?»

La sigaretta di Walker si accese di rosso mentre tirava una boccata. «Era agitato, nervoso, un po' senza fiato. Parlava velocemente, dicendo di essere stato attaccato da qualcuno.»

«Ha notato il suo livido?»

«Sì, la fronte era rossa e sanguinava un po'.»

«Ha notato se si era formato un bernoccolo?»

«Credo di sì. Niente di pazzesco, ma si capiva che qualcosa gli aveva colpito la testa.»

«Cosa avete fatto allora?»

«Siamo andati a cercare la ragazza scomparsa.»

«Dove avete cercato?»

«Siamo andati alla loro coperta. Gli ho chiesto in che direzione fosse andata lei e siamo andati da quella parte.»

«Vi siete divisi?»

«No, siamo rimasti insieme.»

«Perché? Avreste potuto coprire più terreno andando per strade separate.»

«Immagino. Senta, la situazione era caotica. Una ragazza era scomparsa, questo tizio diceva di essere stato attaccato e avevamo un bambino con noi.»

«Per quanto tempo avete cercato?»

«Circa mezz'ora, poi ho detto che dovevamo chiamare la polizia.»

«È stato Lei a suggerire di chiamare la polizia?»

«Sì.»

«Wheeler indossava qualcosa ai piedi mentre cercavate Debbie Boyle?»

«Ai piedi? Uhm, credo avesse le infradito. Sì, sono abbastanza sicuro di sì.»

«Ho solo un'altra domanda per Lei. Ha detto che stava pescando, giusto?»

«Sì.»

«Che tipo di pesce stava cercando?»

«Ce ne sono di tutti i tipi, là fuori. A volte si pescano snapper, pesci grugnitori, squali di sabbia. Una volta ho persino preso un cobia.»

«Come mai non aveva un secchio con sé?»

Le sue spalle si afflosciarono visibilmente. «Ne è sicuro?»

«Assolutamente.»

«È passato tanto tempo, non ricordo. E poi, spesso vado a pescare solo per sport. Mi calma.»

Mi alzai per andarmene e dissi: «Davvero? Fa tutta quella strada fino a Wiggins per pescare, di notte? Ci saranno un sacco di pesci anche intorno a quest'isola.»

8

Qualcuno bussò alla porta e io nascosi il viso dietro il monitor. Vargas si allontanò dalla scrivania con la sedia a rotelle e si diresse verso la porta. «Frank, è qui.»

Stava succedendo davvero. Derrick Dickson sarebbe diventato il mio nuovo partner. Avevo incontrato il rosso di un metro e ottanta nell'ufficio dello sceriffo una settimana prima. Il trentaduenne era sceso in paradiso da uno squallido sobborgo fuori Washington. Il giovane detective aveva una discreta esperienza con le gang, i giri di prostituzione e la droga. Il problema era che di quella roba non ne avevamo molta, qui nella contea di Collier. Mi spinsi indietro con la sedia e mi alzai.

«Come va, Derrick?»

Lui posò uno dei suoi zaini e ci stringemmo la mano. «Bene, signore. Ansioso di cominciare.»

Non riuscii a dire altrettanto, ma Vargas disse: «Per il momento condivideremo la mia scrivania. Io mi trasferisco di sopra.»

«Sei sicura? Non vorrei essere di disturbo.»

«Nessun problema. Ad ogni modo, non starò molto qui dentro.»

Dissi: «Gli omicidi sono molto diversi dall'avere a che fare con un giro di droga. Può essere roba per stomaci forti. Ce l'hai uno stomaco forte?»

«Sì, signore. Mio padre diceva sempre che ne avevo uno di ferro.»

Avrei voluto metterlo alla prova su due piedi, tirare fuori un paio di foto di cadaveri in decomposizione e vedere se avrebbe vomitato.

Vargas disse: «Andrà tutto bene. Sta solo cercando di spaventarti.»

«A cosa sta lavorando ora, signore?»

Dissi: «A un caso irrisolto. È arrivata una telefonata su un caso di venticinque anni fa, in cui una ragazza è stata pugnalata a morte a Delnor-Wiggins Park.»

Vargas aggiunse: «Il detective Luca ha ricevuto una chiamata in cui sostenevano di avere informazioni per risolvere l'omicidio.»

«Che tipo di informazioni?»

Dissi: «Ci arriveremo. Tu sistema le tue cose e poi cominciamo.»

«Va bene.»

«E Derrick, da queste parti ci piace vestirci in modo professionale. Non so come facciate a Washington, ma qui da noi si usano giacca e cravatta.»

Vargas uscì per andare in bagno e Derrick, mentre si sistemava, si mise a fischiettare. Avrei voluto ficcargli sotto il naso le foto del corpo di Debbie Boyle per farlo smettere, ma calmai i miei istinti.

Spargendo una dozzina di foto sulla mia scrivania, chiesi: «Guarda queste foto. Cosa vedi?»

Vargas rientrò mentre Derrick si chinava, con il naso a pochi centimetri dal collage di foto della scena del crimine. «È una scena del crimine.»

«Cosa te l'ha fatto capire? Il nastro giallo?»

Vargas mi lanciò un'occhiataccia gelida e io mi ammorbidii.

«Guarda attentamente gli investigatori. Noti niente?»

Derrick si raddrizzò, una goccia di sudore che gli pendeva dal labbro superiore, e scosse la testa. «Mi dispiace, vedo detective e agenti in uniforme sulla scena. Sembra che stiano perlustrando la zona.»

«Guarda le loro mani, i loro piedi.»

Derrick prese due delle foto e le esaminò. «Mi arrendo.»

«Primo, noi della Omicidi non ci arrendiamo. Credi che le povere famiglie che hanno perso una persona cara vorrebbero che ci arrendessimo?»

«No, signore.»

«Secondo, e spero davvero che tu impari in fretta, la scena del crimine è contaminata.»

«Come fa a dirlo guardando delle fotografie?»

«Nessuno indossa guanti, copriscarpe o, Dio non voglia, tute della scientifica. Vanno in giro a calpestare tutto, distruggendo impronte, lasciando cadere capelli, fibre e chissà cos'altro.»

«Ma questo caso è di venticinque anni fa, giusto? Probabilmente non ne sapevano di più.»

«Stronzate. La scientifica non era quella di oggi, ma hanno ignorato le basi. I poliziotti sbattono la gente in galera per capelli e fibre da sempre.»

«Ricordo che all'accademia dicevano che il DNA è stato usato per la prima volta alla fine degli anni Ottanta.»

Vargas disse: «Credo che il primo caso in cui il DNA sia stato usato in tribunale risalga al 1984.»

Dissi: «Questa donna è incredibile. Derrick, se riuscirai a essere bravo la metà di lei, sarai un ottimo detective.»

Vargas sorrise. «Andrà tutto bene. Non sono poi così brava, ma qualsiasi cosa io sappia, me l'ha insegnata il detective Luca.»

Lei non sapeva che il panico mi assaliva ogni giorno che passava, avvicinandomi al momento in cui avrei perso la mia spalla. Mi aveva parato il culo così tante volte che avevo smesso di contarle. La mia memoria era peggiorata per via della chemio che avevo fatto per il cancro alla vescica, o mi ero impigrito sapendo di avere Vargas a coprirmi le spalle?

Derrick disse: «Farò del mio meglio.»

Vargas disse: «Fai tutte le domande che ritieni necessarie. Non aver paura. Il detective Luca sarà paziente con te, vero, Frank?»

«Certo.»

«Non lasciarti intimidire da lui, Derrick. È tutta una messa in scena. In realtà è un orsacchiotto. Devo salire alle Risorse Umane. Ci vediamo dopo, ragazzi.»

Da quando Chester aveva decretato la fine del nostro rapporto professionale, avevamo cominciato a venire in ufficio con due macchine diverse. Misi Derrick al corrente sul caso Boyle, condendo i resoconti degli interrogatori che avevo condotto con Wheeler, Walker e Mackay con i miei sospetti. Il mio nuovo partner fece un paio di domande sensate, ma non dimostrò quell'intuizione magica che Vargas sembrava avere. Erano le sei, ora di tornare a casa. Dissi: «Domani andremo a sentire un testimone o due, quindi non esagerare con l'alcol stasera e fatti trovare pronto per le nove.»

«Okay, nessun problema. Le dispiace se resto a leggere il fascicolo del caso Boyle?»

«È una buona idea, basta che non fai troppo tardi.»

———

Il filetto di salmone e gli spiedini di gamberi che avevo preso da Publix erano sulla griglia prima ancora che la porta del garage di Mary Ann si fosse chiusa.

«Che buon profumo. Vuoi un bicchiere di vino?»

«Certo. Ho comprato un paio di bottiglie della Provenza.»

«Ti piace proprio dire Provenza, vero? È per questo che le hai prese, in realtà.»

«No, ricordo che Barnet diceva che producono un buon Grenache e non costano molto. Prendine una; le ho messe nell'armadio.»

Vargas uscì con due bicchieri di vino color porpora scuro e me ne porse uno.

«Salute.»

Fecemmo toccare i bicchieri. Annusai il vino scuro come l'inchiostro e ne presi un sorso. Aveva un sapore intenso, di more.

«Che ne pensi? A me piace.»

«Non so, mi sembra un po' pesante per il pesce.»

«Barnet ha detto che il Grenache va bene con tutto.»

«Potrebbe anche averlo detto, solo che questo non è Grenache.»

«Come sarebbe a dire?»

«Sull'etichetta c'era scritto che era Syrah, signor intenditore.»

«Ero nella sezione del Grenache, e ho solo pensato...»

«Nessun problema. Mi piace. Quanto ci vuole prima che il pesce sia pronto?»

———

Mentre sparecchiava, Mary Ann disse: «Derrick sembra una buona scelta come tuo partner.»

«Davvero? È un pivello.»

«Sei bravo a formare le persone. Guarda cosa hai fatto con me: ti sei trasferito a casa mia.»

«Cosa intendi dire?»

«Niente, Frank. È uno scherzo, va bene?»

Forzai un sorriso. «È rimasto stasera a leggersi il fascicolo. Sembra a posto, ma come diavolo ha fatto a non vedere che quei dinosauri stavano calpestando la scena del crimine dei Boyle?»

«Era il suo primo giorno. Era nervoso.»

«E di cosa dovrebbe essere nervoso?»

«Frank, forse non te ne rendi conto, ma a volte puoi mettere soggezione. Non ti piace essere messo in discussione.»

«Che cosa vorrebbe dire?»

«Ti piace comandare. Non vuoi che ti si facciano domande.»

«Queste sono stronzate. Lo credi davvero? È così che ti ho trattata?»

«No, no. Con me no. Abbiamo lavorato benissimo insieme, ma a volte sai essere sbrigativo con le persone.»

«Se qualcuno si comporta da stronzo, non ho tempo da perdere.»

«A volte abbiamo a che fare con persone con cui preferiremmo non farlo, ma ci tocca comunque. È in quei momenti che devi trovare un modo per mantenere la calma. Non ha senso far incazzare nessuno. Ascoltali e sorridi. Funziona, credimi.»

«Lo faccio spesso con lo sceriffo e i suoi burocrati.»

«Lo so. Ora devi fare lo stesso con le persone più in basso nella gerarchia.»

«Perché hanno dovuto rovinare tutto e separarci? Lavoravamo alla grande insieme. Scommetto che dovranno assumere un altro detective per compensare il lavoro che facevamo noi due.»

«Niente rimane uguale, Frank. Il cambiamento è l'unica costante.»

«Forse, ma ti assicuro che non è un bene per il dipartimento. Al prossimo caso difficile che ci capiterà, quando Chester comincerà a rompermi le palle per risolverlo, gliela rinfaccerò.»

Il pensiero di perdere qualcuno che poteva colmare le mie lacune mi spaventava a morte. Mary Ann mi proteggeva quando avevo un vuoto di memoria. Non era che non potessi funzionare senza di lei come partner. Era che lei conosceva i miei difetti e se li teneva per sé. Quella protezione stava svanendo come un acquazzone estivo, e quella dannata sensazione non mi piaceva affatto.

9

DERRICK ERA IN ANTICIPO, IL CHE ERA UN BENE, MA indossava un abito beige chiaro. Era novembre, per l'amor di Dio. Quelli del nord non si rendevano mai conto che anche la Florida aveva le sue stagioni. Se vedevi qualcuno con i pantaloni bianchi in inverno, potevi scommettere che fosse un turista o uno che si era appena trasferito.

Mi aveva preso il caffè, un bel gesto, ma c'era decisamente troppo latte. Mi sarei assicurato che non commettesse mai più quell'errore e lo lasciai intatto sulla mia scrivania. Discutemmo del caso mentre guidavamo, e gli ripetei per tre volte che il suo ruolo era di semplice osservatore.

I Dunes erano un complesso di lussuosi grattacieli a North Naples, al confine con l'ingresso del Delnor-Wiggins Park. Non erano sulla spiaggia, ma gli appartamenti che avevano la fortuna di essere esposti a ovest godevano di una vista mozzafiato sul Golfo.

Un edificio di dodici piani chiamato Antigua era dove viveva Diane Nielsen. Appena ci aprì la porta del suo appartamento al settimo piano, sentii odore di toast bruciato. In cucina, un televisore trasmetteva a tutto volume un fastidioso programma del mattino.

Le persiane delle portefinestre scorrevoli erano aperte e la vista di una baia con le mangrovie verdi che si fondevano nel Golfo era ipnotica.

Sulla sessantina, la Nielsen era una donna minuta ed energica, come un uccellino. «È bello, non è vero?»

«Assolutamente. Sarebbe difficile staccarmi da quella terrazza.»

La Nielsen rise un po' troppo forte. Il filo di perle che portava al collo era un chiaro segno che non vedeva l'ora di parlare con noi. Avrei dovuto fare attenzione che non ricamasse troppo sulla storia o che non ci trattenesse a lungo. Diedi un'occhiata in giro: l'appartamento non era così arioso come mi aspettavo. Probabilmente era uno dei primi edifici costruiti ai Dunes.

«Posso offrirvi del caffè?»

Dissi: «Certamente. Se non le dispiace, vorrei solo un goccio di latte, niente di più. E lei, detective Dickson?»

«Grazie, signora, ma sono a posto.»

Mentre il ronzio della Keurig si diffondeva nell'aria, mi avvicinai alle portefinestre, superando una credenza coperta di foto dei suoi nipoti. Poteva essere il punto di osservazione o l'assenza di riverbero, ma il Golfo sembrava ingigantito.

La Nielsen posò una tazza con piattino su un tavolo di vetro con una mano macchiata dall'età. «Ecco a lei, detective Luca. La quantità di latte va bene?»

Il caffè era color castano. «Perfetto. Di solito la gente ci mette troppo latte, ma lei ha indovinato la dose.»

«Mio marito era così. Odiava troppo latte e disprezzava la panna nel caffè.»

Sembra un uomo di mio gusto, a parte che immaginavo non fosse più tra noi. Lei sparì in cucina e tornò con due bottiglie d'acqua. Ci sedemmo intorno al tavolo e io dissi: «Come le accennavo, abbiamo riaperto il caso di Deborah Boyle.»

«Meno male. Mi è sempre dispiaciuto che nessuno sia mai stato incriminato.»

Derrick intervenne: «Stiamo lavorando sodo per cambiare le cose, signora.»

Inarcando le sopracciglia, gli feci un cenno col capo. «Riesaminando il fascicolo e la deposizione che ci ha fornito, ci sono sorte altre domande che potrebbero aiutarci a far progredire il caso.»

La Nielsen sorrise come se fosse a un quiz televisivo. «Sarà un piacere aiutarvi.»

«Cosa stava facendo sulla spiaggia quella notte?»

«Facevo una passeggiata. Mi ero ripromessa, prima di trasferirci qui, che se avessi avuto la fortuna di vivere vicino alla spiaggia, mi sarei impegnata a fare una passeggiata ogni sera. Ho mantenuto la promessa, come so che il mio Jack avrebbe voluto. Sa, molte persone sentono di doversi trasferire quando perdono il coniuge…»

«A che ora era lì?»

«Di solito esco prima delle otto. Mi piace digerire la cena prima di fare qualsiasi esercizio fisico. Sento che…»

«Cosa vide di preciso quella notte?»

«Era una notte splendida. Luna piena, una leggera brezza, perfetta. C'erano un paio di altre persone che passeggiavano e un uomo che pescava. Credo la chiamino pesca da riva, ma non penso abbia preso niente.»

«L'uomo che pescava aveva con sé un secchio o qualcos'altro?»

La Nielsen guardò il soffitto per un momento. «Mmm, non credo. Aveva una canna da pesca, questo me lo ricordo, ma nient'altro, non mi pare. Va bene?»

Derrick disse: «Va benissimo, signora. Che aspetto aveva?»

«Oh, era, come dicono nei telefilm polizieschi, maschio, caucasico, di corporatura media...»

Intervenni: «Ha menzionato di aver visto qualcuno più vicino al sentiero che porta all'ingresso.»

«Oh sì, era una donna. Aveva i capelli biondi.»

«Una donna? Ne è sicura?»

«Credo di sì. A me è sembrata una donna.»

«Mi rendo conto che è passato molto tempo, ma nella sua deposizione non c'era menzione di una donna o di qualcuno con i capelli biondi, a dire il vero.»

«Ho visto quello che ho visto. Non è colpa mia se il detective non l'ha scritto, no?»

Derrick disse: «Basta che non abbia nascosto delle informazioni. Se lo avesse fatto, potrebbe essere considerata ostruzione alla giustizia.»

Avevo detto a quel ragazzino tre volte di tenere la bocca chiusa. «Non ha nulla di cui preoccuparsi, signora Nielsen. Cosa stava facendo questa donna?»

«Sembrava nascondersi, se capisce cosa intendo.»

No, non capisco cosa intendi. «Può spiegare cosa le sembrava che stesse facendo questa donna?»

«Era vicino alle mangrovie. L'ho vista la prima volta che sono passato. La mia visione periferica è molto buona. Il dottor Morton dice che è una delle migliori che abbia mai visto...»

«Cosa le ha fatto credere che si stesse nascondendo?»

«Quando ho guardato nella sua direzione, si è dileguata. L'ha fatto entrambe le volte che sono passato.»

«Quindi, ha visto una donna di corporatura media…»

«Era più che media per una donna.»

«Okay. Una donna di corporatura robusta, con i capelli biondi. Li aveva lunghi o corti?»

«Lunghi, ma non lunghissimi. Quand'ero ragazza, i capelli mi arrivavano fin qui, ora guardami.»

«Quanti anni avrebbe dato a questa donna?»

«Non saprei. Ma se dovessi tirare a indovinare, direi venticinque o trent'anni.»

———

PRIMA CHE LE porte dell'ascensore si chiudessero, Derrick disse: «Che ne pensi? Potrebbe essere stata la ragazza?»

«Quello che penso è che tu non ascolti. Ti avevo chiesto di osservare oggi, non di parlare.»

«Ma l'ho fatto. Non ho quasi detto nulla.»

«E quella stupidaggine su che aspetto aveva il pescatore?»

«Non è importante?»

«L'hai letto il fascicolo ieri sera?»

«Sì, perché?»

«Avevamo diversi testimoni che hanno identificato Clem Walker come l'uomo che pescava. Stavi perdendo tempo.»

«Ma potrebbe esserci stato un altro tizio che pescava.»

«Davvero? E come mai nessuno l'ha visto?»

«Ma nessuno ha menzionato una donna, a differenza di quanto ha detto la signora Nielsen.»

Il ragazzo aveva ragione. «Non sappiamo per certo che fosse una donna. Ma se lo era, questo ci apre una nuova pista da seguire.»

«So che è una domanda stupida, ma perché?»

«Se avessi esaminato le foto di Debbie Boyle, avresti notato che aveva numerose coltellate sul viso.»

«Rabbia?»

«Quasi. Potrebbe trattarsi di una ragazza gelosa della Boyle. Era una bella ragazza. Forse usciva con il fidanzato di un'altra donna e questa voleva vendicarsi, non solo uccidendola ma anche distruggendone l'aspetto.»

«Cosa facciamo?»

«Adesso andiamo da una persona che dev'essere interrogata.»

10

ERA ORA DI FARE CIÒ CHE CONTINUAVO A RIMANDARE: ANDARE
a trovare la madre di Debbie Boyle. Ero incazzato che
Vargas non volesse venire con me. Mi aveva rifilato la
stronzata che prima o poi avrei dovuto farlo senza di lei.
Perché non poteva essere più tardi? Vargas era bravissima a
mostrare comprensione, mentre io dovevo sforzarmi per
esprimere rincrescimento. Non volevo che le emozioni
incasinassero il mio istinto.

Era fuori discussione che Derrick venisse con me. Era
troppo giovane e inesperto per capire quanto fosse deva-
stante la perdita di un figlio per una madre. Venticinque
anni dopo, il figlio diceva che sua madre stava ancora
facendo fatica.

Cathy Boyle non si era trasferita dalla casa di Carlton
Lakes in cui aveva cresciuto i suoi figli. Il ranch beige aveva
una porta nera e un garage per due auto che piegava a
destra. Un'aiuola circolare di rose era sorvegliata da una
coppia di angeli di pietra.

Non so perché ne fossi sorpreso, ma la madre della

vittima e sua figlia sarebbero potute passare per gemelle. Anche i capelli biondi di Cathy Boyle, lunghi fino alle spalle, sembravano tagliati come quelli di sua figlia. Avevano lo stesso naso. La differenza principale era che la giovane Boyle aveva una corporatura atletica, mentre sua madre era magra e fragile.

«Signora Boyle, è un piacere conoscerla.»

Poteva anche star soffrendo, ma i suoi occhi d'acciaio mi squadrarono. «È da molto tempo che aspetto un momento come questo. Entri pure.»

La casa era luminosa e ordinata, ma di un silenzio assordante. C'era un sentore di Lemon Pledge nell'aria. Ci sedemmo nel salotto su divani posti l'uno di fronte all'altro. Sul tavolino da caffè tra noi c'erano tre piccole foto di famiglia e una foto grande di sua figlia in abito da festa.

«Come le ho accennato al telefono, il caso di sua figlia è stato riaperto. So che ha delle domande al riguardo, ma la prego di tener presente che potrei non essere in grado di discutere certi aspetti.»

«Avete finalmente qualcuno che ritenete responsabile?»

«Abbiamo nuove informazioni su un individuo su cui stiamo indagando.»

«Chi è?»

«Non posso dirglielo, signora.»

«Perché no? Qualcuno ha ucciso mia figlia.»

«Capisco, signora Boyle, ma le informazioni sono di natura preliminare e non sarebbe giusto divulgarle finché non ne saremo certi.»

«Non siete certi, ma avete riaperto il caso?»

«Esatto, signora. Le nuove informazioni mi hanno spinto a riesaminare il fascicolo del caso e sto dando una nuova occhiata a tutto.»

Lei sbatté le palpebre. «Al di là delle nuove informazioni?»

«Sì. Voglio essere sicuro che tutto venga riesaminato attentamente. Non si sa mai cosa si può trovare con un nuovo paio d'occhi.»

«Lo sapevo, il caso è stato gestito male.»

«Tutto ciò che posso dire a questo punto è che sto riesaminando l'intera indagine. Se e quando qualcosa dovesse cambiare, le prometto che sarà la prima a saperlo.»

Mi scrutò con sospetto. «Lo spero, detective. Lei non ha idea di quanto sia stato difficile per me e mio figlio.»

Aveva ragione, e mi mancava terribilmente il tocco di Vargas. Avrei voluto scappare da quella stanza. «Ha ragione, signora. Non posso immaginare la sofferenza che ha dovuto sopportare. Voglio assicurare alla giustizia chiunque l'abbia fatto, e le prometto che farò del mio meglio per risolvere il caso della morte di sua figlia.»

«La mia famiglia merita di meglio. I miei figli hanno perso il padre. Dopo la sua scomparsa, abbiamo raccolto i pezzi e ci siamo ripresi. Quando Debbie mi è stata portata via, ho perso la voglia di vivere. Sono andata avanti meccanicamente per Brian, ma lui avrebbe meritato una madre migliore di quella che sono stata in grado di essere.»

«Lei ha fatto del suo meglio, signora. E io farò lo stesso per lei.»

«Mi dispiace essere così negativa, ma sono passati venticinque anni da quando la mia bambina mi è stata strappata dalle braccia. Le sono grata, davvero, che stia indagando sulla faccenda.»

«Vorrei farle un paio di domande, informazioni generali che mi aiuterebbero a farmi un'idea di lei.»

«Certo. Debbie era speciale, così piena di vita e aperta

alla vita stessa. Le piaceva provare cose nuove, fare nuove esperienze. Debbie amava i bambini e non avrebbe fatto male a una mosca.» Si alzò. «Venga, le mostro la sua stanza. Le darà un'idea di chi era.»

Ero sorpreso e confuso. La ragazza era morta da venticinque anni e la madre le teneva ancora una stanza?

Mentre percorrevamo un corridoio mi indicò la stanza di suo figlio. «Ecco la stanza di Debbie.»

La luce inondava la stanza da una finestra a mezzaluna coperta da tende trasparenti. Era un museo dei primi anni Novanta. C'erano poster dei New Kids on the Block, di Mariah Carey e dei Guns N' Roses. A quella ragazza piaceva una vasta gamma di musica.

Scrutando la stanza dalla soglia, sembrava che non fosse stato messo via un solo oggetto. Sul comò c'era un aggeggio da cui pendevano un mucchio di collane, e c'erano cornici, braccialetti e spazzole per capelli ordinatamente allineati. Un boombox era posato su un comodino, circondato da pile di musicassette.

La signora Boyle disse: «È lì che la allattavo e le leggevo qualcosa ogni sera.» Indicò una sedia a dondolo bianca con un cuscino a quadretti rosa.

Indietreggiai nel corridoio. «Grazie per avermela mostrata. Facciamo due chiacchiere veloci prima che debba andare.»

Quando ci risedemmo, sembrava piena di energia.

«Okay, cosa vorrebbe sapere?»

«Qualsiasi domanda io le faccia, è puramente per aiutarmi. La prego di non offendersi.»

«Sono stata trascinata nel fango, definita una madre terribile per aver lasciato che mia figlia e mio figlio andassero al parco. La gente mi ha incolpata. Ho fatto terapia per due anni. So che non è stata colpa mia. Non credo che lei riuscirà a turbarmi.»

Era più risoluta di quanto non lo sarebbe mai stata, quindi tanto valeva andare dritti al punto. «Debbie ha perso un padre in tenera età. La maggior parte delle ragazze che lo perdono gravita verso uomini più grandi. Era così anche per Debbie?»

«È possibile che la perdita di suo padre possa essere stata la ragione per cui sembrava preferire ragazzi più grandi, ma Debbie era matura per la sua età. Era responsabile oltre i suoi anni e intelligente.»

«Il suo ragazzo, John Wheeler, all'epoca aveva ventidue anni. Non ho mai avuto figli e non sto esprimendo un giudizio, ma mi sembra una grande differenza di età.»

«Dove vuole arrivare? Le ho detto che era matura.»

«Cosa pensava di John Wheeler?»

Lei socchiuse gli occhi. «Era un bravo ragazzo e trattava Debbie come la principessa che era. Brian lo adorava. Non mi ha mai dato motivo di dubitare di lui, ma la sua versione non mi è mai andata giù. Ha lasciato mio figlio da solo per cercare Debbie? Perché? Viene colpito alla testa e non ricorda più niente? Non so cosa sia successo, ma capisce il mio punto di vista.»

«Aveva dei nemici?»

«Nemici? No. Andava d'accordo con tutti. Era una ragazza speciale, mi creda, detective.»

«Forse 'nemici' è una parola un po' forte. C'era qualcuno con cui aveva avuto dei disaccordi? Magari per un ragazzo?»

«Non che io sappia.»

«Che ne dice di un altro ragazzo o uomo che poteva

essere attratto da Debbie, ma il cui interesse non era ricambiato?»

«Era una ragazza bella, piena di vita. C'erano un sacco di ragazzi interessati a lei. Ma non posso dire che ci fosse qualcuno che la chiamava o la molestava in alcun modo, per quanto ne sapessi.»

«Ma c'erano altri ragazzi che avrebbero potuto essere gelosi della sua relazione con il signor Wheeler?»

«Ne sono certa, ma perché attaccare la mia Debbie? Perché non Wheeler?»

«Forse ha detto qualcosa che li ha fatti scattare. Sa come sono i giovani. Magari ha detto qualcosa che riteneva innocuo, ma qualche ragazzo l'ha presa nel modo sbagliato.»

«Lei sembra pensare che sia stato un altro ragazzo e non John Wheeler.»

«La mia responsabilità nei suoi confronti e nei confronti degli abitanti di questa contea è di esplorare ogni possibilità al meglio delle mie capacità.»

Abbozzò un sorriso tirato. «Non scoprirà le sue carte, vero, detective?»

Mi alzai. «Volevo comunicarLe di persona la riapertura del caso di sua figlia. La terremo aggiornata sugli sviluppi e, non appena avremo qualcosa di concreto, lo saprà immediatamente.»

————

DERRICK SCATTÒ in piedi quando Vargas entrò nel nostro ufficio. Raccolse una manciata di fascicoli e disse: «Puoi sederti qui. Non ho bisogno di una scrivania.»

«Non ti preoccupare, Derrick. Non mi fermo. Sono solo passata a dire una cosa a Frank.»

«Cosa c'è?»

«Hector Machado. Lo spacciatore per cui Mackay ha detto di aver lavorato.»

«L'hai rintracciato?»

«È in una casa di reinserimento gestita da una chiesa, a Immokalee. Rilasciato otto mesi fa dopo undici anni per spaccio. Ecco la sua fedina penale; è bella lunga.»

Mi porse un fascicolo. La fedina penale di Machado era piena di reati legati alla droga. Dov'era finita la politica della «terza condanna e sei fuori» per gli spacciatori? La sua foto segnaletica era quella tipica degli uomini che avevano scontato anni di prigione; i tatuaggi di Machado non riuscivano a nasconderne l'aspetto terreo e gli occhi spenti.

«C'era qualcosa sul Pewter Mug?»

«Nessuno alla Buoncostume ricorda un collegamento con la droga, ma i ragazzi che erano in servizio allora se ne sono andati da un pezzo. Vuoi che indaghi più a fondo?»

Scossi la testa. «Non pensavo. È difficile ripulire una reputazione una volta che è stata macchiata.»

«La penso così anch'io. Ci vediamo dopo.»

«Andiamo, Derrick, andiamo a trovare Machado.»

———

TRE DEGLI UOMINI che ciondolavano sotto il portico della casa si dileguarono dentro mentre accostavamo. I criminali avevano un sesto senso per riconoscere un poliziotto.

Dissi: «Lascia la giacca in macchina.»

Annuimmo mentre ci facevamo strada attraverso il fumo di sigaretta per entrare in casa, accolti dal suono di un televisore. Un uomo sulla sessantina in un ufficio disordinato vicino alla porta fungeva da guardiano. I rozzi tatuaggi che gli si snodavano attorno al collo confermavano che era un uomo redento che cercava di sdebitarsi.

Scattò in piedi. «Salve, agenti. Come state? Mi chiamo Jay Crowley. Sono il direttore qui.»

«Sono il detective Luca, e lui è il detective Dickson. Vorremmo parlare con Hector Machado.»

Si acciglió. «Hector? Non mi dica che è nei guai.»

«È per un vecchio caso, un omicidio di venticinque anni fa.»

«Omicidio?»

«Niente a che vedere con Machado. È stato usato come alibi.»

«Meno male. Bene. Hector è un mio progetto personale. Penso che se la caverà. È fuori, sotto il portico.»

Crowley mise la testa fuori dalla porta e gridò: «Hector, ti vogliamo qui dentro.»

Machado puzzava come un portacenere e non assomigliava per niente alla sua foto segnaletica. Dovevo dare ragione al direttore: la prigione aveva spento Machado; era un uomo vinto. Non sarebbe stato in grado di competere con gli spietati spacciatori di oggi e avrebbe finito per pulire cessi per pagare l'affitto di una casa mobile.

«Questi detective vogliono scambiare due parole con te. Non hai niente di cui preoccuparti.»

Dissi: «Siamo qui per un vecchio caso.»

Derrick aggiunse: «Antichissimo, di venticinque anni fa.»

Il direttore disse: «Usate il mio ufficio. Io sarò fuori.»

Il cuore mi accelerò i battiti quando Derrick chiuse la porta del minuscolo ufficio. Dissi: «Non siamo qui per qualcosa di cui si debba preoccupare. Ci dica la verità e ce ne andiamo, d'accordo?»

«Cosa volete sapere?»

«Venticinque anni fa, una ragazza è stata uccisa a Delnor-Wiggins Park.»

Gli occhi di Machado si spalancarono. «Io non so niente di questa storia.»

Derrick disse: «Stia tranquillo. Un uomo di nome Lew Mackay era al parco e l'ha usato come alibi.»

«Me? Io non ero lì. Qualcuno sta cercando di incastrarmi?»

«No. Senta, sappiamo che all'epoca spacciava. Questo Mackay ha detto che lavorava per lei. Se lo ricorda?»

Derrick gli porse una vecchia foto della patente di Mackay.

Machado strinse gli occhi e studiò la foto. «Non saprei dire con certezza. Cosa avrebbe dovuto fare per me?»

Dissi: «Ha detto che stava lasciando dei contanti a Delnor per un acquisto.»

«Potrebbe essere, i posti usati cambiavano sempre, e non tenevo mai la droga e i soldi nello stesso posto. Se ti beccano, perdi solo una delle due metà.»

«Usava dei corrieri per lasciare i soldi?»

Annuì.

«Non è rischioso? Uno potrebbe scappare con i soldi.»

«Non sarebbe andato lontano.»

Derrick disse: «Mackay ha detto che vi siete incontrati al Pewter Mug, e che lei gli ha dato i soldi lì.»

«Non ricordo. Ma ci andavo. La loro costata è buona.»

«Sì, anche a me piace la loro costata. Sono qui da poco, ma finora è la migliore della città.»

Machado stava attento ad ammettere di essere coinvolto in un affare di droga. Avevamo bisogno di un'identificazione di Mackay, e il mio partner parlava di carne.

Dissi: «Senta, lo so che non si fida di noi, ma vogliamo solo sapere se si è servito di Mackay. Dia un'altra occhiata alla foto, va bene?»

Lui prese la foto e scosse la testa. «Non credo di conoscere quest'uomo.»

«Ne è sicuro?»

«Sì.»

«Va bene, andiamocene.»

«È stata una perdita di tempo. Tieni» — lanciai le chiavi a Derrick — «guida tu.»

«Pensi che stesse mentendo?»

«È molto probabile, ma è passato tanto tempo e i ricordi sbiadiscono.»

«Non so di quanti soldi stiamo parlando, ma se Machado li ha affidati a Mackay, verrebbe da pensare che sapesse chi fosse. E se Mackay ha lavorato con lui un paio di volte, se lo ricorderebbe.»

«È questo che mi preoccupa. Mackay non sembra il tipo, e non ha mai avuto problemi con la legge prima d'ora.»

«Questa però non è una garanzia. Il denaro spinge la gente a fare le cose più stupide.»

Il ragazzo aveva ragione su questo. «Ha detto di essere andato al Pewter Mug.»

«Potrebbe essere che Mackay sapesse chi era Machado e che frequentasse quel posto.»

«Un altro amante della costata di manzo?»

«È terribile. Ci sono andato una volta e mi ha fatto schifo. L'ho detto solo per cercare di farlo aprire.»

Questo ragazzo prometteva bene. «Ci ero cascato. Non ho mai assaggiato la costata, ma il locale aveva un'aria dimessa.»

«Lì dietro c'è l'acqua. Magari qualcuno lo butta giù e ci costruisce qualcosa di carino.»

«Dovremo trovare un modo per verificare l'alibi di Mackay, o diventerà il nostro sospettato numero uno.»

«Ho un'idea. Forse sembrerà un po' folle, ma perché non chiediamo a Mackay se usava un travestimento quando faceva le consegne?»

Non era folle; era quasi geniale, e avrei dovuto pensarci io. Se Mackay era uno che rigava dritto finché non si era immischiato con Machado per guadagnare qualche soldo in più, avrà voluto restare nell'ombra. A quanto pareva, l'integratore per la memoria Brainol che stavo prendendo era inutile.

«Non folle, ma un tiro azzardato. Quando parleremo con lui, vediamo se riesce a farci un altro nome o due.»

11

IL TRENTADUENNE BRIAN BOYLE GESTIVA UN'AGENZIA DI assicurazioni con sede nel Vanderbilt Collections. Il centro commerciale, costruito proprio mentre il mercato crollava, stava finalmente decollando ed era quasi al completo.

Con una camicia bianca a maniche lunghe e una cravatta blu, Brian era l'immagine della professionalità. Emanava un'aria seria, probabilmente il risultato del brutale omicidio di sua sorella.

Brian aveva i capelli color sabbia e occhi verdi guardinghi. Disse: «Le dispiace se parliamo fuori?»

«Per niente. Sono felice di uscire dall'aria condizionata. È una mia impressione o fa freddo qui dentro?»

Lui rise. «È buffo che lo dica. Tutti qui mi prendono in giro quando mi lamento che fa troppo freddo.»

Uscii dalla porta, dicendo: «Abbiamo qualcosa in comune.»

Infilai i miei Maui Jims e Boyle indossò un paio di Ray-Ban, dicendo: «Si sta bene al sole.»

«Sono qui solo da un paio d'anni e adoro novembre.»

Boyle annuì. «Allora, il caso è stato riaperto. Perché?»

«Abbiamo ricevuto una telefonata con nuove informazioni.»

«Riguardo all'identità dell'assassino?»

«Non posso dirlo con certezza, ma ha il diritto di sapere che, riesaminando il caso, io... be', diciamo solo che meritava un'indagine approfondita. D'accordo?»

Si bloccò di colpo e si voltò verso di me. «Allora sono stati commessi degli errori.»

«Abbiamo imparato molto nei venticinque anni trascorsi da quando è successo. Disponiamo di metodi diversi e di nuovi strumenti scientifici.»

«All'epoca non sapevo cosa stesse succedendo. Mi fidavo della polizia. Ero solo un bambino. Ma crescendo, ho pensato molto a quello che era accaduto. C'erano così tante domande senza risposta. Verso i vent'anni, ho scoperto che Foster era inesperto. Mi fece venire la nausea. Mi convinsi che il caso fosse stato chiuso troppo in fretta. All'inizio, pensai che fosse stato qualcuno di potente, magari il figlio di un poliziotto o un politico. O forse qualche ragazzino ricco e psicopatico. Non sapevo cosa pensare. La cosa mi consumava.»

«Dev'essere stato difficile. So che è una magra consolazione, ma ottenere giustizia aiuta a voltare pagina.»

Boyle riprese a camminare. «Mi resi conto che dovevo trovare un modo per andare avanti, o sarei diventato come mia madre. Lei ha smesso di vivere quando Debbie è morta.»

Vidi una panchina all'ombra. «Sediamoci un minuto.»

«Cosa vuole da me?»

«Non voglio rivangare cose che ha messo da parte,

Brian. Ma le prometto che seguirò ogni pista che troverò, ovunque ci porti.»

«Lo sapevo. C'è stato un insabbiamento.»

«No, no. Non c'è assolutamente alcuna prova di una cosa del genere. Sto solo dicendo che niente mi fermerà. D'accordo?»

Lui annuì.

«Ci sono un paio di cose che non mi sono chiare. Clem Walker, il tizio che pescava sulla spiaggia, come lo ha incontrato?»

«Quando John Wheeler è andato a cercare Debbie, io sono rimasto indietro, come aveva detto lui, e ho aspettato che lui e mia sorella tornassero. Dopo un po', ho iniziato a innervosirmi a stare da solo e credo di essere andato nel panico. Ho pensato che forse stavano facendo una passeggiata, sa, la cosa romantica. Quando ho iniziato a cercare da solo, è stato allora che ho visto Clem Walker.»

«Era vicino?»

«Sì.»

«Pensa che stesse davvero pescando o forse che avesse cattive intenzioni?»

«Cosa vuole dire? Pensa che fosse coinvolto?»

«Come ho detto, sto esaminando tutto e tutti.»

«Non lo so. Non ci ho mai veramente pensato.»

«Walker aveva un secchio che usava per pescare?»

«Non mi pare.»

«Piuttosto strano, non trova?»

«Non ci ho mai pensato.»

«Quando il ragazzo di sua sorella è tornato e vi ha raggiunti, lei e Walker, qual è stata la sua impressione? Sembrava qualcuno che era stato aggredito?»

Lui si strinse nelle spalle. «A essere onesto, ero solo

preoccupato per mia sorella, per dove fosse e se stesse bene.»

«Wheeler era agitato, ferito?»

«Parlava velocemente. Non riuscivo a capire cosa dicesse, e poi abbiamo iniziato a cercare Debbie.»

«Quando ha iniziato a cercare sua sorella, ha avuto la sensazione di essere indirizzato su dove guardare? Come se alcune zone fossero off-limits?»

Lui si strinse nelle spalle. «Ricordo solo di essermi sentito impotente. Volevo mia madre e continuavo a dire che avevamo bisogno della polizia.»

«Ha chiesto di coinvolgere la polizia?»

«Sì, stavo piangendo. Avevamo bisogno di aiuto per trovare mia sorella.»

«Interessante.»

«Cosa significa?»

«Sia Wheeler sia Walker affermano di essere stati loro a insistere per chiamare la polizia.»

«Io piangevo chiedendo aiuto. Forse non mi ascoltavano perché ero solo un bambino.»

«Quando siete andati a cercare aiuto, cosa avete fatto?»

«Alla fine hanno acconsentito a chiedere aiuto e siamo andati alla macchina di John Wheeler.»

«Siete tornati alla coperta a prendere le vostre cose?»

«No, siamo semplicemente corsi fuori dal parco.»

«Non ricorda che Wheeler sia tornato a prendere le sue scarpe?»

Scosse la testa. «La situazione era tesa. Era surreale. Non posso esserne assolutamente sicuro, ma non ricordo di essere tornato indietro. Ricordo solo di essere corso alla macchina.»

12

«Da chi andiamo, Frank?» chiese Derrick.

«Igor Papadakis.»

«È quello che ha detto di essere stato anche lui a passeggiare sulla spiaggia quella notte.»

«Già. Ma all'epoca non viveva affatto vicino a Wiggins.»

«E dove vive adesso?»

«A Estero.»

Igor Papadakis viveva in una strada senza marciapiedi dalle parti di Corkscrew Road. La casa di blocchi di cemento, color verde lime, non poteva valere più di duecentomila dollari. Un cane marrone, legato a un palo accanto a un garage separato, abbaiò mentre ci infilavamo nel vialetto.

Con indosso una camicia grigia e dei pantaloni chino, il cinquantasettenne Papadakis sembrava pronto per uscire. La nostra comparsa lo colse alla sprovvista e farfugliò qualcosa. I suoi denti erano americani, ma il suo accento era più russo che greco. Viveva qui da trent'anni e aveva ancora un accento così marcato?

I capelli che gli restavano erano tinti di un nero corvino,

come i suoi baffetti sottili come una matita. La casa era così buia da poterci sviluppare le pellicole. Potei sentire l'odore della sua paura mentre entravamo in una cucina con le veneziane serrate. Sul bancone c'era una copia del *Naples Daily News* del giorno prima, con in prima pagina l'articolo che sbandierava la riapertura del caso Boyle.

«Posso offrirvi qualcosa da bere?»

Rifiutammo entrambi e io dissi: «Il caso di Deborah Boyle è stato riaperto.»

Cercò di fingere un'espressione perplessa. «Oh, sì, la ragazza di Wiggins Pass.»

«Cosa faceva al parco quella notte?»

«Ero andato a fare una passeggiata. Bisogna tenersi in forma.» Si diede dei colpetti sulla pancia.

«Perché proprio a Wiggins?»

«È una bella spiaggia.»

Non migliore di Vanderbilt, secondo me. «Ma Lei viveva a Golden Gate. Ha dovuto superare chilometri di spiagge per arrivare a Wiggins.»

«C'è un bel po' di parcheggio a Wiggins.»

«Di notte il parcheggio è gratuito nelle spiagge del centro. E sono vicine a dove viveva Lei.»

«Non mi piacciono le spiagge di quella zona. Sono troppo strette.»

«Allora perché non Lowdermilk o Clam Pass?»

Fece spallucce.

Disse Derrick: «Le spiagge in Grecia non hanno sabbia. Sono rocciose, giusto?»

«La maggior parte sì, ma si possono trovare spiagge sabbiose se si sa dove andare.»

Questo ragazzo farebbe meglio a imparare a tenere la

bocca chiusa, e se la apre a fare domande pertinenti, non stronzate da turista.

«Dove è nato?»

«A San Pietroburgo, in Russia, ma era un periodo difficile con il crollo dell'Unione Sovietica, così mio padre trasferì la famiglia in Grecia. È un Paese bellissimo. Dovrebbe andarci. Mi manca molto.»

«Allora perché è venuto in America?»

«Ci sono state alcune difficoltà. La Grecia è meravigliosa, ma la situazione legale, ehm, la situazione politica non è buona.»

«Cosa intende dire?»

«Niente di che. Solo che, per quanto sia bella, lì può essere frustrante.»

Dissi: «Continuo a non capire perché uno dovrebbe guidare fino a Wiggins, superando un sacco di spiagge fantastiche, per andare proprio lì.»

«Ad alcuni piace il blu e ad altri il rosso.»

«Quando ha lasciato la Grecia, è venuto direttamente negli Stati Uniti?»

«Sì. Da Atene a Miami. Sono rimasto a Miami per un breve periodo. Non mi piaceva.»

«È venuto da solo?»

«Sì, la mia famiglia è rimasta in Grecia.»

«Ci è mai tornato?»

«No, forse un giorno.»

Non ne potevo più. «Nella sua dichiarazione ha detto di non aver mai visto Debbie Boyle, suo fratello o il suo ragazzo la notte in cui è stata uccisa.»

«Esatto. Stavo passeggiando e credo che loro dovessero essere a nord rispetto a dove camminavo io.»

«Ma nella sua dichiarazione ha detto che, quando è arrivato a Wiggins, ha parcheggiato nel lotto tre, corretto?»

«Sì, credo fosse quello. È passato così tanto tempo, non ricordo molto.»

«Allora Le rinfresco io la memoria.» Aprii il mio Moleskine e schizzai una rapida mappa. «Lei ha parcheggiato qui, e questo è dove si trovava il gruppo dei Boyle quella notte. Deve esserci passato proprio davanti. È sicuro di non averli visti o sentiti?»

«Camminavo vicino all'acqua e, quando cammino, guardo in basso, come molte persone. Non li ho visti, e forse non ho sentito niente perché c'era vento e c'erano le onde, non grandi, ma comunque fanno rumore.»

«Perché non si è fatto avanti subito quando ha saputo che Debbie Boyle era stata assassinata?»

«Non ne sapevo niente.»

«Ma doveva sapere che qualcuno l'avrebbe identificata come presente lì, ed è per questo che si è fatto avanti tre giorni dopo.»

«No, no. Non pensavo di sapere nulla al riguardo, ma ho visto in TV che chiedevano a chiunque fosse stato lì di farsi avanti, e l'ho fatto.»

Questo tizio era viscido, ma non avevamo niente contro di lui. Decisi di chiudere lì, e se fosse venuto fuori qualcosa, saremmo tornati da lui.

Per quanto fosse difficile, mi tenni la lingua a posto mentre ci allontanavamo da casa Papadakis.

«Tutto bene, Frank?»

«Sì, ma nel caso non lo sapessi, quello era un interrogatorio per un caso di omicidio, non un podcast di viaggi.»

«Scusa, stavo solo cercando di seguire un'intuizione. Lascia perdere. Non succederà più.»

«Accosta.»

«Cosa?»

«Accosta, nel parcheggio del CVS.»

Derrick manovrò in un posto libero e io dissi: «Avevi un'intuizione?»

«Era solo una piccola cosa, tutto qui; niente di che.»

«È qui che ti sbagli. Se hai un'intuizione, una sensazione, una premonizione, o un qualche segno da Dio, la segui fino in fondo. Mi hai sentito?» Gli puntai un dito in faccia. «Non lasciare che nessuno ti convinca del contrario. Capito?»

«Sì, certo, ma vacci piano.»

«Non voglio che ti porti dietro il fardello che mi trascino io da quando sono diventato un detective della Omicidi. Un povero ragazzo si è impiccato perché non ho avuto le palle di battermi per ciò in cui credevo.»

«Oh, mio Dio. Cos'è successo?»

«Ero una matricola e, proprio come te, mi misero in coppia con un detective esperto. Ma questo tizio era quasi alla fine della carriera; gli mancavano solo un paio di mesi alla pensione. Una ragazza fu strangolata, e questo ragazzo, Barrow, divenne un soggetto d'interesse perché lei lo aveva scaricato. Lo andammo a prendere e, anche se durante l'interrogatorio non fu affatto collaborativo, non avevamo nulla contro di lui. La ragazza assassinata era parente di un politico, e c'era molta pressione per arrestare qualcuno. Il mio collega voleva arrestare Barrow, ma io sapevo che non avevamo abbastanza prove. Per farla breve, cominciarono a farmi pressione, dicendo che il dipartimento non ne sarebbe uscito bene e tutte quelle stronzate sul gioco di squadra. Andai contro il mio istinto e accettai. Dissi che avrei tenuto un basso profilo per quieto vivere e per integrarmi. Non volevo far arrabbiare il mio collega. Fu una stupidaggine colossale. Arrestammo Barrow e lui si impiccò la sua prima notte dietro le sbarre.»

«Oh, mio Dio.»

«Fu terribile. Il padre e i giornali ci stavano addosso. Non pensavo che potesse andare peggio e invece successe.»

«Cosa successe?»

«Un delinquente confessò di essere stato lui a uccidere la ragazza. Il ragazzo, Barrow, era innocente, e io ho contribuito a ucciderlo.»

«Non credo che tu sia giusto con te stesso.»

«Quel che è fatto è fatto. Ho imparato a conviverci, ma te lo dico, quando hai una sensazione, seguila. Non lasciare che nessuno ti persuada del contrario. Hai capito?»

«Okay. Lo terrò a mente.»

«Bene. Ora, qual era quell'intuizione che avevi?»

«Potrei sbagliarmi di grosso, ma questo Papadakis fugge dalla Russia e approda in Grecia. Ha detto che amava la Grecia e che la sua famiglia è ancora lì. Ma non c'è mai più tornato? Non ti suona strano?»

«A volte la vita ti mette su un tapis roulant da cui è difficile scendere.»

«Forse, ma prima ha fatto quello scivolone sul sistema legale, poi ci ha raccontato quella cazzata sulla situazione politica.»

«Non è facile vivere in un altro Paese. Le cose non funzionano come negli States.»

«Stava venendo dalla Russia, dove tutto stava crollando.»

Era un buon punto. «Giusto, ma non capisco dove vuoi arrivare.»

«Sai cosa penso? Penso che questo Papadakis si sia

messo nei guai in Grecia e se la sia dovuta filare. Forse c'è un'altra ragazza morta da qualche parte per causa sua.»

Un serial killer multicontinentale? Un'ipotesi senza fondamento, ma non potevo ignorarla del tutto, non dopo l'assassino seriale dell'anno scorso, che mi era quasi costato la carriera. «Interessante, ma non ha fatto nulla negli ultimi venticinque anni.»

«Per quanto ne sappiamo.»

«Forse. Quale sarebbe il tuo piano d'azione?»

«Indagare un po' in giro, chiedere all'Interpol, ai Greci, e vedere cosa salta fuori su Papadakis.»

«Okay, ma al momento non ho molto tempo da dedicarci.»

13

RILESSI DI NUOVO IL RAPPORTO DELL'AUTOPSIA. DEBBIE BOYLE era stata pugnalata quattro volte al viso, una al petto e sei nella zona addominale. Sembrava non esserci dubbio che l'assassino fosse furioso. Presentava diversi tagli superficiali che, a mio parere, si era procurata mentre lottava per difendersi dal suo aggressore.

Boyle era atletica; avrebbe opposto resistenza, anche se fosse stata sorpresa dal suo assassino. Nessuna delle ferite, singolarmente, era mortale. Quindi, anche se avesse conosciuto il suo assassino, avrebbe tentato di difendersi.

«Derrick, venga qui».

«Sì, signore».

Indicai il rapporto dell'autopsia. «La vittima ha subìto diverse ferite profonde, ma aveva anche ferite superficiali sulle braccia e sulla spalla destra. Cosa le suggerisce?»

«Che stava cercando di scappare».

«Ottimo. Vorrei che controllasse tutti gli ospedali della zona, compresa la contea di Lee, e vedesse se qualcuno si è presentato al pronto soccorso quella notte o la mattina seguente con ferite da taglio».

«Caspita, è un'ottima idea».

Il ragazzo cominciava a piacermi.

Tornai al rapporto dell'autopsia. Le ferite al viso mi turbavano; l'assassino o era veramente incazzato con lei o era uno squilibrato. Supponendo che si trattasse di rabbia, poteva essere un'altra donna che voleva sfregiarla. C'era la donna bionda menzionata dalla signora Nielsen, oppure poteva essere un amante che lei aveva scaricato.

Avevamo bisogno di maggiori informazioni sulla sua vita sentimentale. Era ora di fare visita ad altri suoi amici e familiari. Avrei volentieri evitato di rivedere la madre. Il suo dolore era ancora straziante dopo tutti questi anni. Che tipo di ragazza era Debbie? Mi serviva la verità, non l'impressione di sua madre. Faceva uso di droghe o alcol?

Tirai fuori le analisi del sangue. Il rapporto tossicologico risultò negativo per droghe illecite e veleni.

———

JOANNE WILBUR ERA una delle tre amiche più strette di Debbie. Andavano tutte alla Barron Collier High School ed erano insieme nella squadra di cheerleader. La Wilbur era un'agente immobiliare, il che mi fece domandare quanto tempo ci avrebbe messo a informarmi di essere pronta ad aiutarmi con le mie esigenze immobiliari.

Ci accomodammo sotto un ombrellone da Starbucks, vicino al suo ufficio di Pine Ridge. Indossava occhiali da sole oversize e troppo rossetto. Il suo linguaggio del corpo era aggressivo, ma parlava a voce bassa.

«Mi ha colto di sorpresa con la notizia su Debbie. Dio, è

passato così tanto tempo. Mi vergogno a dire che non pensavo a lei da un bel po'».

«La vita ha la tendenza ad andare avanti».

«Verissimo. Ero stata così male per lei, per così tanto tempo». Scosse la testa. «È stato scioccante quello che è successo, e che qualcuno l'abbia fatta franca? Ci ha prosciugati tutti, specialmente la sua povera madre».

«Da quanto tempo la conosceva?»

Rise. «Eravamo amiche fin da quando sapevamo camminare, forse anche da prima. Le nostre madri ci portarono nel primo centro Gymboree qui in zona, e fu lì che ci incontrammo».

«A volte gli amici si perdono di vista. È stato così anche per lei e Debbie?»

«No, non proprio. Frequentavamo le stesse scuole e, a volte, se avevamo orari diversi, ci facevamo altre amicizie, ma siamo sempre state unite».

«Cosa pensava di John Wheeler?»

«John? Pensa che sia stato davvero lui?»

Alla gente piace parlare, così dissi: «Non posso discutere del caso, ma posso dire che non c'è nulla che renda il signor Wheeler un sospettato più forte di molti altri».

Mi guardò da sopra gli occhiali da sole. «Non so cosa signifìchi, ma mi fermo qui».

«Grazie. Ora, riguardo al signor Wheeler?»

«Era carino. Voglio dire, all'epoca era piuttosto eccitante avere un ragazzo con la macchina. Lei iniziò a frequentarlo prima di prendere la patente. Abbiamo passato dei bei momenti insieme».

«Era molto più grande di Debbie. Le piacevano i ragazzi più grandi?»

«Sì, ma piacevano a tutte noi. Sa, i ragazzi delle nostre

classi erano un po' secchioni o fissati con lo sport, mentre i ragazzi più grandi lavoravano o andavano all'università».

«Debbie aveva altri ragazzi?»

«Certo. Era brava a ottenere quello che voleva. Immagino si potesse definire una a cui piaceva flirtare».

«Se era interessata a un uomo, glielo faceva capire?»

«Forse non in modo così, uhm, sfacciato, ma sì, lui capiva il messaggio».

«Era sessualmente attiva?»

Le guance della Wilbur arrossirono. «Suppongo di sì».

«Suppone di sì o lo sa per certo?»

«Mi raccontava delle cose. Voglio dire, non era una ragazza facile o cose del genere. Ma so che ce ne sono stati almeno due».

«Aveva dei nemici? Qualcuno che le avrebbe voluto del male?»

Scosse la testa. «Non fino a fare una cosa del genere».

«Sua madre ha detto che tutti amavano Debbie. È vero?»

«Certo che lo direbbe. Quale madre non lo farebbe?»

Potevo pensare a una lunga lista di madri che sapevano che i loro figli erano dei disastri. «Sta dicendo che c'era qualcuno a cui non piaceva?»

«Era una ragazza piuttosto popolare, e sa come possono essere i ragazzi. A volte, poteva essere un po' sgradevole, ma chi non lo è?»

«Le ha mai detto se qualcuno è mai stato violento con lei?»

«Intende se l'hanno picchiata?»

Annuii.

«Me l'avrebbe detto. Ma non l'avrebbe mai tollerato; avrebbe reagito. Faceva jujitsu e ginnastica. Debbie era forte per essere una ragazza. Ma non avrebbe mai iniziato lei per prima. Voglio dire, non avrebbe schiacciato nemmeno un insetto. La prendevamo in giro per questo. Se c'era un insetto in casa, lo accompagnava fuori».

«Era il tipo che avrebbe reagito se aggredita?»

«Non ho alcun dubbio. Non sembrava mai spaventata. So che fingeva un sacco di volte, ma Debbie non si sarebbe tirata indietro; non era nel suo DNA».

«C'era qualcuno con cui flirtava ma con cui poi non concludeva niente? Qualcuno che magari si aspettava che succedesse qualcosa e invece non è successo?»

«Non saprei. Voglio dire, a tutte noi capitava di illudere un po' i ragazzi. Non sempre, ma era un piccolo gioco, sa?»

Lo sapevo. Solo che non era affatto un gioco dare la caccia a uomini che finivano per stuprare una ragazza che si era spinta troppo oltre.

«Qualche situazione in particolare che potrebbe essere andata troppo oltre?»

Lei si acciglò. «C'era questo ragazzo, Jason Norwicky. Alla fine del secondo anno di liceo, Debbie lo stuzzicava. Credo che le piacesse davvero, ma forse perché era un nostro coetaneo o qualcosa del genere, non si sono mai messi insieme. Una volta, a pranzo, ci andò giù piuttosto pesante, sa, sussurrandogli all'orecchio e appoggiandosi a lui. Quando uscimmo in cortile, lui la bloccò contro il muro dell'edificio e lei si mise a urlare. Gli insegnanti andarono su tutte le furie e lui fu sospeso per una settimana.»

«Cosa successe dopo?»

«C'era del rancore. Sapevo che Debbie si sentiva in colpa. Gran parte della scuola sapeva che lei flirtava con lui, ma lei mantenne una facciata, negando di averlo provocato, e alla fine la cosa andò a morire.»

«Altri episodi simili?»

«Non mi piace tirare fuori tutto questo fango. Quella povera ragazza è morta. Non era perfetta, ma di certo non meritava ciò che le è successo.»

Insistetti per farmi dare altri nomi, ne ottenni due e me ne andai per sentire un'altra cara amica della vittima.

14

Era il compleanno di Mary Ann, e non c'era posto migliore del Bleu Provence per festeggiarlo. Il tempo era così bello che era impossibile sedersi all'interno. La terrazza era affollata, ma l'illuminazione e la vegetazione la mantenevano romantica.

Avevano la migliore lista dei vini della città. Di solito la lista di cento pagine mi avrebbe intimidito, ma c'erano le selezioni di Jacque: un'intelligente lista dei preferiti del proprietario a prezzi ragionevoli. Afferrando la lista, la sfogliai, nel caso qualcuno stesse guardando, prima di scegliere un Grenache della Valle del Rodano dalla lista dei suggerimenti.

Stavamo insieme da un anno, un evento che avevamo celebrato con una crociera in catamarano al tramonto, e mi sentivo bene. Mi ero trasferito dalla cabana alla camera da letto di Mary Ann. Era la mia unica relazione seria dopo il divorzio. Eravamo colleghi da circa due anni, e l'idea di uscire con lei non mi aveva mai sfiorato la mente finché non mi era venuto il cancro alla vescica. Ancora non so se fosse stato il modo in cui mi aveva aiutato ad affrontarlo o se era stato il cancro a cambiarmi. In ogni caso, ero più felice di quanto non fossi da anni.

Alle donne che si avvicinano ai quaranta raramente piace fare grandi feste per il loro compleanno, quindi, facendo tintinnare i calici, dissi «cent'anni», augurando a entrambi altri cento anni, in italiano. Non sapevo che cosa profumasse di più, se il suo profumo di pesca o l'aroma di liquirizia del vino.

Mary Ann indossava un semplice abito nero, che le fasciava il corpo nei punti giusti, con gli orecchini che le avevo comprato per il nostro anniversario. Avvicinai la sedia e le baciai una spalla.

«È perfetto. Dobbiamo trovare un modo per fermare il tempo.»

«Se solo potessimo. Ma l'alternativa migliore è vivere il momento, Frank.»

«Lo sono.»

Lei alzò le sopracciglia. «Davvero?»

«Beh, ci sto provando. Concedimelo, okay?»

Intrecciò le sue dita con le mie. «È tutto quello che possiamo fare: provarci con tutte le nostre forze, e i miracoli accadono.»

La parola miracolo mi distrasse. Iniziai a pensare a un bambino e al fatto che probabilmente nessuno dei due sarebbe mai diventato genitore. Mary Ann non ne aveva mai parlato, anche se sapevo che amava i bambini. Avrei voluto sapere cosa ne pensasse davvero, ma una discussione del genere mi spaventava.

«Frank?»

«Oh, scusa, stavo solo pensando che devo fare di meglio, come hai detto tu.»

Lei sorrise e prese il menu. «Tu cosa pensi di prendere?»

«Probabilmente il *Loup de mer*.»

«Prendi sempre quello.»

Le misi una mano sulla coscia. «Quando mi piace qualcosa, non la mollo.»

Dopo aver ordinato, Mary Ann disse: «Dovremmo fare un viaggio in Francia. Andare a Parigi e magari nel sud della Francia. Dicono che sia stupendo.»

«Sarebbe bello. Se il cibo è anche solo lontanamente simile a questo, ci sto.»

«Magari potremmo passare un paio di giorni a Parigi, vedere la Torre Eiffel e il Louvre. È al livello degli Uffizi a Firenze.»

Musei? Ugh, l'arte mi piaceva come a chiunque altro, ma non potevo passare ore in un museo. Speravo che Mary Ann guardasse l'arte come faceva shopping. Entrare, vedere quello che volevi vedere e uscire.

«Il Louvre è dove si trova la *Gioconda*, giusto?»

«Sì, ed è molto più piccola di quanto ti aspetteresti. In più, ho letto che non ci si può avvicinare dopo che quel pazzo ha cercato di distruggerla.»

Era leggermente confortante sapere che c'erano bastardi malati in tutto il mondo.

«Mi piacciono i pittori impressionisti come Monet e Renoir.»

«Impressionisti? Mi sorprendi sempre, Frank.»

Un cameriere portò i nostri piatti e continuammo a chiacchierare del viaggio.

Mandando giù un pezzo di salmone affumicato con del vino, intravidi attraverso le finestre della terrazza una donna con i capelli biondi. Finii l'antipasto e mi stavo riempiendo il bicchiere quando la base del cranio mi vibrò.

Mary Ann disse: «Visto che è la nostra prima volta, dovremmo probabilmente andare per circa dieci giorni in totale. Si perde almeno un giorno intero per il viaggio, e potremmo passare quattro giorni a Parigi e…»

La donna era incinta.

«Pensi che Debbie Boyle potesse essere incinta?»

«Cosa?»

«Se Debbie Boyle era incinta, quello potrebbe essere il movente che ha spinto qualcuno a ucciderla. Potrebbe essere stato Wheeler che voleva interrompere la gravidanza.»

«Non parleremo di questo, ma avrebbe potuto abortire.»

«Magari non voleva. Magari voleva tenere il bambino.»

«Magari dovresti provare con più impegno a essere presente, Frank.»

Lei spinse indietro la sedia.

«Dove vai?»

«In bagno.»

———

DERRICK POSÒ un caffè sulla mia scrivania. Aprii il coperchio: marrone cioccolato. «Grazie. Ieri notte mi è venuto in mente qualcosa.»

«Il caso Boyle?»

Annuii. «E se Debbie Boyle fosse stata incinta? Questo darebbe un movente a Wheeler.»

«Punto di vista interessante.»

«Oppure potrebbe essere stata una ragazza o una donna il cui fidanzato ha messo incinta la Boyle. È impazzita e l'ha uccisa. Spiegherebbe le ferite al volto.»

«Perché non avrebbero controllato durante l'autopsia?»

«Non è una procedura standard.»

«Non c'è modo di saperlo ora.»

«Dipende a che punto fosse. Dobbiamo scoprire quanto fosse sessualmente attiva. La Boyle aveva solo diciassette anni, ma questo non significa niente.»

«A chi lo dici. A Washington vedevamo sempre ragazze incinte anche di dodici anni.»

Esitai prima di dire: «Chiama la donna da cui sono andato: Joanne Wilbur. Ecco il suo biglietto. Ma devi stare attento, è una questione delicata, okay?»

«Certo. Capisco.»

«Io vado a trovare un'altra cara amica della vittima, una donna di nome Janet Lipton.»

———

PELICAN LANDING ERA un'enorme comunità a Bonita Springs, sul lato ovest della Route 41. Si estendeva per quasi mille ettari, delimitata da Spring Creek e dalla baia di Estero, dove aveva un suo stabilimento balneare privato.

La Lipton viveva in una sottocomunità chiamata Astor. La porta di un garage per due auto dominava la vista della casa blu dal marciapiede, sovrastando il vialetto in auto-bloccanti multicolore. Una coppia di porte d'ingresso in legno marrone era incorniciata da palme reali.

Premetti il campanello mentre un acchiappasogni in acciaio inossidabile tintinnava, facendomi chiedere a chi piacesse davvero il suono che produceva.

L'aria esausta di Janet Lipton era contrastata dal lucci-chio nei suoi occhi e dalla sua calda stretta di mano.

«Piacere di conoscerla, detective. Entri. Sa, assomiglia proprio a George Clooney.»

Era da un po' che non mi facevano il paragone con Clooney, e la cosa mi fece piacere. «Davvero? Lo prendo come un complimento, anche se non mi piacciono le sue idee politiche.»

Una pila di zaini sotto un tavolo nell'ingresso, coperto di foto di bambini, spiegava la sua aria stanca.

«È una giornata splendida, potremmo parlare fuori in veranda.»

«Mi sembra un'ottima idea.»

Attraversammo un soggiorno con i soffitti a cattedrale e uscimmo in una piccola veranda coperta. La piscina era protetta da una struttura a gabbia e si intravedeva uno scorcio del lago.

«Mi parli un po' di Debbie, da quanto la conosceva e com'era?»

«Beh, eravamo amiche dalla quarta elementare. Eravamo nella classe della signora Macaster e sedevamo una accanto all'altra. Anche Nancy era nella stessa classe. Credo di essere stata attratta da lei. Era, non so, impavida? Era sempre la prima a provare qualcosa. Alzava la mano che sapesse o no la risposta, ma più di ogni altra cosa era semplicemente divertente.»

«Popolare?»

«Assolutamente. Faceva sempre parte del gruppo "giusto".»

«Poteva essere cattiva?»

«Cattiva? No, non direi che fosse cattiva, ma sapeva essere testarda.»

«Cosa intende con testarda?»

«Quando voleva fare qualcosa, non le si poteva dire di no, anche se si trattava di qualcosa di pericoloso.»

«Può farmi un esempio?»

«C'erano questi ragazzi, molto più grandi, del college, che incontrammo a una partita di football del liceo. Debbie aveva appena lasciato le cheerleader, diceva che erano una stupidaggine. Quindi, passammo un po' di tempo con loro, ma ebbi una brutta sensazione, perché continuavano a bisbigliarsi cose all'orecchio e a ridere. Debbie si stava annoiando con la partita e voleva andarsene. I ragazzi ci chiesero se volevamo fare un giro in macchina fino a Clam Pass. Io dissi di no, perché non li conoscevamo, ma Debbie saltò in macchina con loro.»

«È successo qualcosa?»

«No. Ma il punto è che non si sale in macchina con dei ragazzi sconosciuti; lei sapeva che era sbagliato, ma lo fece lo stesso.»

«Mi parli della sua relazione con John Wheeler.»

«Per un po' fu una passione travolgente. Gli aveva messo gli occhi addosso sin dal primo anno. Come ho detto, otteneva sempre ciò che voleva.»

«Dopo aver ottenuto ciò che voleva, passava oltre? Si annoiava?»

«Dipende. Era leale, ma a volte, non so. Diciamo solo che Debbie era un po' contraddittoria, ma chi non lo è?»

Capii. La ragazza era umana, ma sapevo che stava nascondendo qualcosa. «Ora mi ha confuso. Può spiegarsi meglio?»

«Mi scusi. Debbie voleva sempre fare la cosa giusta. Lavorava con i ragazzi svantaggiati di Immokalee tramite la chiesa, ma poi diceva quanto fosse attraente padre Harrigan e si chiedeva se fosse celibe o no. Per un certo periodo, ho pensato che ci fosse qualcosa tra loro.»

«Perché lo pensava?»

«Passava più tempo con lui, e il modo in cui si guardavano mi rendeva sospettosa.»

«Le ha mai detto qualcosa al riguardo?»

«Mi rideva in faccia: un minuto negava e il minuto dopo dava l'impressione che stesse succedendo qualcosa.»

«Le piaceva spiazzare la gente?»

Annuì. «È un buon modo per dirlo. Spero di non averle dato l'impressione che fosse una ragazza facile. Voglio dire, non era una santa, ma non era, sa...»

«Capito. Joanne Wilbur mi ha raccontato una storia su un ragazzo, Norwicky, che Debbie aveva illuso e che lui aveva interpretato come un interesse da parte sua.»

«Beh, per quanto mi riguarda, lo ha illuso, ma non avrebbe comunque dovuto imporsi in quel modo.»

«Ha detto che era stato sospeso da scuola.»

«Sì, e non era la prima volta che otteneva un risultato del genere.»

«Ce n'è stato un altro?»

«Sì, ma era una situazione completamente diversa. Dovevamo fare i test SAT e andammo abbastanza bene, ma questo ragazzo, Gerry, ottenne punteggi altissimi, anche se non era uno studente eccellente. Circolava la voce che avesse ottenuto una copia del test in anticipo e che avesse imbrogliato. Gerry era interessato a Debbie, ma lei non voleva avere niente a che fare con lui. Beh, Debbie va in giro a dire che Gerry le aveva offerto il test in anticipo, ma che lei aveva rifiutato. Non aveva prove e tutti cominciarono a darle della bugiarda. Poi, dal nulla, disse che era andata dal signor Culver prima del test e glielo aveva detto. Non aveva senso. Il signor Culver, lo chiamavamo Mr. C, era un insegnante giovane e molto affascinante. Perché sarebbe andata da lui e non dal preside o dal consulente scolastico?»

«Cos'è successo?»

«La scuola ne venne a conoscenza e convocò Debbie. E all'improvviso, spunta Mr. C che dice che lei era andata da lui per il furto del test da parte di Gerry, ma che all'epoca non c'erano prove e quindi non aveva sporto denuncia.»

«Gerry, qual è il suo cognome? Dev'essere stato piuttosto arrabbiato.»

«Moore, Gerry Moore. Gli fecero rifare il test da solo, e non andò altrettanto bene.»

«Quindi, Debbie diceva la verità?»

«Non lo avrebbe mai detto, ma è stata una situazione davvero strana.»

«Questo Gerry Moore era il tipo di ragazzo che cerca di pareggiare i conti?»

«Era furioso, senza dubbio, e disse che gliel'avrebbe fatta pagare.»

«L'ha sentito dirlo?»

Annuì. «Disse: "Aspetta, stronza. Te la farò pagare. Me la pagherai".»

15

«Capo, ho pensato molto a questo caso e mi è venuto in mente che forse dovremmo cercare uomini più anziani a cui piacevano le ragazze giovani. Non ci si può fidare di quegli sporcaccioni, sono pervertiti. Ho provato a controllare i database che avevano all'epoca, non sono niente in confronto al registro dei molestatori sessuali che abbiamo adesso. Quindi, ho controllato gli arresti per reati sessuali nei due anni precedenti l'omicidio.»

L'intraprendenza del ragazzo era impressionante. «Qualcuno di interessante?»

«C'erano tre sporcaccioni, ma due di loro erano in prigione in quel periodo.»

«Vai al punto, Derrick.»

«Matt Boralis. È stato arrestato circa due mesi prima per aver tentato di adescare una quindicenne per farla salire in auto. Indovina dove è successo.»

«A Delnor-Wiggins.»

«Già, e non era la prima volta. Quel viscido si è finto un

fotografo. Ha detto che le avrebbe fatto delle foto per darle una possibilità di lavorare come modella.»

«Quel verme si è fatto un po' di galera?»

«Se l'è cavata entrambe le volte. Ma ecco la cosa interessante: non ne sono sicuro, ma ho fatto una ricerca su Boralis nel sistema nazionale. È saltato fuori il nome di una certa Mary Boralis, potrebbe essere una sorella o una qualche parente. Era una sedicenne che è stata violentata e pugnalata a morte.»

«Quando è successo?»

«Nel millenovecentottantaquattro.»

«Ottimo lavoro, Derrick. Andiamo a trovare questo pezzo di merda.»

———

MATT BORALIS SEMBRAVA un incrocio tra John Goodman e Jackie Gleason. Il desiderio di una ragazza di fare la modella era molto più forte di quanto immaginassi. Altrimenti, a Boralis sarebbe servita una pistola, non una macchina fotografica, per convincere una ragazza a seguirlo.

Boralis uscì, le guance che tremavano mentre parlava. Il sole baluginava sui suoi capelli neri, simili a gesso. Teneva la mano sulla maniglia della porta e la camicia gialla rivelava un ombelico grande come un cratere.

«Abbiamo qualche domanda per lei, signor Boralis. Sarebbe meglio se lo facessimo dentro.»

«Ehm, no, qui fuori va bene.»

Nascondeva qualcosa? «Come vuole». Tirai fuori il cellulare. «Devo rispondere, ma non aspettarmi, puoi iniziare tu, Derrick.»

Corsi verso la Cherokee, saltai al posto di guida, mi

portai il cellulare all'orecchio e accesi i lampeggianti. Pochi secondi dopo, dovetti soffocare una risata quando Boralis agitò un braccio grande come il ramo di un albero e ci aprì la porta.

Boralis entrò per primo, raccogliendo un paio di riviste che a me sembravano porno. Il posto era buio e gelido. Mi abbottonai la giacca e lo seguimmo in cucina. Mi sentii come se fossimo finiti negli anni Cinquanta: ripiani in formica, un pavimento a piastrelle bianche e nere e un frigorifero verde lime.

Derrick mi diede una gomitata, indicando con il mento il quadro di una cameriera sui pattini. Era china su un'auto senza mutande. Come si fa a tenere una cosa del genere in cucina? In una taverna o nell'angolo bar, forse, ma non in cucina.

Ci accomodammo su delle sedie con le gambe cromate e io dissi: «Conosceva Debbie Boyle?»

«No. Perché dovrei conoscerla?»

«Perché sembrava il tipo di ragazza che lei cercherebbe di convincere a fare un giro in macchina.»

«È ridicolo.»

«Lo è? Lei è stato arrestato a Delnor-Wiggins per aver tentato di adescare una ragazza simile e la definisce un'ipotesi ridicola?»

Boralis tirò fuori un fazzoletto e si tamponò la fronte. «Si sbaglia. La ragazza ha visto la mia macchina fotografica e mi ha chiesto che tipo di fotografo fossi. Le ho detto che il mio campo era il settore della moda. Mi ha chiesto dei miei contatti e voleva che le facessi delle foto. Tutto qui.»

«Lei si è presentato come un fotografo di moda, corretto?»

«Non come professionista, ma sì, ho già scattato foto a delle donne.»

«E non scatta fotografie, che so, a paesaggi o cose del genere?»

«No. È l'elemento umano che trovo affascinante.»

«Ed era solo quel giorno a Wiggins?»

«Sì.»

«Allora, perché portare la macchina fotografica se non per usarla come oggetto di scena per ingannare qualche povera ragazza e farle credere che lei fosse un fotografo di moda?»

«Non ho fatto nulla di male. Le accuse sono state ritirate.»

Derrick disse: «Ha qualche foto di Mary Boralis?»

«Era mia sorella. Certo che ho delle sue foto.»

Dissi io: «Scommetto che aveva i capelli biondi, non è vero?»

«Perché siete così interessati a mia sorella? È morta da molto tempo.»

«È stata violentata e pugnalata a morte.»

«È stato un giorno molto triste.»

«Ha avuto qualcosa a che fare con la sua morte?»

«Adesso chi sta dicendo cose ridicole, detective? Quella era la mia sorellina, che mi manca ogni giorno della mia vita.»

«Scattava foto anche a lei?»

«Non apprezzo affatto il suo tono, detective. Non ho fatto nulla di male e ho cercato di collaborare con voi, ma ora devo chiedervi di andarvene.»

Non avevamo motivi per restare, così ce ne andammo.

«Che ne pensi, capo?»

«È un viscido, ma a meno che non riusciamo a collocarlo sulla scena quella notte, non abbiamo niente.»

«Vuoi che trovi una sua foto di com'era all'epoca e veda se qualcuno lo riconosce?»

Era un tiro alla cieca dopo l'altro, ma una dannatamente buona idea. «Fai pure.»

—————

16

«Frank, non sono riuscito a...»

Alzai una mano e afferrai il fascicolo. «Derrick, ti ricordi di un certo Gerry Moore nel fascicolo del caso Boyle?»

«Moore? No, non mi pare. Che succede?»

«Potrebbe essere nulla, ma circa un anno prima che la Boyle venisse uccisa, questo Moore l'ha minacciata.»

«Per cosa?»

«La Boyle sosteneva che Moore avesse rubato in anticipo una copia del test SAT.»

«E dove avrebbe potuto trovare una copia?»

«Non lo so. Non c'erano prove che l'avesse rubata. Si riduceva alla sua parola contro quella di lui, finché un insegnante non si è fatto avanti dicendo che la Boyle gliene aveva parlato.»

«Perché l'insegnante non ha fatto nulla?»

«Visto che non c'erano prove, probabilmente non voleva rovinare la reputazione di Moore.»

«Se Moore l'ha minacciata, dobbiamo indagare su di lui.»

Chiusi il fascicolo. «Senza dubbio. Non sembra che qualcuno abbia parlato con Moore, almeno non ufficialmente. Risolveremo la cosa. Cosa volevi dirmi prima?»

«Nessun ospedale della zona ha registrazioni di qualcuno presentatosi al pronto soccorso la notte in cui è stato trovato il corpo di Debbie Boyle o il giorno seguente.»

«Non mi sorprende.»

«Pensavo davvero che avremmo trovato qualcosa.»

«Era un'ipotesi azzardata, ma hai avuto una buona idea, ragazzo.»

«Grazie. Frank, dovremmo essere partner, no?»

«Non dovremmo esserlo, lo siamo.»

«Posso chiederti una cosa, senza che ti arrabbi?»

Quel suo preambolo non mi piaceva. «Certo. Chiedi pure.»

«Puoi smetterla di chiamarmi 'ragazzo'? Non sono un ragazzo. So che hai più esperienza di me, ma quando mi chiami così, specialmente di fronte ad altri, mi fai sembrare una specie di stagista.»

Il ragazzo era un pivello, ma aveva ragione. Mi alzai e gli porsi la mano. «Scusa, socio, non mi ero reso conto che ti desse fastidio. Hai fatto bene a dirmelo. Se dobbiamo essere partner, dobbiamo essere sinceri l'uno con l'altro.»

Derrick sorrise, radioso come un bambino. «Grazie, Frank.»

«Mi faresti un favore? Scopri dove vive questo Gerry Moore. Io vado a trovare Campo, quello che ha trovato il corpo della Boyle.»

Il sorriso di Derrick si spense. «Uh, certo. Credo di essere abbastanza qualificato per farlo.»

Ops. «Andare da Campo è probabilmente una perdita di tempo, ma se vuoi venire con me sei il benvenuto.»

«No, va bene così.»

«Sei sicuro? Non ho voglia di guidare.»

Derrick si allontanò. «Adesso pensi che io sia il tuo autista o cosa?»

Chi ha detto che gli uomini si lasciano scivolare le cose addosso? Questo ragazzo era più lunatico di una donna con il ciclo. «Aspetta un attimo. Ho molta esperienza in omicidi. Non significa che io sappia tutto, ma so che allocare correttamente le risorse che abbiamo è fondamentale per risolvere i casi. Non dobbiamo lavorare in due su un personaggio di poco conto. Vuoi venire per fare esperienza? Per me va benissimo.»

«Penso sia importante vedere come fai tu, Frank.»

Gli lanciai le chiavi della Cherokee. «Muoviamoci.»

Il Naples RV Resort era un'area per camper sulla Collier Boulevard, usata principalmente da turisti. Bert Campo era uno dei pochi residenti fissi che la chiamavano casa. Una minuscola piazzola contrassegnata dal numero 247 era il punto in cui Campo era allacciato. Il suo camper era poco più di un pick-up con una stanza di alluminio imbullonata sopra.

Il veicolo bianco aveva una striscia arancione a metà fiancata ed era arrugginito in più punti. A metà del sentiero di ghiaia sentii odore di marijuana. Prima che potessi dire qualcosa, Derrick disse: «Puzza d'erba.»

Annuii. «Questa si prospetta interessante.»

Il suono di *The Dark Side of the Moon* dei Pink Floyd trapelava dalle finestre a persiana della roulotte. Quando

Campo aprì la porta, tutto ebbe un senso: Bert Campo sembrava Jerry Garcia dei Grateful Dead.

«Ehilà. Entrate pure.»

Derrick fece un passo e io lo afferrai per un gomito. «Se non Le dispiace, sono claustrofobico, e noi tre...» indicai l'interno e scossi la testa, «...potrebbe non andare bene per me.»

«Ehi, amico, come preferisci, nessun problema. Possiamo sederci sul retro.»

Sul retro? Seguimmo Campo dietro la sua roulotte, dove un tavolo da picnic era sistemato su un pezzo di erba sintetica. Era una sistemazione strana ma ombreggiata da un salice. Ci sedemmo di fronte a Campo, che disse: «Oh, cavolo, ho dimenticato di chiedervelo, volete qualcosa da bere o altro?»

Non avendo voglia di Mountain Dew o granola, dissi: «No, grazie. Come va la Sua memoria?»

«Memoria? Uh, e che roba è?» Rise e si tirò la barba folta.

Derrick ridacchiò. «Questa era buona.»

«Mi piace farmi un tiro ogni tanto, ma non influisce sulla mia memoria.»

Ogni tanto? I polpastrelli dell'indice e del pollice erano macchiati di marrone. «Lei era al Delnor-Wiggins Park la notte in cui Debbie Boyle è stata uccisa.»

«Sì, è stata una brutta storia, amico.»

«Ci racconti come ha scoperto il corpo.»

«Beh, stavo in un sacco di posti prima di stabilirmi qui. Una volta potevi fermarti un po' ovunque e nessuno ti cacciava. Ma adesso? Lascia perdere, amico. Non vale la pena sbattersi, per questo mi sono sistemato qui.»

Derrick disse: «Per favore, ci parli del corpo.»

«Oh, sì. Allora, quella notte, mi ricordo, era una nottata davvero bella, e sa, ho festeggiato un po' e devo essermi appisolato. Era una notte fantastica, e quando mi sono svegliato mi scappava da pisciare da morire. Il bagno, quello vicino, credo, all'area di parcheggio due o giù di lì, era sempre aperto. La serratura era rotta da una vita, amico. Non l'hanno mai riparata. Non so perché...»

Dissi: «Signor Campo, per favore, torni al ritrovamento del corpo.»

«Certo, certo, nessun problema. Allora, come stavo dicendo, dovevo andare a pisciare e mi sono diretto verso i bagni. Sa, il mio camper non entra molto bene nel parcheggio normale, quindi stavo parcheggiato, sa, tipo, per lungo...»

Avrei voluto strangolarlo, ma Derrick disse: «Per favore, il corpo.»

«Sì, stavo andando verso l'edificio dei bagni. Ho tagliato, altrimenti avrei dovuto fare tutto il giro del sentiero. A volte lo faccio, ma mi scappava troppo. Allora, sto salendo una collina, non una collina ma tipo un dosso, e ho pensato che i miei occhi mi stessero ingannando. Sembrava ci fosse un corpo steso lì. All'inizio, ho pensato che stesse dormendo nel parco, in campeggio come me, ma senza un camper. Ma poi, stavo guardando, e non c'era un sacco a pelo né niente. Niente di quello che ti serve quando vai in campeggio, così ho rallentato e ho fatto un paio di passi verso il corpo, ed è stato allora che l'ho vista. L'ho chiamata un paio di volte, ma non si è mossa.»

«Che cosa ha fatto dopo?»

«Sembra assurdo, amico, ma mi scappava, così mi sono avvicinato alle mangrovie e ho fatto la pipì.»

«Dopo essersi liberato, cosa ha fatto?»

«Mentre pisciavo, non facevo che pensare a cosa fare. È stata una vera mazzata. Ero fatto bene, ma cavolo, l'effetto è svanito di colpo quando ho visto quella povera ragazza.»

«Ha toccato il corpo?»

«Sì, mi sono avvicinato, continuando a dire, tipo: 'Ehi, stai bene? Ti serve aiuto?'.»

«Immagino che non abbia risposto.»

Scosse la testa. «No, amico. Quando mi sono avvicinato ancora, mi sono inginocchiato e ho visto il suo viso. Oh cavolo, ho quasi vomitato. Come può qualcuno fare una cosa così violenta a un altro essere umano? Insomma, condividiamo il pianeta. Siamo tutti insieme in questa vita.»

«Ha detto di aver toccato il corpo. In che modo?»

«Niente di che, era stesa più o meno su un fianco. Così le ho afferrato la spalla, per scuoterla, e poi ho visto il sangue. Cavolo, è stato un vero schifo.»

«E poi?»

«Mi sono alzato e mi sono guardato intorno. Per un secondo ho avuto paura, una paura fottuta. Chiunque fosse stato poteva essere ancora lì, così ho controllato in giro. Poi, mi sono diretto verso la spiaggia.»

«La spiaggia?»

«Sì, aveva bisogno di aiuto. Non sapevo cosa fare.»

«Perché non ha chiesto aiuto?»

«Non avevo un telefono. Era molto prima dei cellulari, e spesso c'è gente che passeggia sulla spiaggia. Pensavo di poter trovare qualcuno e capire cosa fare.»

«Ha visto qualcuno?»

«No. Allora ho capito che dovevo salire sul mio camper e trovare un telefono o uno sbirro.»

«E ha lasciato il parco?»

«Stavo per andarmene, ma ho visto le luci di una volante e ho solo aspettato che arrivassero gli sbirri.»

Indicai il camper. «Aveva questo camper con sé quella notte?»

«Sì, ce l'ho da una vita. A quei tempi era molto più giovane.»

«Ha detto che stava andando in bagno quando ha trovato il corpo, giusto?»

«Sì, era quello che stavo facendo, nient'altro, solo una piscia-»

«E ha detto che le scappava davvero tanto.»

«Sì, esatto.»

«Perché uscire dal suo camper, quando aveva un bagno proprio lì, e andare a usarne uno nel parco?»

Lui sorrise. «Non ho molti soldi, non ne ho mai avuti e mai ne avrò. I soldi non sono importanti per me, ma devo comunque farmeli bastare il più possibile. Non mi piaceva pagare per scaricare i liquami. Preferisco usare i servizi pubblici quando posso.»

Derrick disse: «Ha sentito qualcosa di strano quella notte?»

«No, niente come un urlo o cose del genere.»

«Ha visto qualcuno comportarsi in modo sospetto o fare qualcosa di insolito?»

«Come ho detto, era una serata davvero piacevole e c'era altra gente, sa, che passeggiava sulla spiaggia o pescava. C'era un uomo, non direi che fosse sospetto o altro, ma bazzicava nella zona del parcheggio. Forse aspettava un passaggio. È quello che ho pensato al momento.»

«Dov'è andato?»

«Non lo so, l'ultima volta che l'ho visto era in giro per il parcheggio. Magari il suo passaggio è arrivato e l'ha caricato.»

Derrick domandò: «Quando la vittima, Debbie Boyle, è scomparsa, il suo ragazzo ha detto di essere andato a cercarla. Ha visto qualcuno setacciare la zona?»

«No, ma io ero dentro al camper.»

«Ha sostenuto di averla chiamata per nome mentre cercava di trovarla. Non ha sentito nulla?»

Scosse la testa. «Non direi.»

Dissi: «Era una bella serata, probabilmente aveva i finestrini aperti, e non ha sentito nulla?»

«No. Se l'avessi sentito, lo direi. Non ho niente da nascondere.»

«Era strafatto e completamente andato, non è vero?»

Campo sorrise. «Dormo come un ghiro, da sempre.»

Mi alzai. «Per ora è tutto, signor Campo.»

Derrick gli porse un biglietto da visita. «Se si ricorda qualsiasi altra cosa, per favore ci chiami. Un aiuto su questo caso ci farebbe comodo.»

Chiacchierare con quel fatucchione avrebbe potuto essere una totale perdita di tempo, ma speravo che la prossima volta che Derrick avesse messo in discussione il mio modo di stabilire le priorità, il modo in cui usavo le mie risorse, ci avrebbe pensato due volte.

17

L'UFFICIO DELLA SICUREZZA DI WATERSIDE SHOPS ERA PIÙ piccolo delle celle in cui ficcavamo i delinquenti. Per fortuna, era un'altra giornata splendida. Novembre era stato impeccabile e dicembre stava iniziando alla grande. Lasciai Derrick a guardare i monitor e andai a parcheggiare il culo su una panchina circondata da giochi d'acqua.

Solo perché era dicembre riuscivo a tollerare la musica natalizia e i costumi da Babbo Natale. Un flusso costante di acquirenti si spostava da un negozio all'altro, comprando i regali di Natale, ricordandomi che dovevo trovare qualcosa per Mary Ann.

Avevo imparato la lezione di non prendere la via più facile con un buono regalo, come avevo fatto per il suo compleanno. Cosa potevo prenderle che la sorprendesse e mi mettesse in buona luce? Scrutai le vetrine dei negozi. Quel posto era l'epicentro della vendita al dettaglio di lusso.

Le porte d'ingresso di Louis Vuitton si aprivano e chiudevano più spesso di quelle di un McDonald's. Sarebbe rimasta scioccata se mai avessi messo una delle loro borse sotto l'albero. Mary Ann diceva che il prezzo a cui vendono quelle borse non ne vale la pena, ma mi chiedevo se in realtà ne volesse una. Potevo permettermela, se proprio dovevo, ma avrei preferito spendere quei soldi per qualcos'altro, come il viaggio in Europa che desiderava tanto.

Forse avrei dovuto fare qualche ricerca, fare due conti per un viaggio a Parigi e Roma. Potevo mettere le foto del Colosseo e della Torre Eiffel in un biglietto e nasconderlo in una scatola grande. Non se lo sarebbe mai immaginato.

Quanto sarebbe costato quel viaggio? C'erano sempre biglietti aerei economici sui giornali. Dovevo stare attento a non finire stipato come una sardina, rischiando un attacco di claustrofobia. Tirai fuori il telefono per farmi un'idea delle tariffe aeree quando chiamò Derrick. La banda delle borse era entrata nel reparto pelletteria.

Ero più vicino a Saks che all'ufficio della sicurezza. Mi misi la giacca su una spalla, mi strappai la cravatta ed entrai con noncuranza nei grandi magazzini. Svoltando a sinistra nel reparto calzature da uomo, esaminai un paio di scarpe da ginnastica di Ferragamo da cinquecento dollari mentre entrava l'ultima coppia di malviventi. Entrambe le coppie si tenevano per mano e non si erano tolte gli occhiali da sole. Mentre si dirigevano verso l'espositore di Prada, incrociai lo sguardo di uno dei nostri e mi avvicinai a uno stand di giacche sportive vicino all'uscita.

Tenendo in mano una giacca grigia, individuai il capo. Un ispanico sulla ventina vestito come per un servizio fotografico di GQ. Teneva una borsa stretta alla sua compagna e si portò una mano all'auricolare. Mosse lentamente la testa, come un puma pronto all'attacco. Posò la borsa, mise un braccio intorno alla sua ragazza e si diresse verso le porte.

Ci avevano scoperti. Le altre tre coppie si allontanarono

lentamente dall'area delle borse, fingendo interesse per i capi d'abbigliamento prima di lasciare il negozio. Cos'era andato storto? Mi diressi all'ufficio della sicurezza.

———

«COME DIAVOLO HANNO FATTO A SCOPRIRCI? Hai visto qualcosa, Derrick?»

«Ehm, credo che abbiano visto te.»

«Me? Impossibile.»

«Ne sono abbastanza sicuro, capo.»

«Ero molto più indietro di loro, nel reparto calzature, per niente vicino.»

«Credo che abbiano visto qualcosa, forse il rigonfiamento della fondina.»

«Ma no, impossibile.»

«Dai un'occhiata a questo.»

Derrick riavvolse il video. «Vedi qui, questo sei tu che entri. Ora, qui, vedi questo tizio in pantaloncini?»

Un uomo coi capelli grigi, bermuda gialli e una camicia di Tommy Bahama aprì il primo set di porte. Era una ventina di metri dietro di me. Non lo avevo mai percepito. Superò il secondo set di porte e fece finta di leggere una mappa del negozio. Mi squadrò mentre uscivo dal reparto calzature e, non appena sollevai la giacca sportiva, si girò e uscì dal negozio.

Poi fece due passi e si frugò nella tasca dei pantaloni. Derrick disse: «Sono quasi certo che sia un walkie-talkie.»

Crollai su una sedia.

«Non preoccuparti, li prenderemo la prossima volta.»

«Se ci sarà una fottuta prossima volta.»

«Siamo soci, dobbiamo guardarci le spalle a vicenda.»

«Grazie, ma devi capire che a volte si superano certi limiti; non c'è protezione per nessuno. Mi hai capito?»

———

CI SEDEMMO A CENA NELLA VERANDA. Mary Ann aveva preparato pasta e piselli, un piatto confortante che era uno dei miei preferiti. O questa donna mi aveva messo una cimice o aveva davvero un sesto senso. Volevo chiederle a che ora, oggi, avesse deciso di prepararla.

Mary Ann mi riempì il piatto. «Cosa c'è che non va, Frank?»

«Niente.»

«Non dirmi 'niente'. Non hai detto una parola da quando sei tornato a casa.»

«Non è stata una delle mie giornate migliori, tutto qui.»

«Annoiato dalla sorveglianza?»

Mettendo del formaggio sulla pasta, dissi: «Magari.»

«Cos'è successo?»

«Ci hanno scoperti e sono stato io a mandare tutto all'aria.»

Le raccontai quello che era successo e lei disse: «Non è un grosso problema. Non avevi idea di quante vedette stessero usando.»

«Questa è una stronzata. Sei una poliziotta troppo in gamba per dire una cosa del genere. Sarei dovuto stare più attento. È stato un errore da principiante. Se l'avesse fatto Derrick, gliel'avrei fatta pagare cara.»

«Sei umano, Frank.»

«È stato sconsiderato da parte mia. Portiamo avanti questa operazione da settimane e io ho mandato tutto a puttane.»

«Nessuno si è fatto male e, inoltre, non sai con certezza che sei stato tu a farli scappare. Chi lo sa? Forse hanno scoperto una delle nostre commesse finte.»

Stava cercando di tirarmi su di morale e non ci stava riuscendo. Il mio desiderio di essere al centro dell'azione mi aveva fregato. Bel mentore che mi sto rivelando.

«Lasciamo perdere, va bene?»

«Com'è la pasta e piselli?»

«Buona quasi come quella di mia madre. Devi avere del sangue italiano.»

«Ci sono molti italiani in Brasile. Lasciarono l'Italia durante la Seconda guerra mondiale.»

Annuii. «Lo so. Anche in Argentina.»

«Dovremmo andarci un giorno.»

«Pensavo che avremmo provato ad andare in Europa.»

«Vuoi davvero andarci?»

Avevo trovato il mio regalo di Natale. «Certo, è una cosa che vuoi fare tu. Dovremmo pensare seriamente di farlo.»

Posò la forchetta. «Non può essere solo per me, Frank.»

«Non lo è. Voglio andarci, davvero. Sarà fantastico.»

Mi afferrò la mano. «Sono così emozionata. Ho sempre voluto andare a Parigi.»

«Forse possiamo fare anche Roma.»

«Davvero? Oh mio Dio, Roma e Parigi! Magari non torniamo più.»

«Quanto tempo dovremmo stare via? Non voglio fare le corse per cercare di vedere tutto.»

«Probabilmente in tre giorni a città riusciamo a vedere quasi tutto. Quindi sono sei giorni, più due di viaggio.»

«E un giorno per andare da Parigi a Roma. Così fanno nove. Dovremmo pianificare un minimo di dieci giorni, magari dodici, così possiamo fare una gita o due.»

«Io posso prendermi due settimane.»

«Se è un periodo tranquillo, come adesso, per me non c'è problema. Ho delle ferie arretrate.»

«A che punto siamo con il caso Boyle?»

«A proposito di Europa, Derrick sta seguendo la pista di un immigrato che era sulla scena del crimine. Secondo me è campata in aria, ma stavo per andare a sentire quel ragazzo che aveva minacciato Boyle per un test SAT. È saltato fuori che si è trasferito subito dopo l'omicidio di Boyle.»

18

Sfrecciai sulla Route 75, ma il traffico si fece sempre più intenso mentre mi avvicinavo a Sarasota. Le strade erano troppo strette e le gru edili punteggiavano l'orizzonte. Era un'altra di quelle città la cui crescita aveva superato le infrastrutture.

Il cuore di Sarasota era pieno d'acqua, ma l'unica acqua nella via di Gerry Moore era una pozzanghera. Un cane cominciò a guaire quando suonai il campanello. La voce di un uomo cercò di calmare il cane prima di aprire la porta.

Una palla di pelo bianca e abbaiante si diresse dritta verso la mia gamba. Era un cane carino che mi parve un maltese.

«Mi scusi. Mabel, vieni qui.»

«Non si preoccupi.»

Gerry Moore raccolse il cane. La sua polo da golf si tendeva sulle spalle muscolose e tirava sui bicipiti. Questo tizio aveva la mia età. Come faceva? Forse Mary Ann aveva ragione e dovevo iniziare ad andare in palestra. Se non fosse stato per i capelli biondi che viravano al grigio, sarebbe potuto passare per un trentenne.

La conferma che fosse un fanatico della palestra arrivò quando ci stringemmo la mano. Moore non si guadagnava da vivere facendo lavori manuali.

«È una maltese, vero?»

«Sì, è una brava cagnolina, si agita solo quando viene qualcuno.»

Mentre allungavo la mano per accarezzare il cane, lei cominciò a leccarmela. Era carina. «Non ho un cane, ma se lo avessi, sarebbe un maltese.»

«Hanno un'indole meravigliosa. Si accomodi, entri pure.»

La casa sembrava uscita da un film scandinavo: mobili in legno bassi e dal gusto spartano. Niente divani sontuosi su cui sprofondare; solo cuscini sottili ovunque. Sembrava un'Ikea più di classe.

Una parete a vetri conduceva a un patio che dava su una fitta riserva tropicale. Per i miei gusti era fin troppo simile a una foresta pluviale, ma sembrava un luogo sereno.

«Bella casa, è qui da molto?»

«Non in questa, ma a Sarasota da circa quindici anni. Sediamoci qui. Vuole qualcosa da bere?»

Mi accomodai su una sedia bassa con lo schienale curvo. «Acqua, se non Le dispiace.»

Moore aprì il frigorifero e disse: «Continuo a non capire di cosa volesse parlare.»

Mentre mi porgeva una bottiglia di acqua Fuji, dissi: «Sto lavorando a un caso irrisolto di venticinque anni fa. All'epoca eravamo entrambi adolescenti.» Svolsi il tappo e bevvi un sorso. «Una ragazza che frequentava la sua stessa scuola è stata assassinata a Naples.»

Moore impallidì a tal punto da sembrare la sagoma di un disegno da colorare. «Oh, un vecchio omicidio.»

Un campanello d'allarme. Non aveva menzionato la Boyle. Quante ragazze che conosceva erano state assassinate quando lui aveva diciassette anni?

«Non si ricorda l'omicidio di Debbie Boyle?»

Stava premendo il palmo della mano sul tappo della bottiglia. «Certo. È passato molto tempo.»

«Mi risulta che Lei abbia avuto un alterco con lei. Sosteneva che Lei avesse rubato l'esame SAT.»

«Si inventò tutto. Non mi piace parlarne male, visto che non c'è più, ma Debbie era una stronza. Non mi è mai piaciuta. Ci provò con me un paio di volte e non avevo alcun interesse per lei. Non le andò giù e si inventò la storia dell'esame.»

«Lei ha respinto le avances di Debbie Boyle e lei si è inventata il furto dell'esame SAT per vendicarsi?»

«Per quale altro motivo avrebbe fatto una cosa del genere?»

«Ho sentito che la scuola Le ha creato un sacco di problemi.»

«Volevano sospendermi. Era una follia. Non c'era nessuna prova. I miei genitori vennero e minacciarono di fare causa alla scuola. Loro si tirarono indietro e per me le acque si calmarono per un paio di giorni, quando iniziarono a interrogare Debbie. Poi, di punto in bianco, il signor Culver le venne in soccorso, dicendo che Debbie gli aveva riferito che avevo ottenuto una copia dell'esame. Mentiva per proteggerla. Debbie era la cocca del signor C.»

«È passato molto tempo, i termini di prescrizione sono ampiamente scaduti e sono curioso: trovò il modo di ottenere una copia dell'esame?»

«No.»

«So che andò molto bene all'esame, meglio di quanto ci si aspettasse, il che portò la scuola a credere che ne avesse avuto una copia in anticipo. Come spiega la differenza di punteggio quando Le fecero ripetere il test?»

«Costringermi a ripetere il test fu una stronzata. Ero andato bene la prima volta, non c'era una ragione particolare. Avevo seguito dei corsi di preparazione per l'SAT e mi ero sentito in forma la prima volta. Quando dovetti rifarlo, ero nervoso e stressato. Il test mi sembrò più difficile e non andai altrettanto bene.»

Era un eufemismo. Il suo punteggio era più basso di cento punti.

«Se quello che dice è vero, ossia che la Boyle era interessata a Lei ma non viceversa, posso capire perché potesse cercare vendetta. Ma quello che non riesco a spiegarmi è perché un insegnante avrebbe dovuto sostenere l'accusa contro di Lei.»

«Il signor C. era una brava persona. Piaceva a tutti i ragazzi, specialmente alle ragazze. Non disse che avessi fatto qualcosa. Disse solo che Debbie gli aveva detto che avevo rubato una copia del test.»

Qualcosa su cui indagare. «Capisco. La scuola non poteva sospenderLa senza prove e Le ha fatto ripetere l'esame.»

«Non c'era nessuna prova, ma costringendomi a rifare il test stavano dicendo che ero colpevole.»

«Sarà stato furioso. Chi vorrebbe ripetere un esame di quattro ore?»

«Fu un incubo.»

«So che l'ha minacciata.»

Le sue spalle si afflosciarono. «Guardi, ero incazzato.

Tutta la scuola ne parlava. I miei genitori e la mia famiglia mi sostenevano, ma si vedeva che non erano convinti che non l'avessi fatto. Continuavano a farmi domande in continuazione.»

«Ma l'ha minacciata.»

Annuì.

«Secondo un testimone, Lei avrebbe detto qualcosa tipo che gliel'avrebbe fatta pagare, che avrebbe pagato per quello che Le aveva fatto.»

«Non ricordo cosa dissi; sono passati venticinque anni.»

«Lei lasciò Naples subito dopo l'omicidio di Debbie Boyle.»

«Lo fa sembrare come se fossi scappato. Non sono scappato. Andai al college a Richmond, in Virginia.»

«I corsi all'Università di Richmond non iniziavano fino a fine agosto, eppure Lei lasciò Naples la prima settimana di giugno.»

«Ero ansioso di cominciare, tutto qui. Da quella stupidaggine dell'esame SAT, le cose erano cambiate per me. Naples era una piccola comunità all'epoca, specialmente il sistema scolastico; la gente parlava di me.»

«Un'amica di Debbie ha detto che Lei voleva tagliare i tubi dei freni della sua auto.»

«Stavo solo sparando a zero, tutto qui. Non è un crimine dire cose stupide.»

«Non è più tornato a Naples dopo la scuola. Come mai?»

«Ma sta scherzando? Pensa che io c'entri qualcosa con la sua morte?» Si alzò. «Questa è una follia. Mi dispiace, ma non credo di dover continuare questa conversazione senza un avvocato.»

Venticinque anni dopo, il polverone sollevato per un esame rubato non sarebbe più stato, per la maggior parte della gente, un movente sufficiente per un omicidio. Ma Moore era un adolescente, all'epoca aveva solo diciassette anni. E poi, su nel New Jersey, avevo visto la mia buona dose di omicidi per un parcheggio, un cellulare o persino un cappellino degli Yankee. L'imbarazzo e il disonore che un giovane avrebbe provato potevano facilmente trasformarsi in rabbia omicida.

19

NON AVEVO BISOGNO DI UN OROLOGIO, IL MIO STOMACO MI stava dicendo che erano quasi le sei: ora di finire e andare a casa. Derrick era stato fuori tutto il giorno a fare interrogatori e il sistema giudiziario mi aveva fatto perdere un'altra giornata. Mi mandavano in bestia tutte le manovre legali che gli avvocati della difesa usavano per ritardare e distogliere l'attenzione dai loro clienti.

Data la mia esperienza nel caso Barrow, ero un sostenitore più convinto di molti del principio di innocenza fino a prova contraria. Il problema era che avevamo permesso agli avvocati di abusare del sistema con una tattica dopo l'altra, una mozione dopo l'altra. Era esasperante rimanere seduto, in questo caso per più di cinque ore, pranzo incluso, per testimoniare.

In che modo veniva servita la giustizia? Un imputato ha diritto a una difesa credibile, ma in che modo veniva servita la collettività, costringendo i suoi agenti delle forze dell'ordine a starsene con le mani in mano in un'aula di tribunale?

Doveva esserci un modo migliore per programmare le testimonianze, per entrambe le parti.

A contribuire alla mia frustrazione c'era il fatto che i ladri di borse non erano tornati ai Waterside Shops. Li avevo fatti scappare. Dovevo prendere una decisione riguardo al proseguimento della sorveglianza. Avrei dovuto annullarla del tutto? Ridurla? Volevo catturare quei bastardi, ma Mary Ann mi aveva ricordato la sera prima che la stavo prendendo sul personale.

La banda non aveva mai usato né mostrato un'arma durante i suoi colpi mordi e fuggi. Erano sfacciati, ma Saks era un bersaglio facile. Volevano aumentare la sicurezza del reparto fissando le borse costose con cavi metallici. Avevo chiesto loro di aspettare, sapendo che se l'avessero fatto la banda dei furti si sarebbe spostata, terrorizzando un'altra città.

Non era una questione personale; questa era un'organizzazione criminale che doveva essere fermata. Non potevamo permettere che Naples si trasformasse in Chicago o Baltimora, dove bande prendono d'assalto i negozi, rubano e scappano. Avrei continuato la sorveglianza, anche se riducendola un po', ma avrei catturato quei bastardi.

Mentre scrivevo al computer un nuovo ordine di sorveglianza, Derrick entrò con un'espressione accigliata e una cravatta blu. Chiesi: «Com'è andata?»

«Niente. Una totale perdita di tempo. Nessuno è riuscito a identificare Boralis.»

«Neanche un "forse"?»

«Zero. È frustrante non riuscire a far avanzare il caso.»

«Invece sì. Eliminare qualcuno che adescava ragazze giovani aiuta a focalizzare l'indagine.»

«Ah sì? E come mai mi sento come se avessi buttato via una giornata?»

«Tu? Prova a stare seduto in tribunale tutto il giorno. Ho il sedere a pezzi.»

«Tu non hai un sedere.»

Aveva ragione; non avevo un sedere, ma non era quello ad avermi colpito. Era il fatto che la nostra relazione avesse appena fatto un passo avanti. Il ragazzo si sentiva a suo agio a prendermi in giro.

«Il suo spirito d'osservazione è di prim'ordine, detective. Ora, torni al lavoro.»

«E quel messaggio dell'Interpol in cui dicevano di avere qualcosa su Papadakis e che stavano preparando un rapporto?»

«Potrebbe essere qualsiasi cosa, ma ho chiesto a un mio amico dell'FBI di vedere cosa riesce a scoprire. Nel frattempo, perché non scavi un po' su Papadakis? Impariamo più che possiamo su di lui. È qui da molto tempo e deve aver lasciato una traccia, se è lui il nostro uomo.»

«Chi lo sa, potrebbero esserci cadaveri di cui non sappiamo nulla.»

«Non ne sarei così sicuro, ma ci sono centinaia di casi di adolescenti scomparse ogni anno. Scappano per motivi diversi, alcune finiscono per subire abusi, ma altre vengono uccise.»

«Pensi che possa aver ucciso in passato e che i corpi non siano stati scoperti?»

«Non sappiamo nemmeno se abbia mai ucciso, tanto meno di nuovo. Ecco perché dobbiamo avere un'idea più chiara di chi sia.»

«Ci penso io, capo.»

———

Non sentivo l'odore di niente che cuocesse e Mary Ann era su una poltrona reclinabile a guardare il telegiornale. «Ehi, tesoro. Cosa prepari per cena? Sto morendo di fame.»

«Avevi detto che stasera volevi andare a cena fuori.»

L'avevo detto? «Oh, giusto. Di cosa hai voglia?»

«Scegli tu.»

«Proviamo quel posto: Black Jack Pizza.»

«Hai sentito dire che è buono? Da fuori non sembra un granché.»

«Adoro il nome. Deve essere buono per forza.»

«Proprio come quel posto, l'Iguana Mia? Ti piaceva il nome anche di quello, ricordi?»

«Grazie per avermelo ricordato. Sai che c'è? È una serata così bella, facciamo un salto da Doc's a Bonita. Pronta a partire? Ho una fame da lupi.»

«Certo, aspetta che prendo la borsa.»

«A proposito di borse, stavo pensando di ridurre la squadra di sorveglianza da Saks.»

«Non la interrompi?»

«Perché non dargli un'altra settimana o giù di lì? Vediamo se i cattivi tornano.»

Ci dirigemmo verso il garage. «Fai attenzione, Frank. Non si sono mai presentati in meno di una dozzina.»

«Lo so, ma ci servono solo una commessa sotto copertura, un addetto al monitoraggio delle telecamere e un'auto civetta.»

«Sono troppo pochi.»

«Pensavo che, non appena li vediamo sulle telecamere, chiamiamo rinforzi. Possiamo mettere fine a questa storia.»

«Sarebbe altrettanto facile far fissare le borse a Saks,

come volevano fare. Che tu li prenda o no, Saks metterà comunque i dispositivi di sicurezza.»

Premei il pulsante di apertura della porta del garage. «Non capisci, Mary Ann. Dobbiamo sbattere dentro questi bastardi, mandare un messaggio chiaro che non gli permetteremo di farla franca con niente.»

«Capisco, Frank, ma predichi sempre sull'allocazione delle risorse e, secondo me, questa non è la scelta migliore, okay?»

«Voglio stroncare questi tizi, tutto qui. Penso che possiamo farcela con una squadra ridotta.»

Mentre facevo retromarcia per uscire dal vialetto, disse: «Basta che tu non la prenda sul personale.»

Era una questione personale. Avevo fatto un casino e dovevo rimettere le cose a posto. «Non preoccuparti.»

«Novità sul caso Boyle?»

«Molte possibilità. Alcune persone di interesse avrebbero potuto essere escluse, ma non è stato documentato. Non voglio parlar male di un collega, ma questo sembra un caso da manuale su cosa non fare.»

«E quella telefonata sulla confessione in punto di morte?»

«Aveva un altro alibi, più instabile di una foglia di palma. Tornerò a parlargli tra un giorno o due.»

20

C'ERANO UN PAIO DI RAGAZZINI IN BICICLETTA NEL VICOLO cieco, a conferma della mia impressione che Delasol fosse una comunità di residenti stabili. L'odore dell'erba appena tagliata mi arrivò in gola e tossicchiai un «ehm» proprio mentre Lew Mackay apriva la porta.

La sua pelle bianca era segnata da un foruncolo o dalla puntura di un insetto al centro della fronte. Dopo aver sbirciato alle mie spalle, l'espressione tesa di Mackay si rilassò un po'.

«Prego, si accomodi, detective.»

Feci un passo avanti in silenzio.

«Posso offrirle qualcosa?»

Scossi la testa.

«Ha avuto modo di vedere Hector?»

«Sì, siamo andati a trovare il suo amico Machado.»

Distolse lo sguardo. «Ha confermato quello che le ho detto, vero?»

«Non esattamente.»

«Cosa intende dire? Le sto dicendo la verità.»

«È sicuro di non volermi dire cosa stava facendo a Delnor-Wiggins la notte in cui Debbie Boyle è stata assassinata?»

«Glielo sto dicendo, amico. Non sono stato io. Non c'entro niente. Stavo consegnando dei contanti a una persona.»

«Si aspetta che creda che lei fosse invischiato con uno spacciatore come Hector Machado? Pensa che sia come lavorare per Uber, che si entri e si esca quando si vuole?»

«Ma *è stato* così. Avevo bisogno di soldi. Ero in un buco e dovevo fare qualcosa.»

«E così ha deciso di fare il corriere della droga?»

«Ero disperato. Conoscevo un tizio che faceva soldi facili in quel modo e mi presentò un amico di Machado.»

«Chi era questo amico?»

«Mike Conner.»

«Dove posso trovare Conner?»

Mackay si accigliò. «So che non suona bene, ma è morto. In un incidente stradale circa dieci anni fa.»

Ero stufo di sentire alibi che coinvolgevano uomini morti. «Mi dia il suo ultimo indirizzo conosciuto.»

Mackay non esitò e io annotai l'indirizzo che mi diede. Potevo indagare e scoprire se questo Conner avesse dei precedenti.

«Ancora non capisco cosa le abbia detto Hector. È la verità. Lavoravo per lui.»

«Machado ha detto di non conoscerla. Gli ho mostrato una sua foto e non è stato in grado di riconoscerla. Si pense-rebbe che si ricordi di qualcuno a cui ha affidato una borsa piena di soldi.»

«È passato tanto tempo, e indossavo una parrucca, con i

capelli lunghi e un berretto da baseball. Avevo paura che qualcuno mi riconoscesse.»

«Qualcuno l'ha riconosciuta. È per questo che sono qui.»

«No, l'ho indossata quando ho incontrato Hector al Pewter Mug. È lì che mi ha dato i soldi e mi ha detto dove incontrare il suo contatto.»

Mackay non era uno di cui ci si potesse fidare. Questo era chiaro. Non aveva il benché minimo principio, decidendo di invischiarsi nello spaccio di droga perché era a corto di contanti con la stessa facilità con cui si decide dove andare a mangiare. Nonostante la mia intensa avversione per lui, mi ritrovai a credere a ciò che diceva sul travestimento.

«Di che colore la parrucca? Che lunghezza?»

«Nera, lunga fin qui.» Si toccò la parte alta della spalla. «Era una cosa che avevo comprato al negozio Spencer Gifts, che una volta si trovava al Coastland Mall.»

«Che tipo di berretto da baseball?»

«Dei Dallas Cowboys.»

Non essendo un tifoso di football, non riuscivo a ricordare se fossero la Squadra d'America nel 1993. «Usava lo stesso travestimento ogni volta?»

«Sì. Ma l'ho fatto solo due volte.»

Oh, si è invischiato nello spaccio solo due volte? Nessun problema, un giudice capirà.

«Controllerò quello che mi ha detto e devo avvertirla: se mi sta prendendo in giro, facendomi perdere tempo che non ho, la prossima volta che mi vedrà, le starò mettendo le manette ai polsi.»

Iniziando la giornata con una seconda tazza di caffè, sfogliai il *Forensic Monthly Journal*. Lessi un piccolo articolo su un interessante progresso nella biomeccanica. Utilizzando dei computer, i tecnici inserivano informazioni su una ferita in un programma ad alta potenza. Il programma analizzava i dati e creava una grafica, ricreando gli scenari di come la ferita fosse stata inflitta.

L'informazione era preziosa per determinare l'altezza di un aggressore, da quale direzione provenisse e, cosa più importante, era in grado di distinguere tra una caduta accidentale e una ferita intenzionale.

Digitai un link menzionato nell'articolo per vedere esempi reali della tecnologia in azione. Il primo video riguardava una pugnalata mortale, con la difesa che sosteneva che la vittima era caduta su un coltello mentre cucinava.

Un disegno animato della donna, con tanto di orecchini pendenti, prese vita. Al rallentatore, la figura cadeva verso il pavimento, tenendo in mano un coltello da cucina. Accasciandosi, il coltello scompariva sotto la donna. Una vista dal basso mostrava che l'angolazione del braccio rendeva impossibile che la pugnalata fosse avvenuta durante la caduta.

Quando iniziò una seconda animazione, un uomo entrò sullo schermo, braccio alzato, con in mano un coltello. La donna indietreggiò dal suo aggressore, inciampando mentre il coltello le veniva affondato nel petto. I primi piani dell'area della ferita corrispondevano all'angolo della ferita reale. Era una dimostrazione convincente.

Era un bene che avessi poco più di quarant'anni, perché la tecnologia avrebbe ridotto il numero di posti di lavoro per i detective. Mi iscrissi per ricevere una notifica quando si sarebbe tenuto un corso nella zona. Mi avrebbe reso meno dipendente da un medico legale lunatico e avrebbe fatto una forte impressione in un'aula di tribunale.

Un'idea su un possibile uso della tecnologia mi colpì mentre il mio partner entrava in ufficio.

«Buongiorno, capo.»

Derrick posò un bicchiere di Dunkin' Donuts sulla mia scrivania. «Grazie. Dovrebbe dare un'occhiata a questo pezzo sulla biomeccanica. È incredibile la grafica realistica che si può creare. Dicono che sia una scienza. Non ne sono sicuro, ma le ricostruzioni possono rivelare molto su come si è verificata una ferita.»

«Forse possiamo usarla per il caso Boyle. Aveva ferite multiple. Magari possiamo scoprire qualcosa.»

«Non sono le pugnalate che mi interessano. È la ferita alla testa che il fidanzato, Wheeler, ha detto di aver subito.»

«Intende dire se sia stata autoinflitta o no?»

«Bingo.»

«Pensa che la biomeccanica potrebbe aiutare?»

«Perché no? L'unica cosa è che abbiamo a che fare con foto di venticinque anni fa. Spero che ci sia abbastanza materiale su cui lavorare.»

«Chi sarebbe in grado di analizzarle?»

«Non ne sono ancora sicuro, ma lo scoprirò. Nel frattempo, mi dica cosa ha scovato su Papadakis.»

21

DERRICK MI STAVA AGGIORNANDO.

«Vorrei avere di più, ma Papadakis o ha mantenuto un basso profilo per un quarto di secolo, o è l'assassino più intelligente della storia. Lavora presso lo stesso studio di contabilità da più di vent'anni. Non è un commercialista, ma da quanto mi hanno detto, è un contabile di alto livello.»

«Questo significherebbe che è meticoloso, che saprebbe di dover coprire le proprie tracce. Per che tipo di clienti ha lavorato?»

«Ehm, non l'ho chiesto.»

«Potrebbe essere un'informazione importante. Ci darebbe una rete più ampia per creare collegamenti. Chissà, magari uno dei suoi clienti è scomparso.»

«Pensi?»

«No, ma è una cosa che dobbiamo sapere. E per quanto riguarda vicini e amici?»

«Niente. È un solitario, ma tutti hanno detto che non ha mai causato problemi e non era incline alla rabbia.»

«Solitario? Interessante. La maggior parte degli assassini sono solitari.»

«Cosa dovremmo fare con lui, adesso?»

«Controlla il suo elenco di clienti. Se non salta fuori nulla, lascia perdere finché non avremo notizie dai federali.»

«Okay. Mi ci metto subito.»

«Inoltre, ho bisogno che tu interroghi Machado, il tizio per cui Mackay ha detto di aver fatto da spallone.»

Derrick era già in piedi. «Certo. L'hai visto una volta, giusto?»

«Sì, con il detective Vargas. Si trova in una comunità di recupero a Immokalee. Machado è entrato e uscito di prigione per tutta la vita. Te la senti di andare da solo?»

«Nessun problema. A Washington stavo sempre in mezzo a questi cosiddetti duri. Qual è la missione?»

Gli spiegai ciò che Mackay mi aveva detto riguardo al suo travestimento.

Derrick si diresse verso la porta. «Ho capito. Non ti preoccupare.»

Indicai la sua giacca, appesa sullo schienale della sedia, e dissi: «Lo so».

———

LA TAMIAMI TRAIL ERA DESERTA. Avevo i finestrini abbassati mentre mi dirigevo verso la Hodges University. Il loro campus di Naples, vicino all'incrocio tra Immokalee e la I-75, non poteva essere più comodo. Non sapevo cosa brillasse di più, se il sole o il mio ottimismo sul fatto che un professore di biomeccanica avrebbe fatto luce sulla ferita di Wheeler.

La Hodges aveva un corso di laurea in giustizia penale in crescita e aveva strappato Joseph Liston, un professore di biomeccanica, a Chicago. Mi fermai davanti a una manciata di edifici beige a due piani. Il posto assomigliava più alla sede di un'azienda che a un campus universitario.

Afferrando la borsa, seguii un marciapiede sinuoso fino all'edificio principale. Un paio di ventenni, con in testa dei cappelli da Babbo Natale, erano accampati sotto un albero di magnolia vicino all'ingresso. Anche se ero a Naples da un paio d'anni, non riuscivo ancora ad abituarmi ai quasi trenta gradi con il Natale a due settimane di distanza.

Joe Liston aveva sopracciglia folte e abbastanza peli che gli spuntavano dalle orecchie da farmi venire la pelle d'oca. I suoi occhi azzurri erano intensi e mi strinse la mano con fermezza.

«Piacere di conoscerla, detective.»

«Piacere mio, professore. Le sono davvero grato per il tempo che mi sta dedicando.»

«Nessun problema. Ho sempre collaborato con il Dipartimento di Polizia di Chicago.»

«È un posto movimentato per fare il poliziotto.»

«Una parte di Chicago è una zona di guerra. È un vero peccato. Come posso aiutarla?»

«Ho questo caso: è un caso irrisolto, del 1993. Una ragazza di diciassette anni è stata uccisa a Wiggins Park. Era lì con suo fratello di sette anni e il suo fidanzato di ventidue. Verso le otto ha detto che doveva andare in bagno e ha lasciato da soli il fratello e il fidanzato. Non è più tornata. Il fidanzato ha lasciato il bambino, dicendo che sarebbe andato a cercarla. Sostiene di essere stato aggredito e di aver perso i sensi. La ragazza è stata trovata morta diverse ore dopo. Sono vecchie, ma questo è il materiale con cui sto lavorando.»

Feci scivolare le foto del corpo di Debbie Boyle sulla scrivania di Liston. Il professor Liston studiò ogni foto lentamente e usò una lente d'ingrandimento su due delle cinque immagini.

«Cosa sta cercando di determinare, detective? La mano dominante dell'assassino? L'arma?»

«No, no. La storia del fidanzato è un po' troppo comoda. Sostiene di non ricordare nulla di quella notte e un interrogatorio successivo ha rivelato alcune incongruenze. Dia un'occhiata a queste.»

Gli porsi tre Polaroid della ferita alla fronte che Wheeler sosteneva gli fosse stata inflitta da un estraneo. «C'è un modo per determinare se è stata autoinflitta?»

Liston esaminò le foto e disse: «All'epoca sono state fatte delle radiografie?»

«È incredibile, ma no.»

«È un peccato.» Prese di nuovo in mano una foto. «Sarebbe difficile senza sapere quale arma sia stata usata.»

«Può provarci?»

«Certo, ma un modo semplice per determinare la forza di un colpo come questo sarebbe valutare il gonfiore cerebrale e la frattura del cranio. Vede, non è impossibile, ma mi lasci mostrare. Si alzi un momento. È destro o mancino?»

«Sono destro.»

«Okay, prenda questo righello con la mano destra. Ora, estenda il braccio e si muova in avanti come per colpirsi la fronte.»

Era un movimento goffo.

«Vede, la forza di un colpo è limitata dalla breve escursione permessa dal gomito.»

«Ah, sento quanto sia limitante.»

«Ora, otterrebbe più slancio tenendo le estremità con ciascuna mano e portandolo verso la fronte. Usare quella manovra permette ai gomiti di avere più ampiezza di movimento, finiscono dietro di lei. Naturalmente, un altro modo per autoinfliggersi una ferita alla fronte sarebbe quello di sbattere la testa contro un oggetto, diciamo un muro, o in questo caso, un ramo o la ringhiera di una staccionata. Ma anche questo è un movimento con un'escursione limitata.»

Buttai la testa all'indietro e la feci oscillare in avanti, finché il mento non mi colpì il petto. «Qualcuno di questi movimenti autoinflitti potrebbe far perdere conoscenza?»

«Sarebbe difficile, ma per qualcuno con precedenti traumi cranici, come una commozione cerebrale, è possibile.»

«Pensa che un'analisi più approfondita potrebbe aiutare a chiarire le cose?»

«Avrei un suggerimento.» Liston si risedette. «Abbiamo reazioni istintive che servono a proteggere il corpo. Per quanto possiamo pianificare, per dire, di colpire la testa contro un muro di mattoni il più forte possibile, il nostro subconscio mitigherà la forza che applichiamo.»

«Attutendo il colpo?»

«Esatto.»

«E quindi?»

«Una risonanza magnetica. La tecnologia di oggi dovrebbe essere in grado di rilevare anche la più piccola, diciamo, microfrattura, che si è saldata. Se ci fosse la prova di una frattura, specialmente una significativa, sarebbe una prova schiacciante del fatto che è stato colpito da una forza al di fuori del suo controllo.»

«È una buona idea. Solo che non so se riusciremo a

convincerlo a sottoporsi volontariamente a un esame del genere.»

Liston fece spallucce. «Su questo non posso aiutarla.»

«Mi è stato di grande aiuto, professore, davvero di grande aiuto.»

Spiegare lo scopo di una risonanza magnetica e la reazione di Wheeler avrebbe svelato molto sul modo in cui si era procurato la ferita. Un'ondata di eccitazione mi rese difficile resistere alla tentazione di tornare saltellando all'auto.

22

FRUGAI IN TASCA IN CERCA DELLA CHIAVE DELL'UFFICIO PRIMA di rendermi conto che la porta era aperta. Controllai l'ora. Erano solo le otto e un quarto, e Derrick era seduto alla sua scrivania con un gran sorriso.

«Buongiorno, capo. Ti ho preso un caffè, bello forte.»

Annuii. «Grazie.»

«Non ci crederai mai, ma l'Interpol ha mandato un rapporto su Papadakis.»

Avevo bisogno di iniziare la giornata con calma. Mi ci volevano due caffè per essere operativo. Presi la tazza sulla mia scrivania. «Caspita. Da quanto sei qui? Il caffè è quasi freddo.»

«Dalle sette circa. Ero in piedi alle cinque e ho controllato le email. Appena ho visto il rapporto dell'Interpol, non sono più riuscito a riaddormentarmi.»

Bevvi una sorsata di caffè tiepido mentre Derrick a malapena stava nella pelle. «Va bene, dimmi, cos'hai ricevuto dall'Interpol?»

Derrick scattò in piedi. «Il nostro uomo, Papadakis, era sospettato di un omicidio in Grecia.»

La notizia mi colpì come una scarica di adrenalina. «Chi era la vittima?»

«Un altro adolescente, ma stavolta un ragazzo.»

«C'era qualche collegamento tra Papadakis e il ragazzo?»

Derrick afferrò un documento dalla sua scrivania e me lo passò. «Questo è quello che hanno mandato.»

Non c'era molto. La Polizia Ellenica aveva segnalato Papadakis all'Interpol nell'aprile del 1987 per impedirgli di lasciare la Grecia. Papadakis era una persona di interesse nell'omicidio per accoltellamento di Spiro Xeanax, un ragazzo di sedici anni di una città di cui non riuscivo a pronunciare il nome. Alla fine avevano revocato il divieto di espatrio, ma l'omicidio era rimasto irrisolto.

«Hai visto? Si è trattato di un altro accoltellamento.»

«Sì, ma la vittima era un maschio.»

«Non sapevo come procedere. Come facciamo a saperne di più?»

«Bella domanda. Non sono nemmeno sicuro di cosa abbiano conservato i greci. Potrebbero aver buttato via tutto; sono passati più di trent'anni.»

«Non possono farlo, vero?»

«Probabilmente no.»

Non riuscivo nemmeno a immaginare di indagare su un altro omicidio vecchio di decenni, specialmente uno avvenuto in Grecia. Quale sarebbe stata la linea d'azione corretta? Era difficile ammetterlo, ma non avevo idea di dove iniziare. Dall'Interpol? Dalla polizia greca? Forse dal Dipartimento di Stato?

Forse il mio nuovo amico Haines lo avrebbe saputo. Lavorava per l'FBI, che non si occupava di casi internazionali, ma scommettevo che avesse qualche idea e un contatto o due. Valeva la pena tentare prima di andare dallo sceriffo Chester. Se avesse saputo che stavo indagando su un omicidio a ottomila chilometri di distanza, probabilmente mi avrebbe detto di archiviare l'intera indagine Boyle.

———

DERRICK AVEVA CONFERMATO che Fred Jones era il migliore amico di Gerry Moore al liceo. Svoltammo per Bear Creek e mostrai un distintivo al cancello. Derrick disse: «Bear Creek? In Florida? Che razza di nome è?»

«Saresti sorpreso da quanti orsi neri ci sono nella contea.»

«Davvero? Pensavo fossero nelle zone montuose del Nordest.»

«La pensavo come te, ma gli orsi neri si trovano lungo tutta la costa orientale. Finora ne ho visti tre.»

«Wow. Mi piacerebbe vederne uno.»

Accostammo a una villetta a schiera con un tetto di tegole rosso-arancioni che aveva bisogno di una bella pulita. La casa, la cui vegetazione era incolta, sembrava avere una trentina d'anni. Le avrei dato un valore di trecentomila dollari. C'era un odore di curry nell'aria. Sperai che non provenisse da casa di Jones.

La testa di Fred Jones era inclinata all'indietro, come se stesse guardando al di sopra della testa della gente. Ugh, potevo vedergli i peli nel naso. Mi strinse la mano: un altro tipo più in forma di me.

«Sa, sono un grande fan della polizia. Mio zio era un poliziotto in Indiana. Cavolo, lo idolatravo da ragazzo.»

Sono sempre sospettoso quando qualcuno ci elogia. Sorrisi. «Grazie.»

Ci condusse in un soggiorno, tre tonalità troppo scuro per i miei gusti. Una partita di baseball era in onda sul televisore.

«Devil Rays contro gli Yanks.»

Derrick disse: «Adesso si chiamano solo Rays.»

«È solo un altro esempio di idiozie politicamente corrette. Voglio dire, a chi dava fastidio il diavolo?»

«Pazzesco, non è vero?»

«Le va una bottiglietta d'acqua?»

«Certo.»

Andò in cucina. «Allora, state indagando sul vecchio omicidio Boyle.»

Fulminai Derrick con lo sguardo, ma lui scosse la testa. Dissi: «Ha parlato con Gerry Moore?»

«Sì, di solito ci sentiamo ogni paio di settimane, sa, per aggiornarci.»

Mi porse una bottiglietta di Poland Spring. «E cosa le ha detto?»

«Che siete andati a trovarlo e gli stavate facendo delle domande, come se avesse potuto essere lui a uccidere Debbie.»

Derrick disse: «Lei cosa ne pensa?»

«Riguardo a cosa?»

«Alla possibilità che sia stato il suo amico Gerry.»

«Gerry? Non riesco a immaginarmelo fare una cosa del genere.»

Dissi: «Voi due eravate buoni amici al liceo, giusto?»

«Sì, eravamo migliori amici. Lo siamo ancora, in realtà.»

«Mi interessa saperne di più sull'incidente del test SAT.»

«Mi ha detto che l'avete torchiato su questo. Ma capisco, dovete fare il vostro lavoro.»

Derrick disse: «Pensa che abbia rubato il test?»

«Assolutamente no. Se lo avesse fatto, me lo avrebbe offerto. Eravamo entrambi terrorizzati all'idea di fare quell'esame. Quale ragazzo non lo è?»

«Ha mai accennato al fatto di voler cercare di ottenere un qualche tipo di vantaggio?»

«E dove avrebbe potuto procurarsene una copia?»

«Ma andò molto bene al test.»

«Mi creda, rimasi sorpreso, ma aveva seguito dei corsi di preparazione. Lo facemmo tutti. Dire che è stato perché ha rubato una copia è una follia.»

«Quando fu accusato, come reagì?»

«Era furioso, cavolo. A scuola si era scatenato tutto quel putiferio e lui ne era al centro. Disse persino che i suoi genitori avevano pensato che fosse stato lui, quando la storia era venuta fuori.»

«Secondo lei, perché Debbie Boyle avrebbe detto una cosa del genere?»

«Non ne ho la più pallida idea.»

«Gerry ha detto che lei ci stava provando con lui e che quando lui l'ha respinta si è arrabbiata.»

«Non saprei. Lui ha detto così, ma in tutta onestà, non l'ho mai vista provarci con lui.»

«Ci risulta che la polemica si sia placata dopo che lei mosse l'accusa senza però avere prove.»

«Sì, la cosa finì dopo circa due settimane. Ma poi il signor Culver, che all'epoca era il professore più popolare, la sostenne dicendo che Debbie gliene aveva parlato.»

«Pensa che il professore stesse mentendo?»

Scosse la testa. «No, non credo che farebbe una cosa del genere, ma tutto ciò che ha detto è che lei gliene aveva parlato. Non ha mai detto che Gerry avesse fatto qualcosa.»

«Sappiamo che Gerry ha minacciato Debbie Boyle, dicendo che gliel'avrebbe fatta pagare per quello che aveva fatto.»

«Stava solo cercando di spaventarla, sa. Per fare il duro.»

«Moore ha lasciato Naples subito dopo l'omicidio della Boyle.»

«È andato al college, giù a Richmond. Non ricordo esattamente quando, ma non è stato subito dopo. So che è partito prima di me, ma era ansioso di cambiare aria, e un amico di suo fratello aveva un appartamento dove siamo rimasti finché non hanno aperto i dormitori.»

«Moore non è più tornato a Naples. C'è un motivo particolare?»

«Certo che è tornato; la sua famiglia era qui. Ha trovato lavoro su a Sarasota. È a sole due ore di distanza.»

«Moore ha detto che era con lei la notte in cui Debbie Boyle è stata uccisa.»

«Sì, eravamo insieme. Quella notte ha dormito da me.»

«Ma i suoi genitori non erano a casa, giusto?»

«Erano andati su a Tampa.»

«E non c'era nessun altro?»

«No, solo noi due.»

«Cosa avete fatto quella notte?»

«Abbiamo guardato *Il Padrino* due volte, poi *La notte dei morti viventi*. Abbiamo mangiato pizza e bevuto qualche birra.»

«Si ricorda cosa ha guardato venticinque anni fa?»

«Sì. Prima di tutto, era la notte in cui Debbie è morta, e a entrambi piacevano molto i film, specialmente *Il Padrino*.»

«Non starà mica proteggendo il suo amico con un alibi, vero?»

«No, assolutamente. Siamo migliori amici, ma non farei mai una cosa del genere. È contro la legge, non è vero?»

«Ostruzione alla giustizia.»

Terminammo e, non appena salimmo in macchina, Derrick disse: «Tutta la storia dei film guardati con Moore mi sembra sospetta.»

«Non saprei.»

«I suoi genitori erano via, e nessun altro a confermarlo. Non le sembra un po' troppo comodo?»

«È perché sta dicendo la verità.»

«Come può dirlo?»

«Il fascicolo diceva che i genitori avevano confermato di essere via. Ciò significherebbe che hanno pianificato l'omicidio insieme, sapendo che avrebbero avuto un alibi.»

«Okay.»

«Ma non avrebbero mai potuto sapere che la Boyle sarebbe stata a Wiggins quella stessa notte.»

«Oh, non ci avevo pensato fino in fondo.»

«Lei ha commesso un errore quando abbiamo iniziato con Jones. Quando conduciamo un interrogatorio, seminiamo indizi, mettiamo un testimone alle strette. Lei è partito subito chiedendogli se pensava che Moore avesse ucciso la Boyle.»

«Perché è stato un errore?»

«Si aspetta quel momento, ci si arriva per gradi, per vedere se il testimone accenna o ci dice apertamente qualcosa che sarebbe in conflitto con quella supposizione. Lei ha rovinato l'opportunità di fare a Jones domande su Moore, per esempio se fosse violento.»

«Avremmo potuto chiederglielo.»

«Ma era sulla difensiva. Aveva già detto che era impossibile che il suo amico potesse averlo fatto. Capisce cosa sto dicendo? C'è una danza psicologica che dobbiamo fare. Bisogna stare attenti e, nel dubbio, stare zitti.»

Non era facile stare seduto accanto a un uomo imbronciato, ma lo stavo facendo per il suo bene.

23

PRESO IL CAPPOTTO E LE CHIAVI DELLA CHEROKEE, USCII
dall'ufficio per fare un'altra visita a Clem Walker, il pescatore, un altro tizio la cui storia non quadrava del tutto.

Sapevo che c'erano dei pescatori da surf-casting incalliti.
Anzi, c'era un tizio che lanciava la lenza ogni singola volta
che andavo in spiaggia. Portava un cappello con decine di
piume di uccello raccolte sulla battigia. C'era anche un altro
tipo, un po' curvo, che era lì più o meno ogni giorno. Avevo
chiacchierato con entrambi un paio di volte e non avevano
niente in comune con Walker.

Sapevo che era un campione limitato su cui basare un
giudizio, ma Walker non aveva nemmeno un secchio con sé.
Avevo parlato con una dozzina di uomini giù al molo di
Naples e ognuno di loro mi aveva detto che non pescava
mai senza un secchio di qualche tipo. Inoltre, Walker viveva
a Capri Island, che a me sembrava il paradiso dei diportisti.
Perché diavolo avrebbe dovuto guidare fino a Wiggins? E di
notte? Ci avrebbe messo venticinque minuti a tratta.

Avvicinandomi a Marco Island, svoltai a destra per

Capri Island. Una brezza salmastra attraversò la mia Cherokee mentre accostavo davanti alla casa di Walker. La sua barca e il suo pick-up rosso erano nella stessa posizione. L'odore di mare lasciò il posto a un aroma di fumo che mi sembrò di cedro.

Non rispose alla porta, ma vidi una figura sul retro e aggirai il fianco della casa blu. Walker, in pantaloncini corti, era in piedi davanti a un barbecue a botte. Dai lati della griglia usciva un denso fumo.

«Signor Walker?»

Walker si voltò, una sigaretta che gli pendeva dalle labbra. «Oh, un attimo. Ho quasi finito.»

«Sta preparando il pranzo?»

«No, sto affumicando del pesce spada locale.»

Pesce spada? «Non ho mai fatto una cosa del genere. Sta usando il cedro?»

Walker spense la sigaretta nella ghiaia. «Sì. È facile. Prima bisogna preparare il pesce, io uso un misto di spezie e sali che mi ha insegnato mio nonno. Poi lo si lascia asciugare. Si forma una specie di glassa che mantiene l'umidità all'interno e tiene fuori i batteri. Dopodiché, si è pronti per affumicare.»

Sollevò il coperchio e una nuvola di fumo gli avvolse la testa. Io mi scansai mentre lui diceva: «Questa bellezza è pronta. Appena si raffredda, la incarto. A meno che non ne voglia un po'.»

Non avendo mai assaggiato altro pesce affumicato oltre al salmone e al merlano, ne volevo un po', ma la preoccupazione per la refrigerazione della casa e l'odore di pesce mi fece desistere.

«Grazie, passo. Magari la prossima volta.»

«Le dispiace se parliamo qui fuori?» Fece un cenno

verso un set di mobili da giardino che io stesso avevo adocchiato da Costco.

«Per me va bene.» Non c'erano cuscini sulle sedie, torturando il mio sedere ossuto.

Walker si sedette di fronte a me e si accese un'altra sigaretta.

«Allora andrò dritto al punto. Non riesco a capire perché uno che vive qui e ha una barca dovrebbe guidare fino a Wiggins Park per pescare, specialmente di notte.»

«Preferisco il surf-casting, è più impegnativo, sa, e in più si può passeggiare sulla spiaggia, sentire la sabbia tra le dita dei piedi.»

Sulla questione della sabbia dovevo dargli ragione. «Non va a pescare con la sua barca?»

«No, mai.»

«Mai?»

Walker si tolse un pezzetto di tabacco dalla lingua. «Sì, mai.»

«Forse non saprò molto di pesca, ma so che non si può pescare un pesce spada dalla spiaggia.»

«Esatto. Sono pesci enormi.»

«Allora, dove l'ha pescato, dalla sua barca?»

«No, l'ha preso il mio vicino, una casa più in là.»

Buona risposta, e facile da verificare. «Capisco. Ora, ho controllato, e lei ha dei precedenti.»

«E allora? È roba da poco.»

«Forse le accuse per la marijuana, ma non definirei un'aggressione al suo vicino roba da poco.»

Walker fece un lungo tiro, inclinò la testa e soffiò il fumo verso il cielo. «Quel bastardo se l'era cercata.»

«E così l'ha mandato all'ospedale con cinque costole rotte e una commozione cerebrale?»

«Se lo meritava, e ha fatto sì che quel porco se ne andasse.»

«Cos'è che l'ha fatta arrabbiare?»

«È stato un accumularsi di cose nel tempo. Continuava a fare lo stronzo. Ma un fine settimana, mia nipote Nadeen era qui. All'epoca aveva solo dodici anni. Avevo un Boston Whaler e lei voleva lavarlo, quindi eravamo in giardino, e lui è venuto e ha cominciato a provarci con lei. Era una bambina, e gli ho detto di smetterla. Se n'è andato, ma non prima di aver imprecato e fatto un commento davvero volgare. L'ho seguito ma l'ho solo avvertito. Poi, più tardi quella sera, stavamo facendo un barbecue e giocavamo a carte qui fuori, e lui ha iniziato a sparare fuochi d'artificio. I razzi andavano dappertutto e gli ho chiesto di smetterla. Si è fermato per cinque minuti e poi ha ricominciato a puntare i razzi verso di noi. Uno ha quasi colpito Nadeen, e io ho perso la testa.»

A sentirlo, il vicino aveva avuto bisogno di quel pestaggio. «Avrebbe potuto chiamare la polizia.»

«Mi creda, vorrei averlo fatto. Mia sorella non ha permesso a Nadeen di venirmi a trovare per cinque anni.»

«Lei ha affermato di essere stato quello che ha suggerito di chiamare la polizia quando Debbie Boyle è scomparsa.»

«Esatto. Non sapevo cosa pensare di quello che stava succedendo. Il fidanzato era agitato, diceva di essere stato aggredito, e c'era la bambina.»

«Ma lei non ha mai chiamato.»

Walker giocherellò con un'altra sigaretta e disse: «Se fosse successo oggi e avessi avuto un cellulare, l'avrei fatto.»

Conclusi l'interrogatorio, rifiutai un'altra offerta di pesce affumicato e mi diressi verso il fronte della casa.

Tornai nel vialetto. La barca era accostata al pick-up, ma

non agganciata. L'interno era pieno di foglie e il carrello della barca aveva una gomma a terra. Come avevo fatto a non notarlo? Magari questo Walker era davvero solo andato a pesca. Se non fosse stato per la storia del secchio, lo avrei scagionato del tutto.

Dirigendomi a nord sulla 75, superai l'uscita di Rattlesnake Hammock e il mio telefono squillò.

«Frank, sono Tom Haines.»

«Come stai, Tommy?»

«Bene. Volevo avvisarti. Ti sto mandando quello che abbiamo trovato su Igor Papadakis.»

«Grazie. Qualcosa di interessante?»

«Il tizio sembra Peter Frampton.»

Frampton? Papadakis? «Di che stai parlando? Quel tizio ha i capelli neri.»

«Una sua foto con i capelli lunghi e biondi, mossi, come li aveva Frampton tanto tempo fa, prima di diventare calvo.»

Capelli biondi? La testimone in spiaggia, Nielsen, aveva detto di aver visto una donna bionda al parco. Poteva essere stato Papadakis?

24

Con la mente e la Cherokee che correvano a tutta velocità, mi diressi verso l'ufficio. Diane Nielsen avrebbe riconosciuto la foto di Papadakis con i capelli biondi come la persona che aveva notato a Delnor-Wiggins? C'erano capelli biondi sulla scena del crimine che potevano essere di Papadakis? Avrei dovuto essere più furbo e controllare, invece di dare per scontato che fossero della vittima.

Non ero forse migliore dei dilettanti che si erano occupati del caso? La chemio a cui mi ero sottoposto mi aveva dato un bel colpo, e nessuno degli esercizi per la mente o degli integratori sembrava funzionare.

Derrick balzò in piedi quando entrai come una furia.

«Ehi, Frank, sono appena tornato da Machado.»

Feci il segno della T con le mani. «Aspetta. L'FBI mi ha mandato un fascicolo su Papadakis.»

«Perfetto, perché Machado ha messo alle strette Mackay.»

Il mio computer ci metteva troppo ad avviarsi. «Cosa ha detto?»

«Ha detto che si ricorda che il tizio indossava un cappellino da baseball...»

«Come se lo ricorda?»

«Ha detto che il tipo lo portava molto basso, calato sugli occhi.»

Cliccai sull'icona delle email. «Un sacco di ragazzi portavano il cappellino a quei tempi.»

«Sapeva che era un cappellino dei Cowboys.»

Mi voltai. «Come faceva a saperlo?»

«Non ho mai menzionato il tipo di cappellino. Gli ho chiesto se si ricordava e mi ha risposto che era un cappellino dei Cowboys. Ha detto che era un gran tifoso degli Steelers e che quell'anno persero contro i Cowboys al Super Bowl. Machado ha detto che odia i Cowboys.»

«Ma non ha potuto dire con certezza che fosse Mackay.»

«No, ma tendo a credere che fosse Mackay.»

L'email di Haines era la terza della lista. Cliccai e dissi: «Scava nelle finanze di Mackay. Vedi se riesci a scoprire se ha estinto un prestito o si è messo in pari con i pagamenti. Rintraccia il suo padrone di casa, cose del genere. Scopri se all'improvviso si è ritrovato pieno di soldi. Ah, e chiedi a Machado e Mackay quanto ha preso per le consegne. Vedi se le cifre combaciano.»

L'email si aprì, rivelando due allegati e un breve messaggio: Ciao Frank, eccoteli. Buona fortuna, Tom.

Cliccai sull'estensione JPG e mi ritrovai a fissare la foto di un uomo che assomigliava ben poco a Papadakis. Nel suo viso non ci vedevo Peter Frampton, ma i capelli erano biondi, mossi e lunghi fino alle spalle.

Derrick stava guardando da sopra la mia spalla. «Merda, ha i capelli biondi. Forse è lui quello menzionato dal tizio in spiaggia.»

Doveva sapere che ci avevo già pensato. «Quando Haines mi ha chiamato, ho pensato la stessa cosa.»

«Siamo sicuri che sia Papadakis?»

«Questa foto ha più di trent'anni. Lascia che prenda qualcosa per confrontarla.»

Il mio archivio mentale si aprì mentre tiravo fuori la foto della patente di Papadakis. Il nero lucido mi spiazzava, ma gli occhi erano alla stessa distanza tra loro e il colore corrispondeva. Il suo mento si era appesantito, arrotondandogli il viso, ma è quello che fanno tre decenni di gravità. Il naso nella foto della patente era leggermente più largo, più grosso, ma abbastanza simile. Più studiavo le immagini, più si assomigliavano. Non c'era bisogno di farle analizzare dal simulatore facciale.

«È lui. Vediamo cosa hanno su di lui.»

———

WHEELER NON VOLEVA che tornassi da lui. Mi fece un sacco di storie al telefono, cosa che mi insospettì. Non c'era modo che potesse scaricarmi. Insistetti e lui cedette.

Con un ampio sorriso, Wheeler mi accolse come un vecchio amico, facendo suonare il mio rilevatore di stronzate. Poteva essere la barba incolta, ma sembrava stanco e più vecchio. C'era qualcosa che gli teneva sveglio la notte?

«Entri pure. Piacere di rivederla.»

Entrai mentre Wheeler spostava di lato un paio di giocattoli di plastica. «Mi scusi. Mio figlio non ha ancora imparato a mettere via i suoi giochi.»

Per qualche ragione ero geloso di Wheeler, che aveva un figlio con cui giocare e a cui insegnare. Non avevo pensato molto a diventare padre, ma di recente era un'idea che si era insinuata nei miei pensieri.

«Deve essere bello avere un figlio.»

«Oh, è incredibile. È fantastico, ma non è tutto rose e fiori. Quando fa i capricci non le conviene essere nei paraggi. Ha figli?»

«No. E il tempo stringe.»

«Si dia una mossa. Mi creda, non si è vissuto veramente finché non si hanno figli.»

Grazie, ne avevo proprio bisogno. «Vedremo.»

«Venga, ci sediamo fuori, come l'altra volta.»

«Mi sembra un'ottima idea.»

Mentre passavamo davanti alla cucina, disse: «Prendo qualcosa da bere. Acqua va bene?»

«Perfetto.»

Mi porse una bottiglia d'acqua e stappò una lattina di root beer. Ne bevve un sorso e disse: «Come va il caso?»

«Sono qui per questo. Sono andato a trovare Clem Walker, il tizio che stava pescando quella notte. È convinto che sia stata sua l'idea di chiamare la polizia.»

«Non è così che me lo ricordo io. Ero confuso, era un casino, mi faceva male la testa. Debbie era scomparsa e avevo bisogno di aiuto, perciò volevo la polizia.»

«Ma prima è andato a cercarla.»

«Certo che siamo andati a cercarla. Era scomparsa. Ci siamo guardati intorno sperando di trovarla.»

«Ma se è stato aggredito, come ha detto, c'era qualcuno di pericoloso là fuori. Perché non chiamare la polizia?»

«Sono stato aggredito. Eravamo in due, più suo fratello, per affrontare chiunque.»

«Riesce a capire come la sua versione dei fatti, cioè che è stato attaccato e ha perso i sensi, ma non abbastanza gravemente da, diciamo, richiedere cure mediche, suoni un po' troppo comoda?»

«Sono andato in ospedale e sono stato ricoverato.»

«È stato per osservazione. L'hanno dimessa la mattina dopo.»

«Quindi, sarebbe più contento se avessi avuto una ferita grave? Se avessi perso un occhio o qualcosa del genere?»

«Ciò che chiarirebbe la situazione sarebbe un modo per provare che è stato colpito da un aggressore sconosciuto, la stessa persona che ha ucciso la Boyle.»

«Come possiamo provarlo adesso?»

«Con una risonanza magnetica.»

«Una risonanza magnetica? Perché?»

«Mostrerebbe se ha avuto una microfrattura che si è poi rimarginata e se ha subito altri danni.»

«Non posso credere che si possa vedere dopo tutti questi anni.»

«Quindi, accetta di sottoporsi a una risonanza magnetica?»

«Mi piacerebbe, davvero, ma sarebbe una dose significativa di radiazioni. Non mi farebbe bene. Il mio medico mi ha consigliato, data la mia storia familiare di cancro, di non sottopormi a raggi X, TAC o risonanze magnetiche a meno che non sia assolutamente necessario.»

Era una scusa che in apparenza sembrava assurda. Un'altra prova che se campi abbastanza a lungo, le vedi tutte. Avrei parlato con il suo medico per vedere se mi stava mentendo.

SBATTEI IL TELEFONO. «CHE STRONZATA!»

Derrick disse: «Che c'è, Frank?»

«Il medico di Wheeler non vuole darmi nessuna informazione su di lui o sulla sua anamnesi familiare. Ha detto che sono dati riservati.»

«Ma dobbiamo solo sapere se gli ha sconsigliato di sottoporsi a esami che prevedono radiazioni.»

«Lo so. Quella donna ha detto che in passato sono stati citati in giudizio per aver divulgato dei documenti per sbaglio e che ci vorrà un mandato del tribunale.»

«Pensi di chiedere un mandato al procuratore?»

«Non ancora. Farò un altro tentativo. Andrò a trovare il dottore a casa sua.»

«Perché non parliamo con la moglie di Wheeler?»

«Mentirebbe per proteggere il padre di suo figlio, ma potrebbe valere la pena tentare. Vuoi occupartene tu? Io andrò a trovare di nuovo la madre di Debbie Boyle.»

Balzò in piedi e afferrò la giacca. «Me ne occupo io.»

Derrick urtò Vargas che stava entrando dalla porta.

«Oh, scusa, Mary Ann.»

«Non fa niente. Come stai?»

«Alla grande. Senti, devo scappare. Frank vuole che interroghi qualcuno.»

Vargas gli gridò dietro: «Non correre».

«Lo hai agitato per bene, Frank.»

«Sopravviverà.»

«Come se la cava? Sembra che voi due siate una bella coppia.»

«Se la cava. È un bravo ragazzo, ma non sono sicuro del suo istinto.»

«Ma avevi detto che ti ha sorpreso un paio di volte con il suo modo di fare domande.»

«Derrick non è male, ma non è JJ. Cavolo, JJ riusciva a guardare un sospettato e a fargli un'autopsia mentale. Era un fenomeno. Unico nel suo genere, questo è certo.»

«Dai a Derrick la possibilità di crescere. Scommetto che tra meno di un anno sarete inseparabili.»

«Lavoreremo insieme, ma finisce lì. Non voglio affezionarmi, come ho fatto con JJ. Perderlo è stato, be', ha fatto troppo male. Non permetterò che accada di nuovo.»

«Frank, stai parlando come un bambino. Se non ti apri, non conoscerai mai il buono che c'è nelle persone. E poi, che dire di me? Con me ti sei aperto, no?»

«Quello è diverso.»

«No, non lo è. Ci siamo concessi una possibilità a vicenda, aprendoci l'uno all'altra. Un giorno potrebbe andare male, anche se non credo che succederà. Cosa sarebbe successo se uno di noi avesse avuto paura di aprirsi?»

Perché doveva tirare fuori tutto questo? Non volevo preoccuparmi per la vita di Derrick. Mi piaceva com'era:

preoccuparmi solo per Mary Ann, per me e per catturare assassini.

«Probabilmente sarei al bar da Campiello.»

Mi diede un pugno sulla spalla. «Sì, certo. Mi spiace dirtelo, ma non sei esattamente un vecchio riccone.»

«Dannazione, ho sempre voluto vedere com'è essere attaccato da una donna matura.»

«Continua così e ne avrai l'occasione.»

«Vuoi fare un giro?»

«Dove?»

«A trovare la madre di Debbie Boyle.»

«Non credo sia il caso. Porta Derrick, ha bisogno di fare esperienza.»

«Ma con lei mi serve un tocco femminile.»

«Non sarebbe giusto nei suoi confronti.»

«Di che parli? Abbiamo ancora tempo. Chester ci ha dato novanta giorni per chiudere tutto.»

«Ma sono settimane che non faccio nulla per il caso.»

«Lo so, ma sarebbe divertente lavorare di nuovo insieme. Come ai vecchi tempi.»

«Non mi sembra giusto, Frank.»

«Andremo a pranzo in un posto vicino a casa sua e diremo che eravamo in zona o qualcosa del genere.»

«Perché inventare una scusa? Sai bene che non si fa.»

«Hai ragione. È stata una stupidaggine. Lascia perdere. Ci andrò da solo. Ci vediamo dopo.»

26

CATHY BOYLE TENEVA IN MANO UNO STROFINACCIO QUANDO
aprì la porta. La linea delle spalle del suo abito blu marino
era sottolineata alle due estremità da punte ossute. I suoi
occhi d'acciaio si erano addolciti e sembrava contenta di
vedermi.

«È bello vederla, detective Luca.»

«Altrettanto, signora Boyle.»

«Avrei voluto dirglielo la prima volta che ci siamo visti,
ma lei ha una somiglianza impressionante con George
Clooney.»

«E come ben sa, lei e sua figlia avreste potuto passare per
gemelle.»

Lei sorrise. «Entri pure. Lasci che mi liberi di questo
strofinaccio.»

Ci sedemmo sugli stessi divani, ma notai che la foto di
sua figlia con l'abito da festa era stata sostituita con una in
divisa da cheerleader. Nella stanza non c'era niente che
facesse pensare che il Natale fosse alle porte. Sentii odore di
caffè e sperai che me ne offrisse una tazza.

«Sa, sono un po' sorpresa che sia ancora interessato al caso di mia figlia. Nel corso degli anni ho ricevuto qualche chiamata sul caso, che mi ha dato speranza, ma non c'è mai stato alcun seguito.»

«Non posso prometterle altro che il mio impegno a fare tutto il possibile per assicurare alla giustizia l'assassino di Debbie.»

Mi guardò negli occhi per un istante prima di dire: «È tutto ciò che ho sempre desiderato. Grazie. Oh, ho appena preparato una caffettiera. Ne gradisce una tazza?»

«Sì, grazie. Niente zucchero e solo un goccio di latte.»

Mi porse una tazza blu di caffè con troppo latte. La ringraziai a fatica, la posai sul tavolino e tirai fuori il mio Moleskine.

«Vorrei che mi raccontasse tutto quello che ricorda della sera prima, fino al momento in cui Debbie è andata a Delnor-Wiggins Park.»

Sorseggiò il suo caffè e disse: «Mi creda, ho rivissuto quel giorno mille volte. La sera prima è stata piuttosto normale per i ragazzi. Ho preparato degli hamburger alla griglia per cena e abbiamo mangiato fuori in giardino. Brian aveva finito la scuola per quell'anno e guardava la TV. Io avevo un matrimonio il giorno dopo, quindi Debbie mi stava aiutando a decidere quali gioielli e scarpe indossare.» Si accigliò. «Mi mancano davvero le cose da ragazze che facevamo insieme.»

«Di che umore era Debbie quella sera?»

«Era più silenziosa del solito. Le chiesi se andava tutto bene. Disse che non c'era niente che non andava, così lasciai perdere. Sa, ricordo che quando mi stavo diplomando io avevo paura. Era come se stessi entrando nel mondo reale. Pensai che si sentisse così, o che c'entrasse un ragazzo.»

«John Wheeler?»

«Potrebbe essere. So che le piaceva John, ma sapevo che non sarebbe finita con lui.»

«Perché aveva questa sensazione?»

Fece spallucce. «In parte era intuito materno, ma l'ho sentita al telefono con qualcuno che non era John.»

«Ha un nome?»

«Mi dispiace, no.»

«Okay. Qualcos'altro di quella sera?»

«Niente di strano. Brian andò a letto alle nove e guardammo *X-Files* insieme.» Sorrise. «A Debbie è sempre piaciuto David Duchovny. Poi è andata in camera sua e io ho letto per circa un'ora prima di prepararmi per la notte.»

«Ha ricevuto telefonate o visite?»

«No. Non c'è stato davvero niente di strano quella notte.»

«Mi parli del giorno dopo.»

«Mi sono alzata prima dei ragazzi, verso le sette. Ho sentito Debbie in bagno. Sembrava che stesse vomitando. Sono andata a controllare, ma ha detto che stava bene. È uscita pallida. Le ho toccato la fronte, ma era fredda.»

«Ha vomitato?»

«Ha detto di no. Sono quasi sicura che l'abbia fatto, ma ho imparato a non insistere con una figlia adolescente, soprattutto di mattina.» Rise.

«Ha fatto colazione?»

«Non era una che mangiava molto a colazione. Credo che quella mattina abbia mordicchiato un pezzo di pane tostato. Perché?»

«Sto solo cercando di ricostruire gli eventi. Ricordare i minimi dettagli aiuta la memoria. Dopo colazione, cosa è successo?»

«È uscita per andare a scuola, e io mi ero presa il giorno libero per andare dal parrucchiere e a farmi le unghie.»

«A che ora è tornata a casa da scuola Debbie?»

«Per loro era solo mezza giornata. La scuola stava per finire. È tornata a casa verso le dodici e mezza.»

«Lei era a casa?»

«Sì, il mio appuntamento dal parrucchiere era all'una e Debbie ha badato a Brian mentre ero fuori.»

«È rimasta a casa o è uscita?»

«È venuta a trovarla una sua amica, Angela.»

«A che ora è tornata lei?»

«Dopo il parrucchiere, sono andata a farmi la manicure e sono tornata a casa verso le quattro.»

Il tempo che le donne dedicavano a farsi belle era incredibile. «La sua amica Angela era ancora lì?»

«Sì. Erano fuori a bordo piscina.»

«Debbie è rimasta a casa finché lei non è uscita per il matrimonio?»

«Sì. La sua amica è andata via verso le cinque.»

«E non è venuto nessuno prima che lei andasse via?»

«No. Quando sono uscita, Debbie e Brian erano le uniche persone qui.»

Chiusi il taccuino e bevvi un minuscolo sorso di caffè. «Debbie conosceva un certo Igor Papadakis?»

«Papadakis? No, non che io sappia.»

Tirai fuori di tasca una foto di Papadakis da giovane. La studiò prima di scuotere la testa. «No.»

«Debbie aveva delle amiche bionde con cui aveva avuto un recente litigio?»

Lei sorrise. «Siamo in Florida. Abbiamo un sacco di bionde. Ma non che mi venga in mente. Perché?»

«C'è una segnalazione di una donna bionda avvistata al parco quella notte.»

Balzò in piedi. «Andiamo di sopra in camera sua. Possiamo guardare i suoi annuari.»

Mentre la seguivo lungo il corridoio, si fermò e disse: «Quell'uomo, nella foto. Aveva i capelli biondi e piuttosto lunghi. Pensa che potrebbe essere lui?»

Tutte le notti insonni che quella povera donna aveva passato l'avevano trasformata in un'investigatrice dilettante.

«Stiamo esaminando ogni possibilità, per quanto remota.»

La stanza era luminosa e inquietante come la prima volta che la vidi.

«Va tutto bene, entri pure.»

Axl Rose mi guardò torvo dal poster dei Guns N' Roses mentre entravo. La signora Boyle si avvicinò al comodino e aprì un cassetto. «Ecco il suo annuario.» Ci passò delicatamente una mano sopra. «Quello dell'anno scorso è nell'armadio.»

«Dell'anno scorso?»

«Hanno iniziato a fare anche gli annuari del penultimo anno. All'epoca pensai che fosse una pazzia, ma ora sono contenta di averlo.»

Feci il giro della stanza, studiandola attentamente. Era la tipica camera di un'adolescente: piena di oggetti femminili e ricordi d'infanzia. Sullo stereo c'era una tartaruga che probabilmente aveva dipinto ai tempi delle elementari. Mi ricordò un posacenere a forma di razza che avevo fatto quando avevo più o meno la sua età.

Tolsi il guscio alla tartaruga. «Non per essere indiscreto, ma a chi appartiene questo?»

«Ah, sì, me lo ricordo.»

Era un anello, un anello di laurea della Rutgers University, nel New Jersey. Portava impresso l'anno 1984.

«È di suo padre?»

«No, Peter è andato alla Louisiana State.»

«Ha idea a chi possa appartenere?»

«Me n'ero dimenticata. Millenovecentottantaquattro? Ciò significa che chiunque ne fosse il proprietario oggi avrebbe circa cinquantacinque anni. Mi lasci pensare. Se mi viene in mente qualcosa, glielo farò sapere.»

«Ottimo. Nel frattempo, posso chiederLe di lasciarlo dentro al signor Tartaruga e di non toccarlo?»

«Oh, mio Dio. Pensa che sia un indizio?»

«Non so nulla di più, se non che è un vecchio anello di laurea. Per quanto ne so, potrebbe averlo trovato a dodici anni ed essersene dimenticata. Probabilmente non è niente, solo una possibilità su un miliardo, ma preferirei che restasse il meno contaminato possibile.»

«Ha ragione.»

Rimisi a posto il guscio della tartaruga.

La signora Boyle disse: «Ecco gli annuari. Vuole sfogliarli?»

Lo aprii sfogliandolo fino a una pagina di ritratti e vidi tutti i commenti scritti dagli studenti sotto le loro foto. Chissà cosa avrei potuto scoprire leggendoli? «N-non ho tempo adesso, ma se a Lei non dispiace, vorrei prenderli in prestito per un po'. Le prometto che ne avrò cura.»

Esitò prima di acconsentire. Le chiesi quali corsi avesse seguito Debbie durante l'ultimo anno e rimasi sciocccato quando la signora Boyle mi snocciolò tutte le materie e i nomi degli insegnanti. Chiedendole di ripeterli, annotai i nomi e conclusi la mia visita.

27

Ero seduto alla mia scrivania, intento a compilare l'ennesimo sondaggio del dipartimento, quando Derrick entrò di slancio in ufficio.

«La moglie di Wheeler ha detto che entrambi i suoi genitori sono morti di cancro e il suo medico gli ha detto di evitare le radiazioni, se possibile.»

E il sole? Wheeler non era abbronzato, ma la maggior parte della gente che viveva qui non lo era. Erano solo i turisti e i villeggianti a non stancarsi mai di prendere il sole.

«Nessuna sorpresa. Scommetto che Wheeler l'ha detto a sua moglie e lei lo sta coprendo.»

«Non può essersi inventata che entrambi i genitori avessero il cancro. E poi ha detto che Wheeler ha fatto una risonanza magnetica circa quindici anni fa.»

«Davvero?»

«Ha detto che Wheeler stava lavorando su una scala ed è caduto. Ha sbattuto la testa ed è stato portato in ospedale.»

«Dove l'hanno portato?»

«All'NCH Baker, in centro.»

Mi alzai. «Andiamo.»

«Aspetta. Li ho chiamati, devono recuperare i documenti dall'archivio.»

«Non sono digitalizzati?»

«No, era il 2003, prima che iniziassero a salvare tutto nel cloud.»

«Quanto ci vorrà prima che li tirino fuori?»

«Hanno detto che non sarà possibile prima della fine delle feste. Li tengono fuori sede, in un magazzino a temperatura controllata che chiude tra Natale e Capodanno.»

«Ma Natale è la settimana prossima.»

«Li richiamo, ma è quello che mi hanno detto.»

«Di' loro che è urgente.»

«L'ho già fatto.»

«Ripetiglielo. Senti, devo uscire a prendere una cosa.»

Parlare del Natale mi aveva ricordato che dovevo comprare qualcosa da mettere sotto l'albero per Mary Ann. Il mio regalo principale era il viaggio. Ma era per entrambi, anche se in teoria era per lei. Dovevo prenderle un'altra cosa o due.

Visto che a Mary Ann piaceva lo yoga, il fatto che Lululemon fosse in saldo mi rese le cose facili. Girai due volte nel parcheggio di Waterside Shops prima di mettere l'adesivo della polizia sul cruscotto. Il centro commerciale era pieno zeppo di gente a fare acquisti, la maggior parte con due o più borse in mano. Quanto incassava quel posto in un giorno come quello?

Passando davanti alla gioielleria De Beers, vidi una coppia entrare nel negozio. Mi bloccai. Era una delle coppie delle borse? Fingendo di guardare la vetrina di De Beers, vidi la coppia mentre veniva servita a un bancone. Scrutai l'interno del negozio e il cuore mi prese a battere all'impazzata. Al bancone in fondo c'era un'altra coppia che mi era familiare.

L'uomo indossava la stessa giacca sportiva blu e gli stessi occhiali da sole firmati di uno dei ladri di borse. Che la banda stesse alzando il tiro? Controllai i riflessi nella vetrina per vedere se ci fossero complici a fare da palo.

Dietro la mia spalla destra c'era un uomo dall'aria sospetta che teneva in mano un giornale senza però leggerlo. Riportai l'attenzione sulla prima coppia e mi si strinse lo stomaco. L'uomo si stava infilando un gioiello nella giacca.

Mentre mi avvicinavo all'ingresso, un commesso di De Beers mi aprì la porta. Entrai, richiusi la porta e strinsi le manette attorno alle maniglie. Estrassi la pistola e gridai: «Mani in alto! Polizia!»

———

MENTRE ENTRAVO IN UFFICIO, Derrick infilò il *Naples Daily News* nel cassetto. Dissi: «Tranquillo, ho visto.»

«Stai bene?»

Anche se mi bruciava lo stomaco, dissi: «Sì, non preoccuparti per me.»

«Sicuro? Ho sentito che lo sceriffo è furioso.»

«Lo so. Sto andando da lui adesso.»

«In bocca al lupo.»

Mi ricordai la stessa sensazione di quando fui convocato nell'ufficio del preside in quinta elementare. Pensavo che sarei stato sospeso per aver tirato un pugno a un compagno di classe che mi aveva messo in imbarazzo di fronte a una ragazza per cui avevo una cotta. Stavolta le circostanze erano più serie.

Chester non si alzò né mi tese la mano. Accennò a una sedia con il mento. Mi lasciai scivolare sulla sedia, tenendo gli occhi lontani dalla pila di giornali sull'angolo della sua scrivania. Chester appoggiò un gomito sul bracciolo della sedia e mise l'altra mano sul fianco.

«Da dove cominciamo, detective?»

Odiavo quando si rivolgeva a me in quel modo. Lo capivo in un contesto formale, ma lavoravamo insieme da più di un anno e avevo catturato il serial killer quando lui dubitava delle mie capacità.

«Mi dispiace. È stato un errore in buona fede. Ero certo che facessero parte della banda delle borse.»

«Lo scambio di persona è scusabile, ma lei è un dannato cowboy, Luca. Ha infranto ogni regola, mettendo in pericolo non solo sé stesso, ma decine di persone che facevano acquisti per le feste. Avrebbe dovuto chiamare i rinforzi. Avrebbe potuto interrogarli con discrezione. Ma no, lei ammanetta le porte ed estrae la pistola?»

«Io...»

«Non ho finito. Invece di parlare della parata di Natale di ieri sera, tutti parlano di questo dipartimento e dei suoi agenti indisciplinati. Non sono nemmeno le nove, ma sono già stato tartassato dal sindaco, dai consiglieri comunali e dalla direzione di Waterside. E ci sono due messaggi dall'avvocato della famiglia Collier. Di tutte le persone al mondo, doveva proprio prendersela con la famiglia Collier. In nome di Dio, cosa Le è saltato in mente?»

«Entrambe le coppie assomigliavano alla banda delle borse: stessi vestiti e stessi occhiali da sole. Li tenevano indosso, ed erano gli stessi occhiali vistosi che avevano da Saks. Li ho osservati e, quando ho visto l'uomo intascarsi un anello, sono semplicemente entrato in azione.»

«Era l'anello di sua madre, per l'amor del cielo! Voleva che De Beers ne facesse una copia. Anche se stesse rubando, lei sa che un posto del genere ha più telecamere del carcere della contea. Se De Beers avesse confermato la mancanza di un anello, avrebbe potuto chiedergli di mostrarle cosa si era messo in tasca. Se si fosse rifiutato, avrebbe potuto usare il video del negozio.»

«Capisco, signore. Credo di essere stato un po' troppo ansioso di porre fine alle attività di questa banda.»

Scosse la testa.

«Un po' ansioso? Ha infranto ogni protocollo esistente.»

«Non accadrà più, signore.»

«Dovrei metterla in congedo amministrativo. Penso che se lo meriterebbe, ma lei è fortunato, non ho voglia di avere a che fare con il sindacato.»

Uscendo dall'ufficio di Chester, fissai i miei piedi. Mi sentivo talmente a terra che avrei potuto giocare a pallamano contro il marciapiede. Se Derrick avesse cominciato a farmi domande su cosa aveva detto Chester, sarei esploso. Presi le scale di servizio e mi diressi al parcheggio. Dato che mia madre non c'era più da un pezzo, chiamai Mary Ann.

28

Il rapporto dell'FBI su Igor Papadakis era in realtà solo un riassunto. Igor Papadakis era nato il 13 novembre 1965 in un sobborgo di San Pietroburgo chiamato Dubrovka, da George e Natasha Papadakis. Non aveva fratelli. A quindici anni era stato arrestato durante una protesta studentesca sulla qualità del cibo del liceo.

La famiglia si era trasferita in Grecia il 20 dicembre 1985, quando Igor aveva vent'anni. Si erano stabiliti a Papagou, alle porte di Atene.

Nell'aprile del 1987, Igor Papadakis fu interrogato dalla polizia ellenica sull'omicidio di Spiro Xeanax, un ragazzo di sedici anni di Aryiroupolis.

Due testimoni avevano collocato Igor Papadakis vicino alla scena del delitto. Papadakis negò di sapere alcunché dell'omicidio, sostenendo di essere uscito a fare una passeggiata. La polizia ellenica annotò che Papadakis viveva a più di dieci miglia di distanza e non aveva motivo di trovarsi in quella zona.

La polizia ellenica informò l'Interpol del proprio interesse ad assicurarsi che non lasciasse il Paese. Gli sequestrarono anche il passaporto. C'erano altri due sospettati nel caso, uno dei quali era un pedofilo noto.

Nell'aprile del 1989, l'indagine fu archiviata e a Papadakis fu restituito il passaporto, ma gli fu consigliato di notificare alle autorità ogni viaggio internazionale. Nel maggio del 1989, Igor Papadakis lasciò la Grecia senza informare le autorità.

La morte di Spiro Xeanax rimane irrisolta.

Lo rilessi. Ciò che mi saltò all'occhio fu la tempistica. Si erano trasferiti dalla Russia pochi giorni prima di Natale? Poi Papadakis si trova in Grecia da poco più di un anno e viene interrogato per omicidio? Stavano forse prendendo di mira un immigrato? Erano i guai a seguire Papadakis o era lui a portarseli dietro?

Poteva la famiglia essere fuggita dalla Russia in fretta e furia perché il figlio si era cacciato nei guai? Di questi tempi non eravamo nei migliori rapporti con i russi, e poi si trattava di trent'anni fa. Sarebbero stati disposti a fare un controllo su Papadakis? Quelli erano i tempi del KGB. Probabilmente sapevano anche quando uno starnutiva.

Appoggiandomi allo schienale della sedia, mi ricordai che Papadakis aveva detto di aver vissuto a Miami quando era arrivato per la prima volta negli Stati Uniti. Era vero? Avrei fatto fare a Derrick una ricerca di tutti i suoi indirizzi conosciuti per poi incrociare le aree con eventuali omicidi irrisolti.

Mentre valutavo altre piste da seguire, fissai gli annuari sull'angolo della mia scrivania e ne afferrai uno. Era del 1993, l'anno in cui Debbie Boyle si sarebbe dovuta diplomare al liceo.

Lo sfogliai, cercando la sua classe. Era alla terza pagina

della sezione della Classe del 1993. Mi fissavano cinque file, ognuna con cinque foto di ragazzi in posa. Tutti i ragazzi, tranne uno, sfoggiavano sorrisi smaglianti.

Alcuni ragazzi avevano lasciato messaggi scritti a mano sotto le loro foto. Dominavano gli auguri di buona fortuna, con qualche «ricorda questo o quello», ma ce n'erano due che spiccavano. Uno era di una ragazza di nome Donna Siler: «Non preoccuparti, si sistemerà tutto. Io ci sarò per te».

L'altro era sotto la foto di Debbie Boyle: «Te ne pentirai». Era firmato Fred. Chi era Fred, e cosa intendeva con quel messaggio? Tornai all'inizio del libro e lo sfogliai pagina per pagina cercando un ragazzo di nome Fred.

Le prime due pagine erano dedicate allo staff amministrativo e agli insegnanti. Poi un paio di pagine della banda e dei gruppi teatrali della scuola in azione, prima delle foto di classe. Trovai il primo Fred. Un ragazzo dai capelli ispidi di nome Fredrick Holmes. Era uno studente del penultimo anno. Lo annotai e continuai a cercare. Il secondo, un maturando, era un ragazzo con un sorriso sbilenco di nome Fred Biehl.

Mentre sfogliavo le pagine, arrivai a una doppia facciata di foto di una festa di Halloween. Era impossibile non notare Debbie Boyle nel suo costume da cameriera con la gonna corta. Un uomo biondo le teneva un braccio attorno alle spalle. Sembrava familiare. Tornai alle pagine con le foto degli insegnanti. I suoi capelli non erano lunghi, ma non c'erano dubbi che fosse Larry Culver.

Era l'insegnante coinvolto nello scandalo dei test SAT. Forse avrei dovuto scambiarci due chiacchiere. L'ultimo Fred che trovai si faceva chiamare Freddy Palmer. Aveva occhiali dalla montatura spessa e capelli che sembravano elettrizzati.

————

«Visto che hai avuto un presentimento su Papadakis fin dal primo giorno, ho pensato che ti sarebbe piaciuto seguire una nuova pista su di lui».

Giurerei che drizzò le orecchie come un cane da caccia. «Certo. Che succede?»

«Qualcosa nel rapporto dell'FBI mi ha dato da pensare. L'intera famiglia ha lasciato la Russia pochi giorni prima di Natale. Ti suona giusto? Chi si trasferirebbe in quel periodo dell'anno?»

«A meno che tu non debba farlo per forza».

«Esatto. Forse Igor si è cacciato nei guai e se la sono filata».

«Vuoi che vada a vedere cosa hanno i russi su di lui?»

«Sì, ma c'è un'altra cosa, probabilmente più preoccupante: il fatto che il ragazzo in Grecia sia stato ucciso circa un anno dopo il trasferimento di Papadakis. Quando è partito per l'America ci ha detto di essere andato a Miami».

«Sì, me lo ricordo».

«Ma ci è andato davvero? Controlla tutti i suoi indirizzi conosciuti. Poi fai un controllo incrociato, diciamo nel raggio di cinquanta miglia da ogni indirizzo, con eventuali omicidi irrisolti».

Derrick annuì. «Dannatamente un'ottima idea, Frank».

«Questo è da vedere».

«Senti, perché non chiediamo aiuto a quel tuo amico dell'FBI per i russi?»

«Aspettiamo. Non voglio abusare del rapporto. Tenia-mocelo per quando avremo davvero bisogno di qualcosa».

29

FURIOSO PER AVER SPRECATO MEZZA GIORNATA IN TRIBUNALE, mi stavo sfilando la giacca quando Derrick disse: «Frank, ho controllato la scatola delle prove del caso Boyle e indovina cosa ho trovato?».

Odiavo quando la gente diceva così. «Non è un gioco, Derrick».

«Scusa. C'era un'unghia repertata sulla scena del crimine. Era di sicuro di Debbie Boyle, stesso smalto».

«Cosa? Non era stata catalogata?».

«No. Chiunque abbia gestito le prove l'ha infilata nella tasca dei jeans della Boyle. Pensi che possiamo ricavarne il DNA?».

«Speriamo che abbia lottato, graffiando il suo assassino, e che ci sia rimasto qualche frammento di pelle».

«È quello che speravo».

«Dobbiamo portarla al laboratorio. In fretta. Chissà cosa salterà fuori».

«Anche se ha venticinque anni, possono comunque dire a chi appartiene, vero?».

«Sì, il DNA dura un paio di milioni di anni. C'erano altre sorprese nella scatola?».

«No. Era ammuffita, ma ho controllato tutto da cima a fondo».

Era quello che avrei dovuto fare io, e che avrei fatto più scrupolosamente prima della chemio-nebbia. «Porta l'unghia al laboratorio. Li avverto che stai arrivando».

Era la svolta per cui stavamo lavorando. Non era proprio una svolta, ma la scoperta che il detective Foster e la sua squadra avevano commesso un altro errore marchiano. Foster non aveva esperienza in omicidi e meritava un po' di indulgenza, ma non catalogare dei reperti raccolti su una scena del crimine rasentava la negligenza.

Mi chiedevo se avremmo avuto una reazione rivelatrice da parte di qualcuno dei sospetti quando avremmo chiesto loro i campioni di DNA. Wheeler e Papadakis se la contendevano per la pole position come principali indiziati, e riuscivo a immaginare entrambi fare storie e rifiutarsi di fornire i campioni.

La reazione di Mackay era un'incognita che non potevo prevedere. Non pensavo fosse Walker, ma ci serviva un campione per esserne sicuri.

Anche il viscido di Boralis sarebbe stato analizzato. Mi sarei persino assicurato che anche Bert Campos venisse testato, ma a parte scoprire che al vecchio hippy mancava un cromosoma o due, non mi aspettavo di trovare nulla. E c'era Moore, che l'aveva minacciata. Il suo DNA sarebbe corrisposto?

———

Derrick entrò con l'aria di un bambino a cui avevano portato via la bicicletta. «Il laboratorio ha detto che ci vorrà almeno una settimana, se non dieci giorni, prima di poter esaminare il frammento di unghia».

«Lo so. Quando ho chiamato mi hanno detto che Miller è in vacanza fino a dopo Capodanno. È andato a sciare da qualche parte nel West».

«Quindi adesso dobbiamo aspettare».

«Ho chiamato Peters per vedere se poteva fare qualcosa per accelerare i tempi, ma mi ha raccontato la stronzata che si tratta di un caso di venticinque anni fa e che un altro paio di settimane non avrebbero fatto la differenza».

«Come mai non sei mai salito ai piani alti?».

«Intendi fare carriera?».

«Sì, hai la stoffa per dirigere questo posto, se vuoi il mio parere».

Sbuffai. «Assolutamente no. Non ho le capacità relazionali. I pezzi grossi qui devono essere politici e politicamente corretti. Io sono quanto di più lontano ci possa essere da tutto ciò».

«Ma perché non tenente o capitano? O almeno sergente. Te lo meriti e, in più, la paga è migliore».

«Faccio quello che faccio perché lo adoro. Non dico che non sia deprimente o a volte persino rivoltante, ma entrare nella mente di un assassino e dargli la caccia è molto appagante. Non potrei immaginare di fare altro, specialmente un qualche lavoro politico da scrivania».

«Ma potresti essere promosso sergente e comunque andare sul campo».

«Sono bravo in quello che faccio e voglio concentrarmi su questo a tempo pieno, non preoccuparmi delle scartoffie».

«Per quanto tempo pensi di rimanere un detective della omicidi?».

«Finché non mi cacceranno o non stramazzerò al suolo». Non era del tutto vero, perché se la mia memoria avesse continuato a peggiorare, me ne sarei andato prima che mi sbattessero fuori.

«Adoro il fatto che tu ci metta tutto te stesso, Frank. Ho avuto fortuna con te. A formarmi è il migliore».

Se pensa che io sia il migliore adesso, avrebbe dovuto vedermi prima del cancro alla vescica. O meglio ancora, avrebbe dovuto vedermi quando JJ era il mio partner, su nel Jersey. Sorrisi al pensiero di quanto eravamo bravi.

«Per cosa sorridi?».

«Stavo solo rievocando i vecchi tempi e il mio partner, JJ. Abbiamo risolto una marea di casi, e ce n'erano molti di difficili».

«Questo è piuttosto difficile, non trovi?».

«Medio, ma siamo a un passo dal risolverlo».

30

QUESTO SAREBBE STATO IL NOSTRO PRIMO NATALE INSIEME.
Non era proprio l'entusiasmo di un bambino di dieci anni,
ma c'era una certa elettricità nell'aria, e mi aiutò a seppellire
l'imbarazzo per la figuraccia con la De Beers.

Avevo persino violato una delle mie regole e preso un
albero vero. Il profumo di pino in casa era un tocco piacevole, ma gli aghi cadevano in una pioggia costante. Se mai
avessi preso un altro albero vero, mi sarei assicurato di
prenderlo prima.

Era anche il primo Natale, da quando era finita con la
mia ex moglie, in cui la malinconia restava sotto la superficie. Ero entusiasta all'idea di sorprendere Mary Ann con il
viaggio in Europa e non vedevo l'ora di passare un po' di
tempo tranquillo da soli.

Nessuno dei due aveva parenti stretti, né per legami
affettivi né geograficamente, e per la vigilia di Natale
saremmo andati da un'amica di Mary Ann che viveva nel
vicinato.

«Cosa prepara Becky domani? Pesce?»

«No, ha detto che sarà in stile del Sud, con prosciutto e costata di manzo.»

Sono cresciuto in una famiglia italiana dove la cena della Vigilia di Natale era definita dalla Festa dei Sette Pesci. Per proteggere le mie origini e le mie arterie, dissi: «Domattina andrò al mercato del pesce Captain and Krewe a prendere un po' di pesce per il giorno di Natale».

«Mi sembra un'ottima idea. Di cosa hai voglia?»

«Prenderò delle code di aragosta, dei gamberi e un pezzo di pesce, magari cernia.»

«Sembra un sacco di roba.»

«Avresti dovuto vedere il Natale quando mia madre era viva. Almeno sette tipi di pesce diversi. Noi ne avremo solo tre.»

«Prenderò del salmone affumicato come antipasto.»

«Così si ragiona. Così arriviamo a quattro, più della metà. Non male, considerato che siamo solo in due.»

«Sei un bel soggetto, Frank.»

«È il nostro primo Natale. Dobbiamo fare le cose per bene.»

Mary Ann mi diede un bacio a stampo sulla guancia. «A volte sai essere davvero dolce.»

«Ci stavo pensando. È importante che iniziamo a creare le nostre tradizioni insieme.»

«Hai ragione. Dovremmo.»

Anche se mi ero allontanato dalla chiesa, dissi: «Perché non andiamo alla Messa di mezzanotte la vigilia di Natale, dopo cena?»

«Sarebbe bello, un modo speciale per festeggiare il Natale insieme. Non sono mai andata alla Messa di mezzanotte.»

«Noi ci andavamo ogni anno e, quando tornavamo a casa, mia mamma preparava le zeppole calde.»

«Andremo in chiesa, ma non mi metterò a fare dolci all'una di notte.»

«Affare fatto. A proposito, niente regali da aprire la vigilia di Natale.»

Mary Ann mise il broncio. «Neanche dopo la Messa? A quel punto è ufficialmente Natale.»

«Puoi aprirne solo uno.»

———

LA VIGILIA di Natale fu un po' strana. Anche la sua amica Becky aveva la famiglia a casa, il che mi fece sentire un estraneo. Il cibo era così così, ma la Messa fu magica. Insistetti per andare a Saint William's, pensando che la maggior parte dei vecchietti che affollavano la chiesa sarebbero stati a dormire. In più, avevano un programma musicale fantastico con una dozzina di strumenti e un grande coro.

Saint William's era piena ma non stracolma. Si percepiva la gioia nell'aria. Cantammo insieme i canti di Natale e restammo fino alla fine. Quando tornammo a casa, accesi le luci del nostro albero ed era magnifico. Lo ammirammo per venti minuti prima di infilarci a letto. Erano passate le due.

La mattina dopo, mi svegliai poco prima delle nove. Mary Ann era profondamente addormentata. Dopo aver provato a rimanere a letto, scivolai fuori e feci il caffè. Aprii le porte scorrevoli e mi sedetti sulla veranda. Dovetti prendere gli occhiali da sole. C'erano circa ventidue gradi e tutto era tranquillo.

Mentre bevevo una seconda tazza, accesi l'albero. Alle dieci e un quarto misi su della musica natalizia, ma nessuna traccia di Mary Ann. Passarono dieci minuti prima che alzassi il volume. Stava suonando «The Christmas Song» quando Mary Ann entrò nella stanza.

Con un sorriso che illuminava la stanza e una sottoveste di seta blu che illuminava il piccolo Luca, disse: «Buon Natale, Frank». Le diedi un bacio e un caffè e ci scambiammo i regali. Le piacquero i completi Lululemon, anche se avevo sbagliato le taglie. Era entusiasta della vacanza in Europa, ma ebbi la sensazione che già sapesse del viaggio.

Oziando, facemmo una doccia insieme e ci infilammo a letto per una piccola festa d'amore. Era il mio tipo di Natale.

Gironzolammo per il resto del pomeriggio facendo un paio di telefonate di auguri. Per cena, facemmo alla maniera della Florida, grigliando pesce e sorseggiando vino all'aperto. Fu il miglior Natale che avessi passato da decenni.

Non sono mai stato un fan del Capodanno e delle assurdità sui buoni propositi per cambiare questo o fare quello. Se vuoi smettere di fumare, metterti in forma o fare bungee jumping, perché devi aspettare Capodanno per impegnarti a farlo? Ogni giorno è un nuovo giorno, un nuovo inizio e un'opportunità per vivere la vita che desideri. Perché sprecare un anno intero?

A mio parere, e non è neanche umile, Capodanno è la serata dei dilettanti. Smettei di uscire ancora prima di entrare in accademia. La mia idea di un buon San Silvestro era una piccola festa in casa con buon cibo e buon vino. Ci volle un po' per convincerla ma, sull'onda di un Natale così bello passato insieme, riuscii a convincere Mary Ann ad andare a cena presto al Bleu Provence.

Passammo una bella serata, ma mentre tornavamo a casa la mia mente si spostò sul caso Boyle e sui risultati del DNA e della risonanza magnetica che attendevo.

Vivevo ogni caso come una sfida personale. Ero io contro l'assassino. Eravamo bloccati in una battaglia che dovevo vincere. Sapevo che era il mio lavoro e che la comunità ne beneficiava, ma sapevo anche, nel profondo, che avevo bisogno della conferma e del rispetto che ne derivavano.

Questo caso era diverso. Volevo la vittoria, ma la volevo anche per la madre della vittima. Quella povera donna aveva sofferto fin troppo a lungo. Risolvere il caso non le avrebbe restituito la figlia, ma avrebbe potuto aiutarla ad andare avanti con il resto della sua vita.

Scommettevo tutto sul fatto che i prossimi due giorni avrebbero fornito gli indizi necessari a risolvere questo caso irrisolto da tempo.

31

«Com'è andato il Capodanno, Frank?»

«Tranquillo. E a te?»

«Siamo andati dai miei. Niente di che. Siamo tornati a casa subito dopo mezzanotte.»

«Mary Ann mi ha costretto a restare sveglio a guardare la palla che scende in televisione. Perché è una cosa così importante? Non significa assolutamente niente.»

«Non riesco a immaginare quella gente che sta lì fuori per ore a congelarsi il culo.»

«Amen. Senti, riceveremo i risultati del DNA da un giorno all'altro e voglio essere pronto a fare i riscontri.»

«Okay. Cosa vuoi fare?»

«Andiamo da tutti i sospettati e vediamo se acconsentono a sottoporsi volontariamente a un test del DNA.»

«Ma non sappiamo nemmeno se sull'unghia ci sia del DNA.»

«Ne sono consapevole. Ma sono convinto che ci sarà.»

«Ma se anche ci fosse, potrebbe essere femminile.»

«Senti, i piani qui li faccio io. D'accordo? Impareremo

qualcosa su ciascuno dei sospettati. Vedremo come reagiscono alla richiesta: sono informazioni che possiamo usare. In più, avremo campioni di DNA di chiunque accetti di sottoporsi al test. È una buona cosa.»

«Okay. Capisco. Tanto per essere chiari, Frank, non ti stavo sfidando. Facevo solo domande, tutto qui.»

Lo guardai in faccia. Stava mentendo. «Andiamo avanti. Voglio che tu vada a trovare Mackay, Campos e Boralis. Devi prestare attenzione a come reagiscono. Nota ogni cosa che dicono e fanno. Il linguaggio del corpo ti dirà molto. Capito? Prendi un paio di kit di tamponi dal laboratorio e stai attento. Usa i guanti.»

Derrick annuì. «Capisco, ma perché Campos? Non è stato lui.»

«Entrambi crediamo che non sia stato lui, ma quella notte era lì a Delnor. Dobbiamo averne la certezza. Se non corrisponde, lo cancelliamo dalla lista.»

«Immagino sia il modo giusto di procedere.»

«Mi sembra che oggi tu mi stia mettendo in discussione. Spero che non diventi un'abitudine.»

«No, no, non era mia intenzione. È solo che mi sembra una perdita di tempo, considerando che abbiamo sospettati più credibili come Papadakis, Wheeler, Walker e Moore da controllare.»

«Da loro ci andrò io. Quando hai finito con quelli, chiamami. Magari riusciamo a vederci.»

Il mio piano originale era di fare tutte le visite insieme. Non avevo bisogno di aiuto, ma Derrick aveva bisogno di fare esperienza. Un detective navigato poteva ricavare un'infinità di informazioni dal modo in cui le persone reagivano. Ma Derrick mi aveva fatto incazzare, mettendomi in discussione sul DNA. Doveva fare un po' di lavoro sporco per rientrare nelle mie grazie.

Mi dissi che non era una vendetta. I sospettati minori andavano visitati, e sarebbe stata una perdita di tempo per me farlo e una negligenza da parte nostra ometterli. Gironzolai un po', facendo un paio di telefonate prima di uscire. In questo modo, Derrick sarebbe sicuramente riuscito a raggiungermi in tempo per visitare un sospettato o due.

Era la mia terza visita a John Wheeler. Stava lavorando in un cantiere commerciale a Venetian Village e aveva accettato di incontrarmi. Non volevo destare sospetti e desideravo mantenere la questione privata. Lavorava sul lato sud di Venetian Village, un complesso di negozi e ristoranti su due lotti affacciati sulla baia, a cavallo di Park Shore Drive.

Il panorama e l'atmosfera di Venetian Village erano fantastici, specialmente fuori stagione, dato che tendeva a diventare turistico. Infilandomi gli occhiali da sole, mi accomodai su una panchina vicino a una fontana zampillante. Mentre un padre e suo figlio uscivano da Ben and Jerry's con i gelati in mano, vidi Wheeler.

Alzai una mano e Wheeler mi fece un cenno di riconoscimento. Indossava una camicia stile safari a maniche lunghe, jeans e un cappello floscio per proteggersi dal sole quando lavorava all'aperto.

Mentre si avvicinava, tese la mano e io mi alzai per stringergliela. Non mi era mai piaciuto un uomo che non si alzava per una stretta di mano.

«Grazie per essere venuto, signor Wheeler.»

«Nessun problema. Apprezzo la discrezione. Tutti sanno che il caso è stato riaperto e mi hanno fatto un sacco di domande al riguardo. Che succede?»

«Vorremmo chiederLe di fornirci volontariamente un campione di DNA.»

«Un campione di DNA? E perché?»

«È prassi.»

«Prassi? Andiamo, detective. Cosa sta succedendo?»

«Crediamo di essere riusciti a recuperare del DNA dalla scena del crimine.»

«La scena del crimine? È successo più di venticinque anni fa.»

«Mi permetta di riformulare. È stato appena scoperto un reperto che era stato recuperato sulla scena del crimine all'epoca.»

«Cosa intende con 'appena scoperto'?»

«Non era mai stato catalogato ed era ficcato in una tasca dei jeans di Debbie. Non so dirLe perché, e non l'ha saputo da me, ma è un altro esempio di quanto sia stato gestito male questo caso.»

«Mi puzza. La polizia piazza prove false in continuazione.»

Sapevo che sarebbe stata una questione di credibilità. Ed era giusto che lo fosse, e se si fosse rivelato un elemento probatorio di fondamentale importanza, sarebbe stato attaccato in tribunale dagli avvocati della difesa.

«Non sono nella posizione di dire che non succeda mai, ma è un evento molto raro. Le uniche persone che hanno avuto accesso alle prove in questo caso siamo io e il mio partner. Le posso assicurare che non le abbiamo manomesse.»

«Tutta questa faccenda non mi piace. Prima vuole che io faccia una risonanza magnetica, e ora che mi sottoponga a un test del DNA. Per qualche motivo, Lei mi ha preso di mira. Non capisco.»

«Se ho preso di mira qualcosa, è la verità. Tutto qui. Molto tempo fa, quando ho iniziato a lavorare in omicidi, sono stato coinvolto in un caso in cui è stato arrestato l'uomo sbagliato. Da allora, ho lavorato come un dannato per assicurarmi che non succeda mai più in nessun caso di cui mi occupo.»

«Non è che non mi fidi di Lei, ma perché dovrei? Che vantaggio ne trarrei?»

«La scagionerebbe senza ombra di dubbio, cancellerebbe qualsiasi sospetto la gente possa avere.»

«Senta, finché non è arrivato Lei, nessuno parlava di questo caso da anni. Mi dispiace. Non sono disposto a procedere.»

Wheeler aveva addotto l'argomentazione giusta e sembrava sincero al riguardo. D'altra parte, però, ora aveva rifiutato due esami per chiarire il suo ruolo. Dovevamo forse aumentare il suo livello di priorità? Poiché la sua vecchia risonanza magnetica sarebbe stata disponibile oggi o domani, non aveva senso sprecare altre energie con lui per il momento.

———

QUANDO TELEFONAI A CLEM WALKER, accettò di incontrarmi, ma al molo di Naples City. Perché mai qualcuno che sosteneva di pescare dalla spiaggia si trovava in un porto turistico?

C'era un odore salmastro nell'aria mentre aspettavo all'ingresso, come mi aveva detto Walker. Osservai un flusso costante di persone che rientravano da un pomeriggio passato in mare. Un minibus accostò, facendo scendere un gruppo di uomini d'affari che chiesero indicazioni per un catamarano di nome *Sweet Liberty*. Indicai loro dov'era ormeggiato e, mentre mi parlavano della crociera con aperitivo che avrebbero fatto, vidi Walker che attraversava il parcheggio.

Walker indossava una maglietta con un pesce vela, infradito e pantaloncini di jeans tagliati. Si mise la sigaretta in bocca e tese la mano.

«Come sta?»

«Bene. È stato a pesca?»

«No, mi sono visto con alcuni amici per pranzo al Dock». Fece un cenno col pollice sopra la spalla. Il Dock era un locale affollato, arroccato sul bordo del porto turistico, che serviva pescatori e turisti.

«Non ci vado da un bel po'». Aveva una vista fantastica, ma era rumoroso e non accettava prenotazioni.

«Di cosa voleva parlare?»

«Si sottoporrebbe volontariamente a un test del DNA?»

Fece un lungo tiro dalla sigaretta. «Basta che sia tutto in regola».

«Assolutamente».

«Vorrei sapere di cosa si tratta».

Lo informai delle prove appena scoperte.

«Non ho nulla di cui preoccuparmi, quindi togliamoci il pensiero».

«Perché non andiamo alla mia auto?»

Una volta in macchina, Walker firmò il modulo di consenso e io aprii il kit. Infilai i guanti di lattice e aprii la provetta di vetro per poter inserire più facilmente i campioni dopo averli raccolti.

Walker aprì la bocca, rivelando una dentatura macchiata dalla nicotina. Gli strofinai il cotton fioc sulla parte interna della guancia, ne espulsi la punta nella provetta e ripetei il processo sull'altro lato della guancia.

Walker era un enigma. Alcuni punti della sua storia non quadravano, ma lo stesso valeva per tutti gli altri. Non aveva esitato a fornire un campione, ma con un caso vecchio di venticinque anni gli avvocati si sarebbero dati battaglia, se si fosse arrivati a tanto. Mentre uscivo dal parcheggio, chiamai Derrick.

32

Mentre ero seduto nel parcheggio del Coastland Mall a parlare con Mary Ann, vidi arrivare Derrick. Mi fece un gran saluto con la mano e un sorriso ancora più grande. Stava cercando di rientrare nelle mie grazie o era solo entusiasta dell'idea di fare un colloquio con me?

Salì sulla Cherokee e, prima ancora di chiudere la portiera, disse: «Ho fatto tre su tre. Tu come te la sei cavata?»

«Hai ottenuto i campioni di DNA da Mackay, Boralis e Campos?»

«Già. Devo essere onesto con te, è stato facile.»

La gente non si rendeva conto di quanto suonasse stupido dire di essere onesti? «Mackay non ha fatto storie?»

«Non proprio. Era scettico. Boralis mi ha tirato fuori quella stronzata che sperava non lo incastrassimo. Voglio dire, la gente pensa davvero che la polizia sia così corrotta?»

«Questa è la domanda da un miliardo di dollari. Abbiamo avuto dei problemi nel Jersey, come immagino voi a Washington. Per come la vedo io, più grande è il corpo di polizia, più opportunità ci sono per la corruzione.»

«Probabilmente hai ragione. Tu come sei andato?»

«Wheeler non ha voluto saperne. Era preoccupato che la nuova prova fosse stata piazzata lì. Ma Walker non ha avuto problemi.»

«Pensi che Wheeler avesse paura?»

«Difficile a dirsi. Ha collaborato fino a un certo punto, ma direi di mettere la cosa in sospeso finché non avremo la risonanza magnetica.»

«Ha senso. A chi tocca adesso?»

«Dobbiamo vedere solo Papadakis. Non volevo guidare fino a Sarasota per niente, quindi ho chiamato Moore. Ha accettato di fornire un campione, ma voleva che fosse fatto sotto supervisione. Ho preso accordi perché desse un campione alla polizia di Sarasota.»

«Un altro che pensa di essere incastrato?»

«Immagino che con un caso così vecchio, la cosa renda la gente sospettosa. A ogni modo, chiama il NCH e vedi a che diavolo di punto è quella risonanza.»

Quando arrivammo alla casa verde di Papadakis, il NCH aveva confermato che la risonanza era pronta e Derrick aveva mandato un messaggio per farla ritirare e inviare al dottor Brown, un radiologo con cui collaboravamo.

Il cane stava abbaiando ma, a differenza dell'ultima volta, non era legato a un paletto. Dissi a Derrick di bussare alla porta. La porta del garage era aperta e io volevo dare un'occhiata.

I miei occhi lacrimarono per un forte odore di candeggina. Cosa stava disinfettando o eliminando? Sbirciai dentro. Sacchi di plastica nera erano ammucchiati sotto e sopra un banco da lavoro in legno. Sul lato opposto c'erano un tosaerba arrugginito, due pale, una cassetta degli attrezzi e un baule di legno chiuso con un lucchetto. Derrick mi chiamò e mi diressi a passo svelto verso la porta d'ingresso.

Papadakis era vestito in modo ordinato con dei pantaloni chino beige e una polo blu. Doveva essersi lavato i capelli; le sue ciocche color carbone erano vaporose. Papadakis afferrò il collare del suo cane che abbaiava.

«Piacere di rivedervi entrambi.»

«Potrebbe chiudere il cane da qualche parte?»

«Gorky non è pericoloso. Ma se vuole, lo lego.»

«Per favore.»

Ci facemmo da parte e Papadakis portò il cane al paletto e ce lo legò con la catena. Poi si voltò verso di noi e chiuse la porta del garage.

«Grazie.»

«Gorky è un bravo ragazzo. Ha solo bisogno di conoscervi.»

«Non ho potuto fare a meno di notare il suo garage.»

«È un po' in disordine.»

«Quel baule. Sembra europeo. Se l'è portato dietro quando è venuto qui?»

«Sì. Apparteneva a mio padre.»

«Lo tiene ben chiuso a chiave.»

Lui si strinse nelle spalle. «Perché non entrate?»

«C'è qualcosa in particolare nel baule?»

«Solo alcune cose personali di famiglia, sa com'è.»

Tornammo in cucina, che questa volta era notevolmente più luminosa. Scrutai i ripiani: niente.

«Sedetevi, sedetevi.»

Noi ci sedemmo, ma Papadakis rimase in piedi.

«Per quale motivo volevate vedermi?»

«Vorremmo chiederLe di fornire un campione di DNA.»

Il suo labbro tremò. «Un campione di DNA? E per cosa?»

«Per confrontarlo con il DNA raccolto sulla scena del crimine dei Boyle.»

«Ma è successo così tanto tempo fa.»

Derrick fece scivolare un kit sul tavolo della cucina. «Non ha importanza.»

Quando Papadakis si mosse sui piedi, per una frazione di secondo pensai che stesse per scappare.

«Non sono obbligato a farlo, giusto?»

Dissi: «È su base volontaria, ma se non ha nulla da nascondere, non dovrebbe avere paura di darci un campione.»

«Non so. Qualcuno potrebbe prendere il mio DNA e metterlo da qualche parte per mettermi nei guai.»

Ero stanco della scusa dell'incastramento. «Non credo che sia una paura valida. Sta insinuando che la polizia potrebbe piazzare il suo DNA e incastrarla?»

«Ho visto succedere cose del genere.»

«Beh, prima di tutto, noi non facciamo queste cose, e non ho mai fatto parte di un corpo di polizia accusato di ciò. Ma, cosa più importante, se qualcuno volesse farlo, inclusa la polizia, il suo DNA si trova ovunque: sulla sua spazzola, sullo spazzolino, sui suoi vestiti... è dappertutto.»

«Allora perché avete bisogno che io faccia un test?»

«Non ne abbiamo veramente bisogno.»

«Cosa? Io... io... Come sarebbe a dire? Cioè, potete prendere il mio DNA da qualsiasi parte?»

«Lasciamo il nostro DNA su tutte le cose che tocchiamo, come il volante della sua auto.»

Il viso cereo di Papadakis divenne bianco come la farina.

Disse: «Devo andare in bagno». E scomparve lungo il corridoio.

Derrick mi mostrò un pollice in su e tese il pugno per un saluto. Salutarsi col pugno? Da dove era venuta fuori questa cosa?

Sussurrai: «Contieniti.»

Si sentì lo sciacquone del water e Papadakis riapparve. «Scusate. Quando mi scappa, mi scappa davvero.»

«Nessun problema, capisco.» E capivo davvero. «Ha intenzione di acconsentire a un test?»

Scosse la testa. «Non credo. Penso che sarebbe una buona idea se consultassi un avvocato.»

Mentre ci allontanavamo, Derrick disse: «È stato fantastico. È crollato quando gli hai detto che potevamo ottenere il suo DNA senza un test.»

«Sta nascondendo qualcosa. Che diavolo c'era in quel baule?»

«Potremmo ottenere un mandato.»

«Nessun giudice lo firmerebbe; non abbiamo abbastanza elementi.»

«Ancora. Se otteniamo il suo DNA, lo manderemo in Grecia, per vedere se è collegato all'omicidio di quel ragazzo. E in Russia. Chissà cosa potrebbero trovare?»

«Un passo alla volta. Non lavoriamo per l'Interpol.»

«Lo so, ma anche se non è l'assassino di Boyle, potrebbe comunque essere quello che ha ucciso quel ragazzo greco. O qualcun altro.»

Era un'osservazione acuta che mi era sfuggita e non avrebbe dovuto. «Forse.»

———

33

LA MENSA ERA AFFOLLATA. PHIL MURRAY ANDAVA IN pensione. Phil era un agente di pattuglia tranquillo a cui non piaceva stare al centro dell'attenzione, altrimenti gli avremmo detto addio all'Old Naples Pub di Venetian Village. Invece, c'erano piadine, panini e bibite, piuttosto che birra e hamburger.

A metà di una piadina al tacchino, Barbara, un'addetta alle pubbliche relazioni, mi picchiettò sulla spalla.

«È appena arrivato questo per lei.»

Era una grossa busta gialla da parte del dottor Brown. Era la risonanza magnetica. Mi cacciai in bocca il resto della piadina mentre mi dirigevo verso il mio ufficio.

Sventolai la busta. «Abbiamo i risultati della risonanza.»

Derrick scattò in piedi mentre aprivo la busta con uno strappo. «E il vincitore è...»

Dalla busta caddero un rapporto di due pagine e un DVD. Diedi una scorsa al rapporto del dottor Brown. Era pieno di gergo medico. Passai al riassunto della seconda pagina.

I punti salienti erano:

Evidenza di una vecchia frattura all'osso frontale, guarita.

Origine - Probabilmente causata da un trauma da corpo contundente.

Derrick disse: «Allora aveva davvero una frattura. Immagino sia stato colpito quella notte.»

«Nessun modo di provare se la frattura risalga a quella notte o a un altro momento della sua vita.»

«Pensi?»

«Non importa, abbiamo i risultati del DNA in arrivo. Frattura o no, se il suo DNA è sotto l'unghia di lei, Wheeler è il nostro uomo.»

«Ma non abbiamo il suo DNA per fare un confronto.»

«Riceviamo i risultati, vediamo se corrispondono a qualcuno nel database e ai campioni che abbiamo raccolto. Se non c'è corrispondenza, procurerò un po' del suo DNA.»

————

MARY ANN STAVA PIEGANDO il bucato quando entrai. Disse: «Che c'è che non va?»

«Niente.»

Mise giù un asciugamano. «Non dirmi che non è niente.»

«Ti dico che non è niente.»

«Frank, se vuoi andartene in giro tenendoti dentro tutto quello che ti turba, fa' pure, ma non rovinarmi la serata col tuo broncio.»

Aveva di nuovo ragione. «Sono solo un po' incazzato, tutto qui.»

«Per cosa?»

«È arrivata la risonanza di Wheeler. C'era l'evidenza di una vecchia frattura.»

«E allora?»

«Era uno dei principali sospettati.»

«Okay, e adesso non lo è più. Come mi hai sempre detto, eliminare un sospettato è una buona cosa, aiuta a focalizzarsi.»

Odiavo quando mi rinfacciava le mie stesse parole. Avevo bisogno di un po' di comprensione. «Speriamo sia così.»

Mary Ann si avvicinò e mi avvolse con le braccia. «Il povero piccolo Frankie è deluso.» Mi fece il solletico sotto l'ascella.

«Ehi, non vale.» Le bloccai le braccia e la baciai.

Lei mi avvolse una gamba attorno alla mia e strusciò i fianchi contro di me. La presi in braccio e la portai in camera da letto per la consolazione definitiva.

─────

DERRICK RISPOSE AL TELEFONO. «Frank, è Dempsey, della scientifica.»

Afferrai il telefono. «Rick, sono Frank. Che cosa hai per me?»

«Abbiamo profilato le cellule epiteliali sull'unghia e fatto un controllo incrociato nel database, ma nessuna corrispondenza.»

«E i campioni con tampone che ci avete dato? Avete controllato con quelli?»

«È la prima cosa che abbiamo fatto, Frank.»

«Ne è sicuro?»

«Mi dispiace, Frank. Non c'è corrispondenza.»

«L'avete verificato nella banca dati nazionale?»

«Sì, e anche in quella della Florida, ma nessun riscontro.»

«Sto venendo lì.»

«Non ho tempo, Frank. Non c'è corrispondenza, e la sua venuta non cambierà le cose.»

«Va bene. Grazie, Rick. Ci sono altre due persone di interesse che si sono rifiutate di fornire campioni. Recupererò dei campioni e glieli porterò.»

«Nessun problema. Lei li porti e noi faremo un controllo. Devo scappare.»

«Un attimo, il DNA era maschile o femminile?»

«Maschile.»

«Grazie.»

Sbattei giù il telefono. «Sembra che non riusciamo ad avere un colpo di fortuna in questo caso. L'unica cosa che abbiamo scoperto è che è un maschio.»

«Abbiamo ancora Wheeler e Papadakis da controllare.»

«Lo so.»

«Sai, non puoi dimenticare che qualsiasi cosa ci fosse sull'unghia della vittima non doveva per forza appartenere al suo assassino.»

«Certo. È solo che ho una certa sensazione al riguardo.»

«Questo mi basta. Cosa vuoi fare?»

«Scoprire quando il camion della raccolta differenziata passa nel quartiere di Wheeler.»

«La raccolta differenziata?»

«Sì. Wheeler beve root beer. Vai a casa sua la mattina in cui passa il camion e prendi tre lattine vuote dalla sua spazzatura.»

Derrick mi guardò come se gli avessi preso a calci il cane.

«Esatto, questo è il mondo reale, non *CSI*.»

Allungammo entrambi la mano verso i nostri telefoni. Chiamai Papadakis e fissai un appuntamento per rivederlo.

Il camion della raccolta differenziata sarebbe passato nel quartiere di Wheeler la mattina seguente. Ricordai a Derrick di indossare i guanti, di imbustare le lattine separatamente e uscii per andare da Papadakis.

IL CANE ERA INCATENATO, a guardia della proprietà, e abbaiava mentre mi avvicinavo alla porta. Il garage di Papadakis era chiuso. Mi resi conto che la catena non era abbastanza lunga da impedire a un intruso di raggiungere la porta d'ingresso. Immaginai il baule chiuso a chiave nel garage e suonai il campanello.

La porta si aprì prima che il suono del campanello svanisse. Una minuscola goccia di sudore scendeva lungo il viso di Papadakis.

«Detective Luca, entri.»

«Quel cane la smette mai di abbaiare?»

«Gorky! Calmo!» Mi seguì nel corridoio. «È un bravo cane, davvero bravo.»

In cucina chiesi: «Posso avere una bottiglia d'acqua?»

«Certo.» Aprì il frigorifero e tirò fuori una bottiglia. Scambiare le bottiglie era fuori discussione.

«Ha riconsiderato la possibilità di permetterci di prendere un campione per il DNA?»

Si sedette su una sedia della cucina. «Ehm, no, cioè. Non credo.»

«Okay.»

«Non c'è davvero motivo per cui dovrei.»

«Ci aiuterebbe a escluderla come sospetto nell'omicidio Boyle.»

«Ma... io non ho fatto niente. Stavo solo passeggiando...»

«Come ad Ariypool, dove quel ragazzo, Spiro, è stato trovato morto?»

Le spalle di Papadakis si afflosciarono. «Era ad Argyroupoli, e non ho avuto niente a che fare con la morte di quel ragazzo. Hanno cercato di incastrarmi. Ci eravamo appena trasferiti in Grecia, un ragazzino viene ucciso e pensano che sia stato io. Ai greci non piacciono i russi. Anche se mio padre era greco, ci trattavano come cittadini di seconda classe.»

«È per questo che è fuggito non appena ha riavuto il passaporto?»

«Il modo in cui siamo stati trattati per la morte di quel ragazzo è stato disgustoso. Come si poteva restare lì?»

«Ma lei se n'è andato da solo. Se la situazione era così terribile, perché i suoi genitori sono rimasti?»

Il suo viso si contrasse e chinò il capo. Stava per confessare?

«Mia mamma... era malata di cancro. Non poteva viaggiare. Non l'ho mai più rivista.»

Sembrava sinceramente sconvolto. Eppure, ero sicuro che ci fossero migliaia di assassini che avevano perso la madre per un cancro.

«Mi dispiace saperlo. Le dispiace se uso il suo bagno?»

«Certo che no. È la seconda porta a destra.»

Dovevo andare a pisciare già da un po', ma i quindici minuti che ci avrei messo a cavarne fuori una goccia avrebbero destato sospetti.

Volevo prendere il suo spazzolino da denti, ma avrebbe capito cosa stavo facendo e sarebbe potuto fuggire di nuovo.

Guardai nel cestino. C'erano due archetti per il filo interdentale che aveva usato per pulirsi i denti. Roba schifosa, ma un'ottima fonte di DNA. Infilai i guanti e imbustai gli strumenti per il filo interdentale. Facendo scorrere la porta della vasca, notai due capelli scuri vicino allo scarico e imbustai anche quelli.

Tirai lo sciacquone, lasciai scorrere l'acqua del lavandino per un minuto e uscii asciugandomi le mani sui pantaloni.

«Grazie.»

«Nessun problema.»

«Allora, mi dica. Lei ha lasciato la Russia nel 1985.»

«Sì. Era un periodo difficile con la caduta del comunismo: una cosa buona, ma caotica, così siamo partiti per la Grecia.»

«Se n'è andato in fretta.»

Esitò. «No, non direi.»

«È partito pochi giorni prima di Natale. Mi sembra strano.»

«Se eravamo ansiosi di partire? Sì, volevamo iniziare la nostra vita in Grecia con le festività. Il Natale è importante in Russia, ma non è niente in confronto a quanto lo è in un paese cristiano come la Grecia.»

Sembrava tutto preparato, con risposte pronte che pensava avrebbero sistemato le cose. Mi divertivo a estorcere informazioni, ma il mio bottino di DNA avrebbe stabilito se fosse lui l'assassino di Boyle. Era ora di andare, e in più la mia sveglia della pipì era suonata di nuovo.

34

ERAVAMO SEDUTI ALLE NOSTRE SCRIVANIE A LEGGERE EMAIL E a seguire piste che sapevamo non avrebbero portato a nulla. L'orologio era avanzato di appena venti minuti dall'ultima volta che avevo controllato. Avevo bisogno di sapere se il DNA sulle lattine di Wheeler o su ciò che avevo preso da casa di Papadakis corrispondeva. Era impossibile concentrarsi.

Derrick riattaccò il telefono.

«Caspita, è la seconda volta che questa donna chiama. Adesso dice che ha fatto un altro sogno e che l'assassino è il sindaco di Miami.»

«Di gente in cerca di attenzioni non c'è mai carenza. Sei single, magari puoi darle tu quello di cui ha bisogno.»

«No, grazie.»

«Quando hanno detto, al laboratorio, che avrebbero finito con i profili?»

«Oggi pomeriggio, a un certo punto.»

Erano solo le 10:45 del mattino. Per me, il ticchettio dell'orologio era udibile. Dovevo ammazzare il tempo. Si attivò il mio allarme-vescica. Fu la prima volta che fui grato di sentirlo. Mi alzai per andare in bagno, sapendo che mi avrebbe portato via un quarto d'ora.

Seduto sul trono, cercando di farla uscire, la mia mente era tormentata dallo stato del caso Boyle. Non che sperassi nell'arrivo di un omicidio, ma senza nient'altro a distrarmi non avevo scelta.

Dipendeva tutto dal referto del DNA. Wheeler e Papadakis erano gli unici due sospettati che ci erano rimasti. Forse il detective Foster non era un investigatore così scarso come pensavo. Anche così, non c'erano scuse per il modo in cui erano state gestite la scena del crimine e le prove.

Per quanto odiassi considerare questa possibilità, dovevo pensare ai passi successivi se il DNA non fosse corrisposto a nessuno dei nostri ultimi candidati. Cosa sapevamo? Una ragazza di diciassette anni, che si preparava per il college, venne pugnalata a morte in un parco della contea. Era con il suo ragazzo, molto più grande di lei, e con il suo fratellino.

Chiunque si trovasse al parco, di cui fossimo a conoscenza, era stato interrogato. Tutti, tranne due, erano stati scagionati a questo punto. Doveva essere uno di loro. Papadakis era un tipo losco. Era colpevole di qualcosa, ma io propendevo per Wheeler. Era lì, e la sua storia puzzava come spazzatura di una settimana. La risonanza magnetica non provava nulla. Aveva una ferita alla testa, e allora? Non c'erano prove che provenisse da un colpo ricevuto la notte in cui la Boyle era stata uccisa.

Mi lavai le mani e mandai un messaggio a Mary Ann. Dovevo uscire dall'ufficio e speravo che lei potesse sgattaiolare via per un pranzo anticipato.

——————

IL MIO UFFICIO era vuoto when tornai a mezzogiorno e mezza. Diedi un colpetto al mouse e il monitor si accese. C'era un'email dalla scientifica. Il riquadro dell'anteprima diceva: Caso Boyle Profilazione DNA 2 Completa.

Esitai prima di aprire l'email. Il mio dito aleggiava sul mouse come quello di un giocatore di poker che scopre una carta lentamente. Abbassai il dito e il mio morale lo seguì a ruota. Nessuna corrispondenza, né con Wheeler né con Papadakis.

Buttai la testa all'indietro contro lo schienale della sedia. Come diavolo era possibile?

Derrick entrò con una scatola di biscotti. «Ne vuoi uno?»

«No!»

«Che succede?»

Presi il telefono. «Il maledetto referto del DNA dice che non c'è corrispondenza.»

«Cosa? Avrei scommesso che era Papadakis.»

«Già. Salve, sono Frank Luca. Vorrei parlare con Dempsey... Quando torna?... Beh, gli dica di chiamarmi appena rientra. È urgente.»

Sbattei giù il telefono. «Hai il numero di cellulare di Dempsey?»

«No. Non lo conosco nemmeno.»

«Scommetto che quel dannato laboratorio ha fatto un casino.»

«Sono piuttosto bravi, da quanto ne so.»

«Tutti commettono errori.»

«Mettiamo che non l'abbiano fatto e che tutti quelli che

abbiamo preso di mira non siano colpevoli. Qual è il prossimo passo?»

Avrei voluto dire che ci arrendevamo; ecco cosa facevamo. Che mettevamo via quel dannato fascicolo Boyle e tiravamo fuori un altro caso irrisolto dalla scatola. Lo volevo davvero, ma avevo promesso alla madre della ragazza che avrei trovato delle risposte per lei, e l'avrei fatto.

«Quello che facciamo è ricominciare da capo. Rivedere tutto, vedere se ci è sfuggito qualcosa. Continuare a parlare con la madre e gli amici della ragazza. Questa adolescente è stata uccisa in un parco; qualcuno deve pagare. Sua madre merita giustizia.»

«Mi sentivo come se fossimo così vicini.»

«Non ti arrendere; lo prenderemo, questo bastardo.»

«So che ci riusciremo. Cosa vuoi che faccia? Devo smettere di fare controlli all'estero su Papadakis?»

Non volevo dirgli che l'archetto interdentale e i capelli dal suo bagno avrebbero potuto essere di qualcun altro. «No, tieni aperta quella pista. Qualcosa ha fatto.»

«Okay. Cos'altro?»

«C'era uno strano messaggio scritto nel suo annuario da un ragazzo di nome Fred. Ho passato in rassegna e identificato tre ragazzi con cui dovremmo parlare. Vieni, lascia che ti mostri.»

Avevo messo un post-it giallo sul messaggio e su ciascuna delle pagine in cui c'era un Fred in una classe.

Derrick disse: «Non è una vera e propria minaccia, ma ne ha tutta l'aria.»

«Ecco perché dobbiamo indagare.»

«Potrebbe essere che lei lo abbia scaricato o non abbia mai ricambiato i suoi sentimenti.»

Pensava che non ci avessi pensato? «Lo so. Se non fosse stato per la cotta adolescenziale, avremmo già rintracciato Fred.»

Gli porsi l'annuario. «Trova Fred e interrogalo. Io devo andare in un posto.»

———

Lo STUDIO del medico era vicino alla Old 41. Mancavano ancora quaranta minuti al mio appuntamento. Superai la svolta e mi diressi verso Estero.

Svoltando a destra da Corkscrew, rallentai. Il garage di casa Papadakis era chiuso. Il suo cane si alzò ma non abbaiò mentre passavo. Accostai a circa quattrocento metri di distanza e aspettai cinque minuti prima di fare un'inversione a U e ripassare. Non c'era traccia di Papadakis, e me ne andai.

Registrandomi all'accettazione, scambiai due chiacchiere con una graziosa infermiera prima di sedermi. In TV c'era un fastidioso programma con un giudice. Metà delle persone in attesa erano incollate a guardare la feccia della nazione. I cavilli di cui si discuteva dovevano farle sentire superiori agli sfigati del programma.

Erano passati cinque minuti dall'orario del mio appuntamento. Venivo da lui da più di due anni, e l'orario del mio appuntamento valeva quanto metà di una banconota da cinquanta dollari. Non potei più giocherellare con il telefono e andai dalla receptionist.

«Salve, sono sicuro che il dottore sia molto impegnato, ma devo essere in tribunale tra un'ora. C'è qualcosa che può fare?»

Lei sorrise. «Vediamo un po', Frank.»

Prima che il programma televisivo sui processi andasse in pubblicità, mi chiamarono e fui accompagnato in una sala visite. L'infermiera mi pesò, mi misurò i parametri vitali e mi sedetti sul lettino, sopra quel ridicolo foglio di carta bianca. Non copriva nemmeno l'intera superficie. Con tutta la tecnologia che avevamo, perché ci affidavamo ancora a misure preventive degli anni Quaranta?

Il dottor Brown era una persona alla mano e un buon medico. Ma soprattutto, aveva più o meno la mia età e non era un allarmista.

«Ehi, Doc. Come va?»

«Bene, Frank. E tu come stai?»

«Direi bene.»

«Qualcosa che ti preoccupa?»

Poteva aiutarmi con il caso Boyle? «No, stanco ogni tanto, ma mi sento dannatamente bene per i miei quarantatré anni.»

«E fai bene. Mi hanno mandato la TAC che hai fatto ed è pulita.»

Sospirai. Il mio oncologo mi aveva detto che non c'era nulla, ma dopo la diagnosi originale secondo cui avevo un piccolo tumore che si era trasformato in qualcosa di molto più serio, desideravo una conferma.

«È fantastico.»

«Il tessuto cicatriziale ti tira ancora un po'?»

«Sì, ma non è male. Diciamo che ci ho fatto l'abitudine.»

«Lasciami dare un'occhiata.»

Mi premette sullo stomaco e massaggiò l'area intorno alla cicatrice con le nocche. «Sembra a posto. Stai mantenendo un programma regolare per svuotarti?»

Diedi un colpetto al mio orologio. «Ho una sveglia impostata per ricordarmelo.»

«La segui?»

«La maggior parte delle volte.»

Scosse la testa. «Non smetterò mai di sottolinearne l'importanza, Frank. Tu non hai una vescica, e quella che ti hanno creato non ha la stessa elasticità. Non tirare la corda, okay?»

«Ho capito. Farò più attenzione.»

«Mi dispiacerebbe che tu rovinassi quel bel lavoretto idraulico che ti hanno fatto lì dentro.»

«Non l'ho mai chiesto, ma con tutto quel taglia e cuci che mi hanno fatto, qualcosa potrebbe impedirmi, che ne so, di avere un figlio?»

Brown mi squadrò. «No, il tuo apparato riproduttivo non dovrebbe essere stato intaccato dall'intervento.»

Annuii. «Era solo per chiedere.»

«Se ci stai pensando, però, prima lo fai, meglio è. Non vorrai mica ritrovarti a sessant'anni su un campo di calcio. Se vuoi avere dei figli, è meglio che ti dai una mossa.»

La sveglia della pipì suonò. Sorrisi al dottor Brown e, da bravo ragazzo, dissi: «È ora di andare in bagno». Lo salutai e mi diressi alla toilette.

Sopra il water c'era uno scaffale con decine di provette per campioni di urina. Mi sedetti sulla tazza e cominciai a pensare.

Sessant'anni? Mancavano solo diciassette anni. Diciassette anni prima ne avevo ventisei. Sembrava una vita fa. Ero nel New Jersey e mi ero appena diplomato all'accademia. Il tempo sembrava aver accelerato. Il pensiero di avere sessant'anni era spaventoso.

Come volevo che fosse la mia vita a sessant'anni? Volevo continuare a fare il detective della omicidi, e l'idea di vivere in qualsiasi altro posto era fuori discussione. Dove saremmo stati io e Mary Ann? Uno di noi due sarebbe stato colpito da una grave malattia? Il mio cancro sarebbe tornato?

Era raro che passasse un giorno senza che il pensiero di un ritorno del cancro mi martellasse in testa. Dicevano di aver rimosso tutto, ma dovevano pur aver tralasciato un paio di cellule. O no? Per un anno dopo l'intervento, avevo immaginato una cellula rimasta indietro, che si divideva furiosamente, costruendo e crescendo. Ci avevo perso un sacco di sonno.

Fu Mary Ann a farmi capire quanto fossero distruttivi quei pensieri. La sento ancora dire: «Anche se tu hai avuto il cancro e io no, le tue probabilità sono migliori delle mie. Tu sei monitorato. Appena spunta qualcosa, lo prenderanno in tempo. Se qualcosa sta crescendo in me, non lo saprò finché non inizierà a creare problemi. Quindi, smettila di preoccuparti e vivi».

Aveva ragione, ma era un'altra di quelle cose più facili a dirsi che a farsi. Avevo evitato di pensare a quanto sembrasse desiderare dei figli. Era stata brava, o forse 'intelligente' era la parola giusta, a non insistere sull'argomento con me. Sentii spuntarmi un sorriso quando pensai a Billy, il ragazzino della porta accanto.

Dovevo riflettere bene su questa storia di avere un figlio. Non riuscivo a riordinare le idee con il caso Boyle che si prendeva la maggior parte di quel poco di cervello che la chemio mi aveva lasciato. Appena avessi finito con il caso Boyle, avrei preso seriamente in considerazione l'idea. In quel momento, dovevo capire quale sarebbe stata la mia prossima mossa.

35

SAREI DOVUTO ANDARE A TROVARE GLI INSEGNANTI DI DEBBIE per chiedere del suo ultimo giorno, o quell'amica che le aveva firmato l'annuario con quel messaggio su come Debbie stesse superando qualcosa? Avrei potuto tornare dalle sue amiche, insistendo per sapere cosa stesse passando Debbie. Poteva trattarsi di un litigio con un'amica o della sofferenza per un'amica che se ne andava in un college fuori stato.

Erano le uniche piste, se così si potevano chiamare, che avevo da seguire. Non era proprio come cercare di rompere una piñata da bendato, ma quasi. Non sapevo che direzione prendere e ricorsi a ciò che aveva funzionato in passato: tornare a parlare con gli amici e i familiari della vittima.

Molte volte, con un po' di tempo tra un interrogatorio e l'altro, le menti avevano modo di decantare e generare nuove informazioni o racconti che potevano fornire indizi.

Una delle amiche di Debbie Boyle, Nancy Flowers, era stata così male che non avevo mai avuto modo di interrogarla. Ogni volta che telefonavo, sua sorella mi diceva che era in ospedale o troppo debole per parlare. La donna aveva problemi di cuore ed era in lista d'attesa per un trapianto. Questa sì che era una cosa seria. Faceva sembrare il mio cancro alla vescica una bazzecola.

La Flowers era stata docente di oceanografia alla Gulf Coast University e viveva a Miromar Lakes, una grande comunità residenziale vicino all'aeroporto con fasce di prezzo molto varie. Uscii dalla superstrada a Corkscrew Road e, invece di svoltare a destra verso Miromar, decisi di passare di nuovo davanti a casa di Papadakis.

Le ultime due volte che ero passato, di Papadakis non c'era traccia e il garage era chiuso. Mentre procedevo lentamente lungo la strada, notai che il garage era aperto e che un uomo, che supposi fosse Papadakis, dava le spalle alla strada.

Appena scesi dall'auto, il cane cominciò ad abbaiare e Papadakis si voltò. Lo salutai con la mano, ma lui si rigirò, scomparendo alla mia vista. Corsi verso il garage e il cane mi si avventò contro. Sviai a sinistra, fuori dalla portata del meticcio, mentre Papadakis gridava: «Giù, Gorky! Giù!»

Ringhiando, il cane si sedette sulle zampe posteriori.

«Lo tiene davvero sotto controllo, non è vero?»

«L'ho portato ai corsi di addestramento quando era solo un cucciolo. È un bravo ragazzo. Vero, Gorky?»

Non avevo intenzione di mettere alla prova quell'affermazione e mi avvicinai lentamente a Papadakis, che raccolse una bottiglia d'acqua quasi vuota.

«Cosa posso fare per lei, detective?»

Entrai nel garage. «Ero in zona e ho pensato di vedere se aveva cambiato idea sul test del DNA.»

«No. Sono piuttosto impegnato al momento.»

La cassa era coperta da una vecchia tenda da doccia. «Cosa sta facendo?»

«Sto solo pulendo.»

«Cosa c'è nella cassa?»

«Cimeli di famiglia.»

Sollevai la tenda. «Venendo dalla Russia e dalla Grecia, ci saranno sicuramente delle cose interessanti.»

Papadakis posò la bottiglia d'acqua. «Detective, preferirei davvero che se ne andasse. Lei non ha alcun diritto di essere qui.»

Aveva ragione. «Non era mia intenzione turbarla. Ero solo curioso. Non sono mai stato fuori dal paese. Andremo in Europa in primavera e, forse sarà ingenuo, ma vedere cose provenienti da un posto come la Russia mi sembra interessante, tutto qui.»

«La Russia di allora era tutt'altro che interessante. Era deprimente.»

Indietreggiai fino a dove si trovava la bottiglia d'acqua e dissi: «Dove ha preso Gorky, in Russia?»

Papadakis guardò il suo cane e io mi infilai in tasca la bottiglia d'acqua, dicendo: «Bravo cucciolo» per coprire il fruscio della plastica.

«Gorky ha solo quattro anni. L'ho preso da un allevatore di Venice.»

«Bella città, Venice. Hanno mantenuto l'atmosfera della vecchia Florida lassù. Comunque, tolgo il disturbo. Ci vediamo in giro.»

Papadakis aveva lo sguardo perplesso di chi ha appena assistito a una levitazione.

Mostrai il mio distintivo alla guardia di Miromar e girai fino all'appartamento della Flowers su Valiant Court. La sua unità era una delle quattro in un edificio a due piani dipinto di un bianco sporco. Quando la porta dell'appartamento al primo piano si aprì, una donna senza trucco che aveva bisogno di dormire disse: «Posso aiutarla?»

Il mio distintivo aumentò la sua preoccupazione. «Nancy Flowers?»

«No, sono sua sorella, Susan. Nancy è morta quattro giorni fa.»

«Oh, mi dispiace. Non lo sapevo.»

«Non si preoccupi. So che stava cercando di parlarle, ma il tempo è scaduto.»

«Non è riuscita a ottenere il trapianto?»

«No. È un sistema assurdo, ma Nancy aveva così tanti altri problemi che non so se sarebbe cambiato qualcosa.»

«Mi dispiace.»

«So che voleva parlarle di Debbie Boyle. Forse posso aiutarla. Nancy diceva tutto alla sua sorellona.» Sorrise.

Non poteva far male parlare per qualche minuto, e a quella povera donna una distrazione avrebbe certamente fatto bene. «Certo.»

Non pensavo che il posto avesse più di dieci anni, eppure sembrava più vecchio. La casa era costruita in uno stile che stava venendo spazzato via da un'ondata di contemporaneo costiero. Stimai il valore della proprietà sui trecentoventicinquemila dollari.

Mi condusse oltre il bancone della cucina, dove c'erano due pile di biglietti di condoglianze, facendomi sentire in colpa per le mie considerazioni immobiliari, e poi in un soggiorno dove un deambulatore ripiegato era appoggiato a un muro.

Le porte scorrevoli erano aperte e ci sedemmo al tavolo della veranda. Il sole brillava su un lago.

«Il tempo è stato просто fantastico. Zero umidità.»

Era o un'offerta da bere o il tempo ad aprire immancabilmente la maggior parte delle mie visite. «Abbiamo avuto una serie incredibile di belle giornate. Cosa può dirmi di sua sorella e Debbie Boyle?»

Continuò a divagare su quanto fossero legate. Stavo cominciando a distrarmi, ma disse qualcosa che mi colse di sorpresa.

«Mi scusi, mi sono perso l'ultima parte sulle cheerleader.»

«Stavo dicendo che loro due sono state cheerleader da sempre. Nancy era la capitana l'ultimo anno ed era arrabbiata perché Debbie aveva lasciato la squadra a metà stagione.»

«Sapeva perché Debbie aveva lasciato?»

«Non credo che l'abbia mai saputo veramente. Penso che Debbie le abbia detto che non si divertiva più a farlo. Ma, se lo chiede a me, penso che fosse perché lo riteneva, qual è la parola giusta, immaturo. A Debbie piacevano i ragazzi più grandi, degli uomini in pratica, e fare la cheerleader non era ben visto in quel giro.»

«Dice che le piacevano gli uomini. Anche altri lo hanno detto. C'era qualcuno in particolare?»

«Non lo so per certo. Avevo due anni più di loro, quindi ero già fuori da scuola, ma c'erano un paio di voci, e nient'altro che voci.»

«Che tipo di voci?»

«Qualcosa su di lei e un insegnante o due.»

«Uomini?»

«Sì, e non era l'unica di cui avevo sentito parlare. Ma a

onor del vero, potrebbero essere solo pettegolezzi. Sa come possono essere gli adolescenti.»

36

«Caspita, Frank, è stata una perdita di tempo.»

«Non è mai una perdita di tempo, se si impara qualcosa. Anche quando si arriva a un punto morto, può aiutare a eliminare un sospetto o a chiudere una pista. Che è successo?»

«Ho dovuto aspettare ognuno di quei tizi. Ma hanno detto tutti di non ricordare di aver scritto nulla del genere.»

«Non sappiamo chi abbia scritto quel messaggio?»

«No.»

«Devi raccogliere dei campioni della loro calligrafia.»

«Pensi che valga la pena di farlo?»

«Sì. Non si sa mai.»

«Uno di questi tizi sta sperduto a Winter Gardens e un altro a Cape Coral.»

«Che ti posso dire? Dobbiamo sapere chi ha scritto quel messaggio e perché.»

«Hai ragione, Frank. Scusami.»

«Il punto è che non si sa mai a cosa possa portare qualcosa. Ehi, ho lasciato una bottiglia per il test del DNA. Fammi sapere quando arriva il referto.»

«Una bottiglia? Di chi?»

«Del nostro verme russo-greco.»

«Papadakis?»

«Sì.»

«Ma pensavo che avessi già preso un suo campione di DNA.»

«L'ho fatto, ma veniva dal bagno e non potevo essere sicuro che fosse davvero suo.»

«E Wheeler? Per le lattine che ho preso, non sappiamo se ci abbia bevuto lui.»

«Tutte e tre le lattine avevano lo stesso DNA, e Wheeler è quello che beve la root beer.»

«Quando torni dai tre Fred, chiedi loro se giravano voci su un insegnante maschio che avesse una relazione con una o due studentesse.»

«Una relazione romantica? Sessuale?»

«Non si sa, ma direi entrambe le cose.»

«Debbie Boyle?»

«Potrebbe essere.»

«Dove l'hai sentito?»

«Dalla sorella di un'amica della Boyle.»

«Wow. Sarebbe un colpaccio.»

«Se fosse vero, sì, ma il sesso tra insegnanti e studenti non è niente di nuovo ed è ben lontano dall'omicidio.»

«Lo so. Ma comunque, è pazzesco pensare che un insegnante possa approfittarsi di un ragazzino.»

«Non devo certo ricordarti che il pianeta è pieno di malati.»

«Amen.»

«Non andare a spargerla in giro, questa voce. Non voglio che arrivi alla madre prima che glielo chieda io.»

«Nessun problema.»

«Perché non vai a casa? Domani devi guidare un sacco.»

————

Sentivo Amy Winehouse cantare dal garage. Aprii la porta di casa e fui accolto dall'odore di funghi saltati in aglio e olio. Mi si strinse lo stomaco. Pasta e funghi stavano scalando rapidamente la classifica dei miei piatti preferiti.

La prima volta l'avevo mangiata da Molto, sulla Fifth Avenue. Non ricordavo il nome italiano del piatto, ma aveva qualcosa a che fare con il tentare i preti. Mi tornò in mente una dritta sul vino che avevo letto la settimana prima: funghi e Pinot nero erano un abbinamento perfetto.

Mary Ann era davanti a una padella, con dei pantaloncini così corti che si vedeva la curva inferiore del suo sedere. Non sapevo su cosa avventarmi prima, se su una manciata del suo sedere o su una forchettata di funghi.

«Che buon profumo.» Le baciai la nuca premendomi contro la sua schiena.

«Calma, Frank, o i funghi si bruciano.»

Infilai una mano sotto la sua maglietta. «Non mi importa. Lascia che si brucino.»

Mi respinse con il sedere. «Sì, certo, per i prossimi cinque minuti. Che tipo di pasta vuoi, fusilli, farfalle o penne?»

«Fusilli. Vuoi che ti grigli qualcosa?»

«C'è un Tupperware nel frigo con dei gamberi a marinare.»

Accesi la griglia, mi cambiai e stappai un Pinot Nero Siduri.

La cena fu ottima, ma il vino era finito. Avevo bisogno di qualcosa di più corposo e aprii un Syrah francese che mi aveva consigliato Bleu Cellars. Ne bevvi un bicchiere mentre sparecchiavamo. La vita non poteva essere migliore. Ma questo non mi avrebbe impedito di provarci. Accesi la vasca idromassaggio e convinsi Mary Ann a mettersi il costume da bagno.

Bicchieri di vino in mano, scivolammo nell'acqua spumeggiante.

«Dovremmo farlo più spesso.» Le misi un braccio intorno alle spalle. «Hai il corpo di un'adolescente.»

«Ti eccitano le ragazzine, detective?»

«A proposito di questo. Sei a Naples da molto tempo. Ricordi qualche voce su insegnanti del liceo che avessero relazioni con i loro studenti?»

«Che ci facevano sesso?»

«Sì.»

«Non credo. Riguarda il caso Boyle?»

«Sì, la sorella di un'amica di Debbie ha detto che giravano voci al riguardo.»

«Sarebbe successo venticinque anni fa o più. A differenza tua, a quell'epoca io non ero nemmeno un'adolescente.»

«Stai cercando di rigirare il coltello nella piaga?»

«Dipende da cosa bisogna ungere.»

Le misi una mano tra le cosce.

Si divincolò. «Non ora, Frank.»

«È una promessa per dopo?»

«Forse.»

«Sei proprio una tentatrice.»

Parlammo della sua nuova posizione nella Squadra Crimini Informatici finché il timer della vasca non si spense e le bolle svanirono. Sentivamo il bambino della porta accanto giocare con il suo cane. Dissi: «Sembra che Billy stia facendo fare un po' di moto a Buttercup.»

«È così carino. Ieri sono andata a prendere la posta e lui stava portando a spasso il cane con Mary. Ho fatto un pezzo di strada con loro.»

«È un bravo ragazzo.»

«Lo è. Merito dei genitori; sono loro a fare la differenza.»

«Hai ragione.»

«Saresti un ottimo padre, Frank.»

Sto scherzando? Sono la persona più egocentrica che si possa immaginare. «Non ne sarei così sicuro.»

«Be', io sì. Non ho alcun dubbio.»

Sapevo che avrei dovuto fare attenzione o avrei rovinato la serata. Non dissi nulla.

«Frank, è una cosa di cui dovremmo davvero parlare prima che sia troppo tardi.»

Che avesse parlato oggi con il dottor Brown? «Di cosa?»

«Se dovessimo considerare l'idea di avere un figlio.»

L'acqua mi sembrò improvvisamente fredda. «Immagino di sì.»

Mi prese la mano. «Non sto dicendo subito, ma se è qualcosa che vogliamo entrambi, allora dovremmo parlarne.»

«Ci ho pensato.»

«Davvero?»

«Solo un po'. So che ti piacerebbe diventare madre, e ci ho riflettuto un po' su. Non molto, ma, sai...»

«È una cosa che non dobbiamo affrettare. Ma dobbiamo

tenere d'occhio l'orologio, se vogliamo essere genitori abbastanza giovani. Non voglio andare alle riunioni con gli insegnanti e sembrare una nonna.»

Riunioni con gli insegnanti? «Abbiamo un paio d'anni prima di dovercene preoccupare.»

«Al massimo. Hai quarantatré anni, Frank. E metti che avessimo un bambino tra due anni, quando nostro figlio avrà dieci anni, tu ne avrai cinquantacinque.»

«Grazie, ne avevo proprio bisogno.»

«È solo un dato di fatto, ma si hanno gli anni che ci si sente.»

E io ero un maestro nel comportarmi da immaturo. «Lo so, ma prima o poi il tempo ti presenta il conto. Puoi comportarti come vuoi a ottant'anni, ma ne hai sempre ottanta e non giochi a football.»

«È vero, fino a un certo punto, ma non fissarti. Pensaci un po', okay?»

Annuii.

«Non preoccuparti, Frank, non ti costringerò a fare niente.»

«Grazie.»

«Andiamocene da qui.»

Dopo quella discussione, volevo andarmene per davvero. Ci asciugammo con gli asciugamani e le suggerii di farsi la doccia. Lei abboccò e, prima che Mary Ann se ne rendesse conto, ero lì dentro con lei.

37

SEDERMI DIETRO LA SCRIVANIA MI RASSICURÒ. MARY ANN non accennò più all'argomento figli per il resto della serata, ma era nell'aria. Persino mentre facevamo sesso, non riuscivo a smettere di pensare che presto avrei potuto farlo come una missione, non per piacere.

Sorseggiai il caffè e stavo leggendo un'e-mail di un vecchio amico del Jersey quando entrò Derrick.

«Buongiorno. Passata una buona nottata?» Mi posò un bicchiere di Starbucks sulla scrivania.

Che ci fosse anche lui di mezzo? «Grazie.»

«Me la filo tra una mezz'ora.»

«Già, lascia che il traffico dell'ora di punta sulla 75 si calmi.»

«Hai qualcosa per me?»

«No. Portami solo i campioni di calligrafia, e non dimenticarti di chiedere di quella storia del sesso tra insegnante e studente.»

«Ci penso io. Dubito di riuscire a tornare qui prima delle sette.»

Sfilai il coperchio del bicchiere. Era perfetto. Era da un po' che non faceva casini. «Vai dritto a casa. Puoi lasciarli in laboratorio domattina.»

«Grazie. Che fai di bello oggi?»

«Pensavo di tornare a trovare la madre, o forse le amiche della Boyle.»

«Oh, quasi dimenticavo. Ho preso altre tre lattine di root beer dal bidone della differenziata di Wheeler.»

Gli feci il pollice in su. «Non si è mai troppo prudenti.»

«Ho pensato a quello che hai detto, e aveva perfettamente senso.»

«Non conviene rischiare o essere superficiali. Diventerai un ottimo detective della Omicidi. Perché non proviamo a sviscerare cosa potesse intendere quel ragazzo, Fred, quando ha scritto: "Te ne pentirai"?»

«Credo che probabilmente volesse uscire con lei e che lei lo abbia respinto.»

«Oppure poteva essere una cosa semplice come l'università o la facoltà che lei stava per scegliere.»

«Potrebbe esserci un collegamento tra questo e ciò che l'altra sua amica ha detto, che ci sarebbe sempre stata per lei? Tipo che lei stava per fare qualcosa, Fred ha detto che era una mossa sbagliata e l'altra ragazza le ha offerto il suo appoggio?»

Era un'ipotesi azzardata, ma pensare fuori dagli schemi era ciò che rendeva un detective bravo. «Remota possibilità, ma improbabile. Ehi, prima che mi dimentichi, pare che la Boyle abbia lasciato la squadra delle cheerleader a metà stagione. Vedi se Fred sa qualcosa sul perché.»

———

ESAMINAI le proposte del Second Cup Coffee Shop. Ero indeciso tra un bagel e un croissant. Con il viaggio a Parigi in vista, optai per il dolce francese e un caffè a tostatura scura mentre aspettavo Joanne Wilbur. La vecchia amica di Debbie Boyle stava mostrando a un cliente un paio di appartamenti al Mercato.

Mentre piluccavo una scaglia rimasta, la vidi entrare. Si spinse gli occhiali da sole in cima alla testa e sfoggiò un sorriso. Ci scambiammo i saluti.

«Le andrebbe una tazza di caffè?»

«Assolutamente sì. La coppia che ho appena lasciato era estenuante. Trovavano un problema in ogni cosa. Se avessi trovato loro un palazzo sulla spiaggia per un milione, avrebbero trovato qualcosa che non andava.»

«Se lo trova, chiami prima me. Tostatura media o scura?»

Le porsi un caffè e lei frugò nella borsa, tirandone fuori una bustina violacea. Ne versò il contenuto nella tazza e mescolò. La gente faceva di tutto per controllare ciò che ingeriva.

Bevve un sorso, macchiando il bicchiere di rossetto. «Grazie, ne avevo bisogno. Allora, come procede l'indagine?»

«Ci stiamo lavorando sodo, ed è per questo che volevo parlare di nuovo con lei.»

«Se posso aiutarla in qualche modo, lo farò. Sa, non le sembra di assomigliare a George Clooney?»

Sorrisi. Era il terzo riferimento a Clooney in un mese. Forse i sessanta non erano così vicini come pensavo. «Me lo sento dire ogni tanto. Ha detto di essere stata nella squadra di cheerleader con Debbie.»

«Sì, esatto.»

«Mi è stato detto che ha lasciato a metà dell'ultima stagione. Mi interessa sapere perché.»

«Siamo rimaste sorprese quando ha lasciato. Non ha mai dato una vera e propria ragione. Una volta Debbie mi ha detto che ne era stanca e che era una cosa immatura, ma ad altri ha detto che le dava fastidio la caviglia e non voleva rischiare.»

«Lei cosa ha pensato?»

«Ho pensato che fosse strano, ma ho immaginato che stesse andando avanti, mettendo una certa distanza tra sé e il liceo.»

«Chi era Fred?»

«Fred? Qual è il cognome?»

«Non ne sono ancora sicuro, ma era il ragazzo che ha scritto: "Te ne pentirai" sul suo annuario.»

«Non lo sapevo, e non mi piace come suona. Penso che me lo avrebbe detto, però.»

«Debbie aveva dei segreti?»

Inclinò la testa e un orecchino si fece vedere. «Tutti abbiamo dei segreti, no?»

«Uno dei suoi segreti era che aveva una relazione con un insegnante?»

Del caffè le si rovesciò sul tavolo. «Oh, mi scusi.» Afferrò una manciata di tovaglioli e pulì la macchia.

«Debbie Boyle aveva una relazione con un insegnante?»

«Tutte noi di tanto in tanto avevamo una cotta per qualche professore, ma non credo che abbia fatto nulla di simile a ciò che sta insinuando.»

«Ma le piacevano gli uomini più grandi; me lo ha detto l'ultima volta che abbiamo parlato.»

«Sì, ma ho anche detto che a tutte noi piacevano i ragazzi più grandi. Non è insolito a quell'età.»

Aveva un'ottima memoria, che ero sicuro mettesse a frutto vendendo case.

«C'erano voci al liceo su un insegnante o degli insegnanti che potessero aver passato il limite con uno o due studenti?»

«Sessualmente?»

«Sì.»

«Non credo.»

«C'è altro che può dirmi?»

«Non proprio, ma ha mai controllato Jason Norwicky?»

Dannazione. Mi ero dimenticato di quel ragazzo. Ero così concentrato su Moore che Norwicky era caduto vittima del mio cervello da chemioterapia.

«Mi dispiace, signorina Wilbur, ma non posso parlare di un'indagine in corso.»

38

Tornando di corsa in ufficio, non riuscivo a scrollarmi di dosso la malinconia. Come diavolo avevo fatto a dimenticarmi di indagare su Norwicky? La Boyle lo aveva fatto incazzare dopo averlo illuso, e poi lo aveva messo in imbarazzo nel cortile della scuola. Gli adolescenti maschi non tollerano quel tipo di mancanza di rispetto in pubblico. Se fossimo stati in un quartiere malfamato di Chicago, probabilmente le avrebbe sparato lì per lì. E per come stavano andando le cose a Chicago, probabilmente l'avrebbe anche fatta franca.

Grazie a Dio, non eravamo a Chicago, ma nella contea di Collier. La violenza non ha confini, ma un adolescente umiliato aspetterebbe mesi prima di agire? Rallentai. Era probabile che se ne fosse dimenticato nel giro di un paio di settimane.

La nuvola di tristezza si diradò, finché non mi ricordai del serial killer che avevo catturato. A proposito di pazienza, quel vendicatore aveva aspettato anni per pareggiare i conti. Dovevo indagare su Norwicky in fretta o rischiavo di passare una notte insonne. C'era ancora tempo per rintracciarlo in giornata.

———

IL DATABASE del tribunale non aveva nulla su Jason Norwicky; non era mai stato arrestato. Dubitavo che il nostro nuovo sistema di gestione dei dati avesse qualcosa, e non mi sbagliai.

Il desiderio della gente di guidare era la copertura che i governi usavano per tenere traccia delle persone. La Motorizzazione Civile aveva informazioni che equivalevano a una carta d'identità. Non mi piaceva che il governo sapesse troppo di me, ma come agente di polizia, non potevo immaginare di non avere la Motorizzazione come risorsa.

Digitai Jason Norwicky nel loro portale. Nessun risultato. Probabilmente si era trasferito fuori dallo stato. Anche il database nazionale dei guidatori problematici non diede risultati. Questo dannato caso non mi permetteva di prendere nemmeno la più semplice delle scorciatoie.

Feci una rapida ricerca sulle proprietà, e di nuovo niente. Era ora di cercare sui social media. Ormai erano tutti su Facebook, tranne me, Mary Ann e, a quanto pareva, Norwicky. Stavo dando la caccia a un fantasma? Mandai un messaggio a Mary Ann, chiedendole di controllare altri canali, e continuai a scavare più a fondo.

L'ultimo indirizzo conosciuto che il sistema scolastico di Collier aveva per Norwicky era in un complesso residenziale vicino a Orange Blossom Road chiamato Sunshine Village. Era un complesso vecchio, con un'infinità di mattoni rossi che creavano un effetto disorientante. Alberi maturi fornivano molta ombra, e la maggior parte dell'erba aveva lasciato il posto al muschio.

Una coppia di bambini di dieci anni stava giocando a palla davanti all'indirizzo che cercavo. Era probabile che la famiglia Norwicky si fosse trasferita. Dopo aver avuto conferma della mia sensazione, ispezionai l'isolato, in cerca di case che non fossero state ristrutturate.

Mi diressi verso la porta di una casa di stucco giallo e mattoni con uno gnomo da giardino a fare la guardia. Feci centro; la donna che aprì la porta era sulla sessantina.

«Buon pomeriggio, signora. Sono del dipartimento dello sceriffo e sto cercando la famiglia Norwicky.»

«Davvero? Si sono trasferiti molto tempo fa.»

«Può darmi un'idea di quanto tempo fa?»

«Oh, è stato tanto tempo fa. Qualche tempo dopo che quella povera ragazza è stata trovata morta.»

«Debbie Boyle, a Delnor-Wiggins?»

«Sì. Era lei. Siamo rimasti tutti scioccati. I miei figli andavano a scuola con lei, come alcuni altri ragazzi di qui.»

«Sa dove sono andati a vivere?»

«Non ne sono sicura, ma forse mia figlia lo sa. Posso chiamarla.»

«Sarebbe molto gentile da parte sua. Cosa può dirmi di Jason Norwicky?»

«Jason? Era un bravo ragazzo. È stato un peccato che avesse quel problema.»

«Quale problema?»

«L'epilessia.»

Ecco perché non poteva guidare. «Quanto era grave la sua epilessia?»

«Da bambino era terribile. Un paio di volte, quando era qui, ha avuto delle crisi, ma col tempo hanno messo a punto le medicine e stava molto meglio.»

«Sa dove si è trasferita la famiglia?»

«Oh, cielo, mi pare di ricordare che si siano trasferiti a Bonita, ma mi lasci verificare con mia figlia.»

Chiamò la figlia, scosse la testa e le lasciò un messaggio.

«Ecco il mio biglietto da visita. Per favore, mi chiami non appena parla con sua figlia.»

———

DERRICK AVEVA un'espressione cupa e un taglio di capelli nuovo. «Ehi, capo. Che succede?»

«È venuta a galla una cosa nuova e interessante.» Non era nuova, ma era interessante. «Un certo Jason Norwicky ha avuto un alterco con la nostra vittima a scuola. Pare che lei lo abbia illuso e, quando lui si è fatto avanti, lo ha respinto. La cosa è degenerata in uno scontro fisico, e questo Norwicky è finito per essere messo in imbarazzo di fronte a tutta la scuola.»

«Dove lo ha scoperto?»

«Un'amica della Boyle. L'ho vista prima.» Era vero.

«Non era nell'indagine originale. Mi sarei ricordato un nome del genere. Sembra promettente.»

«Vedremo. Sto cercando di rintracciarlo.»

«Cosa intende?»

«Al momento è un fantasma, nessuna traccia, non ha nemmeno la patente.»

«E l'ultimo indirizzo conosciuto?»

«Sono andato nel suo vecchio quartiere, all'epoca dell'omicidio. Spero che la figlia di una vicina di casa abbia qualcosa che possiamo seguire.»

«Niente sui social media?»

«Zero su Facebook, ma ho messo Vargas a controllare in giro.»

«Pensa che questo tizio sia sparito subito dopo averla uccisa?»

«Lo scopriremo.»

«Frank, potrebbe essere la volta buona. Uno che ha litigato con lei; ha un movente e poi sparisce. Deve essere lui.»

«Calma, Derrick.»

«Ma mi ha detto Lei che se il mio istinto mi dice qualcosa, non devo ignorarlo.»

«L'hai appena saputo, ragazzo. Non è il tuo istinto, ma una reazione istintiva. Non possiamo perdere la concentrazione ogni volta che ci imbattiamo in una persona di interesse. Dobbiamo essere metodici, continuare a seguire le piste ed eliminare i sospetti. Lo prenderemo, il nostro uomo.»

«Io, uhm, mi sembrava solo che fosse il profilo perfetto.»

«Cosa hai ottenuto dai Fred?»

«Ho lasciato i campioni della loro grafia al laboratorio per le analisi.»

«Qualcuno ha fatto storie per darteli?»

«Non proprio. Hanno tutti affermato di non aver scritto sul suo annuario.»

«E le voci sulle relazioni tra insegnanti e studenti?»

«Niente di che. Solo qualche commento sul fatto che a quanto pare c'era un'insegnante che era piuttosto attraente.»

«Ma per quanto riguarda un insegnante uomo?»

«Solo che c'erano due insegnanti che piacevano a tutte le

ragazze, un certo professor Stark e un certo professor Culver.»

«Culver era quello coinvolto nella faccenda del test SAT.»

«Sì, esatto, ma non c'entra niente.»

«Fammi un favore, senti il laboratorio per la bottiglia di Papadakis. Io devo andare a pisciare.»

DOPO ESSERE ANDATO IN BAGNO, PRESI UN CAFFÈ ALLA MENSA. Mentre tornavo verso l'ufficio, mi fermai. Derrick stava parlando con una donna dai capelli castani e un bambino di circa sette anni.

«Oh, ecco il mio collega, il detective Frank Luca. Frank, ti presento mia sorella Paula e mio nipote Bert.»

Bert? Ma chi chiama un figlio Bert? «Piacere di conoscerti.» Feci per stringere la mano a sua sorella, ma il bambino si fece avanti e io presi la sua mano tesa.

«Hai una stretta di mano vigorosa, Bert.»

«Lo zio Derrick ha detto che gli stai insegnando a catturare gli assassini. Puoi insegnarlo anche a me?»

«Beh, devi essere un po' più grande.»

«Ma ho già otto anni e mezzo.»

«Allora ci sei quasi. Non mi lasciano insegnare a nessuno finché non ha compiuto ventuno anni.»

«Manca così tanto. Io voglio fare il poliziotto.»

«Le regole sono regole, purtroppo, ma mi sembra che tu

abbia del potenziale, quindi fammi vedere cosa posso fare. Torno subito.»

Avevamo un programma di sensibilizzazione della comunità che mi piaceva molto. Umanizzava gli agenti per strada e contribuiva a creare fiducia in noi. Mi infilai in ufficio e presi un paio di cose.

Quando tornai, avevo le mani dietro la schiena.

«Agente Bert.»

Il ragazzino si girò e gli porsi un distintivo di plastica. «Ecco il tuo distintivo. Sei un vice sceriffo junior ufficiale del Dipartimento dello Sceriffo della Contea di Collier.»

Il ragazzino sfoderò un sorriso da far invidia a una zucca di Halloween. «Mamma! Guarda il mio distintivo. Mettimelo, svelta.»

«Un attimo, agente, le servirà il suo cappello.» Gli misi il cappello e gli cadde sopra le orecchie. Regolai il velcro e glielo sistemai in testa.

«Mamma, è una figata. Fai una foto e mandala a papà.»

Derrick mimò un grazie con le labbra mentre veniva scattata la foto.

«Fanne una di me e del detective, sbrigati.»

Il bambino mi si affiancò e io mi inginocchiai.

«Derrick, perché non porti l'agente Bert a fare un giro? Magari lo sceriffo può salutarlo.»

«Oh, cavolo, lo sceriffo? Posso conoscere il vero sceriffo?»

«Se non è impegnato a risolvere un crimine, sono sicuro che gli piacerebbe conoscere il suo nuovo vice sceriffo junior.»

Il bambino afferrò la mano di suo zio e cominciò a marciare verso l'uscita, quando si girò e mi fece il saluto militare. Ricambiai il saluto e rimasi lì impalato per due minuti buoni. Quel ragazzino era fantastico.

Stavo provando qualcosa. Non era l'orgoglio di aver reso felice un bambino; era invidia, ed era una cosa stupida.

Crollai sulla sedia e controllai le e-mail. Cliccando su una della scientifica, il mio umore peggiorò ulteriormente. La bottiglietta d'acqua che avevo preso a Papadakis non era compatibile e nemmeno le lattine di root beer di Wheeler.

Due dei sospetti più forti erano fuori dai giochi. O forse no? Il DNA sotto l'unghia della vittima era il fattore decisivo? A detta di tutti, la Boyle era una che si batteva e avrebbe opposto resistenza al suo aggressore. Ma se avesse conosciuto l'assassino e fosse stata colta di sorpresa da lui, o da lei, forse non sarebbe riuscita a graffiarlo.

Pensai a Wheeler. La sua storia mi turbava. Il DNA sotto l'unghia non era suo e, se anche avesse avuto una leggera frattura cranica, poteva essersela procurata quella notte, come no. Se non fosse stato per la sua versione, gli elementi oggettivi mi avrebbero portato a lasciarlo in pace.

Papadakis aveva un secondo nome e non era né greco né russo. Vorrebbe farvi credere che fosse Sfortunato. La realtà era che gli adolescenti morivano, a prescindere dal continente in cui si trovasse.

Lasciarli andare entrambi era una cosa che non ero ancora pronto a fare. Gli avrei concesso un po' di margine mentre continuavamo a smuovere le acque. Squillò il telefono. Era la vicina dei Norwicky a cui avevo fatto visita.

«Nessun disturbo. Sono contento che Lei abbia chiamato... Ha parlato con sua figlia?... Cosa?... Ne è sicura?... Quando è successo?... Dove?... So che non lo ha fatto. Per favore, mi dia il suo numero e quello di sua figlia, nel caso avessi bisogno di parlare con una di voi due.»

«AMICO, AVRESTI DOVUTO VEDERE CHESTER CON BERT. NON pensavo che lo sceriffo avesse un granché di personalità, ma accidenti, si comportava come se lavorasse per la Disney...»

«Norwicky è morto.»

«Cosa?»

«Jason Norwicky, il ragazzo che ha litigato con Boyle ed è sparito, è morto.»

«Quando? Come?»

«È morto per un infarto massiccio circa undici anni fa.»

«Non ci posso credere. Poteva essere il nostro uomo. E adesso?»

Volevo dirgli come mi sentivo davvero: come chi cerca di annodarsi un papillon al buio con una sola mano.

«Scaveremo a fondo, vedremo cos'altro possiamo scoprire su di lui. Scopriremo le circostanze che l'hanno portato a trasferirsi. Vedremo se c'era altro tra lui e Boyle.»

«Ma se è lui l'assassino, non sarà mai assicurato alla giustizia.»

«Sono sicuro che alla signora Boyle piacerebbe assistere

alla condanna a morte dell'assassino ma, se è stato Norwicky, forse Dio ha avuto la sua vendetta definitiva. Spero solo che basti per quella povera donna.»

«Il mio primo omicidio, e diamo la caccia a un morto?»

«Non lo sappiamo, ma potrebbe essere. Senti, mi dispiace di averti interrotto mentre parlavi di tuo nipote. Quel ragazzino è davvero speciale.»

«Grazie per essere stato così gentile con lui. Gli hai rallegrato la giornata. Non sapevo che avessimo roba per bambini, qui.»

«Tua sorella è fortunata ad avere lui e te come zio. Deve essere divertente portarlo in giro e insegnargli le cose.»

«La primavera scorsa l'ho portato a Fort Myers a vedere i Red Sox. Era la sua prima partita. Gli ho comprato una palla da baseball e in un giorno ha raccolto più autografi di quanti ne abbia raccolti io in dieci anni.»

«Nemmeno i giocatori sanno resistere a un bambino carino.»

«Pensi che avrai mai dei figli, Frank?»

Feci spallucce. «Chi lo sa?»

«Dovresti saperlo.»

«Vedere un ragazzino come tuo nipote mi fa dire di sì, ma non so. Sarebbe uno stile di vita completamente nuovo.»

«E Mary Ann?»

«Lei è un sì definitivo. Ma è brava, sai, non insiste troppo.»

«Non sono un esperto, ma penso che sia meglio se vi mettete d'accordo. Una cosa del genere potrebbe rovinare tutto tra voi in futuro.»

Aveva ragione. Se le avessi impedito di avere un figlio, l'avrei pagata con vagonate di risentimento che, alla fine, avrebbero rovinato la nostra relazione.

———

Il perito calligrafo mise una lente d'ingrandimento sul campione. «Vede qui, Frank, la curva in questo occhiello non corrisponde perfettamente. Ma la mia opinione è che la differenza fosse intenzionale.»

«Intenzionale? Intende dire che ha cercato di rendere la sua calligrafia diversa dal solito?»

«Precisamente. Guardi qui, il tratto ascendente è naturale, ma qui è forzato; è stato usato un ritmo più lento nel tratto.»

Non so come diavolo potesse dedurlo. Uno sembrava avere una piccola vibrazione, ma questo era tutto. «Ne è sicuro?»

«Ne sono certo, anche se con due riserve. Mi risulta che l'originale abbia venticinque anni. Molti fattori potrebbero alterare naturalmente la calligrafia di una persona, come una malattia nervosa o muscolare, o un disturbo della vista.»

Certo e riserva nella stessa frase? Era un politico? «Ha menzionato due eccezioni.»

«L'altra è la condizione psicologica dello scrivente. Non sono un grafologo, ma la calligrafia può essere influenzata dallo stato d'animo.»

Fantastico. Mi serviva uno psicologo della scrittura. «Non so se voglio addentrarmi in questo campo. Se lo portassi in tribunale, verrebbe fatto a pezzi.»

«Vero.»

«Okay, in sostanza lei crede che questo campione sia stato scritto dalla stessa persona che ha lasciato il biglietto nell'annuario?»

«Esattamente. Anche se ci sono differenze tra i due, la

persona che ha vergato questo campione l'ha scritto di proposito in modo da mascherare il suo stile naturale.»

———

APPENA TORNATO IN UFFICIO, inserii Freddy Palmer nel sistema. Non c'erano precedenti penali, nemmeno per una sciocchezza come un incidente d'auto. Le registrazioni immobiliari diedero due risultati. Li incrociai con la motorizzazione: un Freddy Palmer aveva solo trentadue anni; l'altro ne aveva quaranta, portava gli occhiali ed era il nostro uomo.

Mary Ann mi aveva fatto sapere che Derrick aveva espresso il desiderio di venire più spesso con me a fare interrogatori. Aveva ragione, e volevo che facesse più esperienza. Il problema era che non sarebbe tornato dal poligono di tiro prima di un'ora.

Freddy Palmer viveva vicino a Livingston Road, in una zona ora chiamata Livingston Estates. La sua vasta proprietà si chiamava Nautical Ranch. Suonai al citofono del cancello, che si aprì. Il vialetto di ghiaia serpeggiava oltre un fienile e un grande recinto con tre cavalli. Un pick-up era agganciato a un rimorchio per cavalli e bloccava l'ingresso della grande casa.

Una coppia di porte in mogano alte tre metri era incorniciata da due cipressi. Il vento sollevò una nuvola di polvere sul viale. Mentre ispezionavo la proprietà, la porta si aprì. Un uomo con la testa rasata, occhiali e un sorriso disse: «Lei è della polizia?»

Gli mostrai il mio distintivo. «Sì, detective Luca, e lei è?»

«Freddy Palmer. Che succede?»

«Vorrei farLe un paio di domande.»

Palmer si tirò indietro. «Riguardo a cosa?»

«Debbie Boyle.»

«Ho già detto a quell'altro detective che non ne sapevo niente.»

Il sole mi picchiava sulla schiena. «Lo so, ma il caso è stato riaperto e stiamo praticamente ricominciando da capo.»

Palmer sbatté le palpebre due volte e scosse la testa. «Ma è successo più di vent'anni fa.»

«Posso entrare?»

Si fece da parte. «Andiamo nel mio ufficio.»

La casa aveva un pavimento in cotto e un'atmosfera mediterranea. Una coppia di grandi dipinti di galeoni spagnoli dominava l'atrio.

L'ufficio di Palmer era un ambiente moderno. Un'enorme scrivania di vetro con quattro monitor che facevano lampeggiare numeri e simboli in verde e rosso. Questo tizio era un qualche tipo di trader.

«Che lavoro fa?»

«Trader di valute.»

«Ho sentito dire che bisogna alzarsi molto presto per operare sui mercati europei.»

Lui sorrise. «Vero, ma io smetto prima e vado a cavalcare i miei cavalli. Ora, come posso aiutarLa?»

Tirai fuori un foglio di carta e lo appoggiai sulla sua scrivania. «Lei ha scritto questo sull'annuario di Debbie Boyle. Perché?»

Lui scosse la testa. «Come ho detto all'altro detective, non l'ho mai scritto io. La conoscevo a malapena. C'erano cinquecento ragazzi in quella scuola.»

«Era una ragazza popolare, una cheerleader. Mi sta dicendo che non la conosceva?»

«Sapevo chi era, ma niente di più. Per quanto riguarda le cheerleader, non praticavo sport allora e non lo pratico nemmeno adesso. Cosa crede che abbia fatto?»

«Legga il messaggio. È una minaccia.»

Lui fece scivolare il foglio verso di me. «Potrebbe significare qualsiasi cosa, ma non saprei dirlo perché non l'ho scritto io.»

«I periti calligrafi non sono d'accordo.»

«È ricorso a un perito calligrafo? Che diavolo sta succedendo?»

Mi si accese la spia interiore e la ignorai. «Cerco solo di capire cosa intendeva dire.»

Lui allargò le braccia. «Quante volte glielo devo dire? Non ho scritto io quel messaggio.»

«Dov'era la notte in cui Debbie Boyle è stata assassinata?»

Lui ritrasse il mento ed esitò. «C-credo di essere andato al cinema. Sì, esatto.»

«Che film ha visto?»

Ricominciò a sbattere le palpebre. «*Jurassic Park.*»

Il film era quello giusto per il 1993, ma ciò non significava che l'avesse visto proprio quella sera.

«Con chi ci è andato?»

«Mi sta prendendo in giro? Mi sta trattando come un dannato sospettato.»

«Con chi è andato al cinema?»

«Con Steve Bueller.»

Mentre annotavo il nome, lui disse: «Sa, se sta cercando un dannato Fred, perché non indaga sul signor Stark? Di nome fa Fred.»

«Sta parlando di Fred Stark, l'insegnante?»

«Sì.»

41

Un'ora dopo la scadenza che mi ero prefissato, sedevo sul trono e mi massaggiavo la pancia gonfia. Sperando che il sollievo arrivasse in fretta, rimuginavo sul caso Boyle. Avevamo due nomi nuovi su cui indagare, Norwicky e Stark, ma ero inquieto. Non riuscivo a capire cosa fosse. Avevo a che fare con un qualche verme che si approfittava delle ragazzine? Era il mio istinto da poliziotto o quello paterno che si stava facendo sentire?

L'urina cominciò a gocciolare mentre mi chiedevo se avrei dovuto occuparmi prima di Norwicky. Se si fosse scoperto che l'aveva fatto un morto, avrei evitato di invischiarmi con la scuola e il sindacato degli insegnanti, per non parlare della possibilità di lanciare accuse infondate. In più, se la notizia fosse trapelata, e trapelava sempre, avrei macchiato la reputazione di un uomo fino alla tomba.

Ma se c'era sotto qualcosa, non potevo permettere a quel pervertito di continuare. Le ultime gocce di pipì uscirono mentre optavo per una via di mezzo.

«Derrick, voglio che tu cominci da Norwicky. Vai a

trovare i suoi, scopri perché si sono trasferiti, perché il figlio se n'è andato. Vedi se si ricordano dov'era la notte dell'omicidio. Se ti forniscono un alibi, voglio che sia verificato in modo che non ci sia assolutamente alcun dubbio. Puoi farlo?»

«Certo che posso. Non ti fidi di me?»

«Sei il mio partner, è più importante della fiducia.»

«Grazie.»

«Quello che voglio davvero è il DNA dei genitori. Sapremmo se il DNA sotto l'unghia di lei appartiene al figlio. Ma non voglio forzare la mano. Vediamo cosa tiri fuori prima di alzare il tiro.»

PERCORRENDO AIRPORT ROAD VERSO NORD, svoltai a sinistra su Cougar Drive, la strada di accesso alla Barron Collier High School. Intitolata al patriarca della famiglia da cui prendeva il nome la contea, la scuola dimostrava tutti i suoi quarant'anni e più.

Era ben tenuta, ma lo stile e la costruzione in blocchi di cemento parlavano di un'altra generazione, quella di cui Debbie Boyle aveva fatto parte.

Camminai al centro di una U rovesciata verso l'ingresso piastrellato di blu. Per un edificio che ospitava centinaia di adolescenti, era stranamente silenzioso. Le porte erano chiuse a chiave, così suonai il campanello.

Il pavimento del corridoio rifletteva le luci fluorescenti mentre superavo un'aula dopo l'altra. Passando davanti alle porte sentivo voci ovattate. Una era aperta e l'insegnante, che stava recitando una poesia, si girò a guardarmi mentre passavo. Pochi passi più in là raggiunsi la mia destinazione.

Fissai l'insegna dell'ufficio amministrativo. Diceva: Preside Larry Culver. L'insegnante aveva fatto un bel salto di carriera in venticinque anni. Aprii la porta, annunciando la mia presenza. Mentre la receptionist chiamava Stark, scrutai l'ufficio in cerca di Culver. Non sembrava esserci e fui accompagnato in una sala riunioni.

Attesi il signor Stark seduto nella stanza senza finestre. Era convinto che ci saremmo incontrati per parlare di uno dei suoi studenti. L'effetto sorpresa era un cliché, ma mi divertivo a usarlo.

Fred Stark era forse carino nel 1993, ma facevo fatica a credere che quest'uomo stempiato avesse potuto attrarre Debbie Boyle. Era fatto come uno struzzo: gambe magre, pancia prominente e collo lungo.

Ci stringemmo la mano e si sedette di fronte a me, al di là del tavolo di formica.

«Spero che uno dei miei studenti non si sia cacciato in un guaio troppo grosso. Ma la sua presenza suggerisce il contrario, non è vero?»

«La mia visita riguarda una sua vecchia studentessa.»

Il suo viso si rilassò. «Oh, meno male. Chi è, allora?»

«Debbie Boyle.»

Era paura o tristezza quella che balenò sul suo viso?

«Oh, avevo sentito che il caso era stato riaperto. Come posso aiutarla?»

«Quanto bene conosceva Debbie Boyle?»

Si accarezzò il mento. «Era nella mia classe, credo al suo penultimo anno. Sì, dev'essere stato così perché non era l'ultimo, uh, l'anno della maturità. Era una brava studentessa. Credo fosse anche una cheerleader.»

«Era amichevole?»

«Amichevole? Sì, direi di sì. Era una ragazza piuttosto popolare.»

«Carina o popolare?»

«Non capisco.»

«La riteneva carina? Una bella ragazza?»

«Immagino di sì.»

«Era attratto da lei?»

Gli occhi di Stark si strinsero. «Mi scusi?»

«Mi risulta che, a quei tempi, molte studentesse la trovassero carino.»

Stark si diede una pacca sulla pancia. «Dovrebbero vedermi adesso.»

Su quello aveva ragione. «Ha mai provato a esplorare l'interesse di Debbie Boyle per lei?»

«Aspetti un momento, detective. Non mi piace la piega che sta prendendo questa conversazione. Sta forse insinuando che io avessi una relazione inappropriata con una studentessa?»

«È un'informazione che abbiamo ricevuto.»

«Su di me? Quale informazione?»

«Ci è stato detto che potrebbero esserci stati un paio di insegnanti maschi che hanno superato il limite con le studentesse.»

«E pensa che io sia stato uno di loro?»

Quindi, non era una diceria. «Aveva una relazione con Debbie Boyle?»

«Nessuna, se non quella che un insegnante premuroso ha con una studentessa.»

Premuroso? Perché quell'aggettivo? «Le confidava i suoi problemi personali?»

«Incoraggio tutti i miei studenti, maschi e femmine, a

parlarmi delle loro vite. Voglio che si sentano a loro agio a confidarsi con me.»

«Cosa le confidò Debbie Boyle?»

«Niente di memorabile. Era preoccupata, come tutti i ragazzi, per come sarebbe stato il suo futuro. Era combattuta tra la scelta di una vita come quella di sua madre e quella di puntare più in alto. Credo che volesse provare a spiccare il volo, ma aveva paura di lasciare sola la madre vedova.»

Sapeva un sacco di cose su di lei. «E quale consiglio le diede?»

«Lo stesso che do a tutti i miei studenti: seguite il vostro cuore e i vostri sogni. Li incoraggio a vivere in modo da avere l'opportunità di raggiungere il loro massimo potenziale.»

Tirai fuori la foto dell'annuario. «Cosa intendeva dire quando ha scritto questo?»

Soppesò con lo sguardo il messaggio e poi me. Guardò di nuovo il foglio e lo posò sul tavolo. «Non so cosa stia succedendo, ma la cosa mi mette a disagio. Non l'ho scritto io.»

«Ne è sicuro?»

«Certo che lo sono. Non è la mia calligrafia e la politica della scuola vieta agli insegnanti di firmare gli annuari degli studenti.»

Quella era una bugia. C'erano diversi altri messaggi di insegnanti nel libro della Boyle.

Prima che potessi rispondere, bussarono e la porta si aprì di scatto. Un uomo dai capelli color sabbia, con spalle e mascella squadrate, entrò nella stanza. I suoi occhi color nocciola brillarono mentre diceva: «Va tutto bene qui?»

Stark disse: «Detective Luca, le presento il preside della scuola, Larry Culver.»

Mi alzai e gli strinsi la mano. «Piacere di conoscerla, signor Culver.»

«Piacere mio. Ho saputo che uno studente del signor Stark si è messo nei guai. C'è qualcosa di cui la scuola debba preoccuparsi, oltre che del benessere dello studente?»

«Non al momento, signor Culver. Qui abbiamo finito, ma posso chiederle un minuto del suo tempo?»

Culver si guardò l'orologio. «Ho venti minuti prima di una riunione del personale.»

«È più di quanto mi serva.»

«Fred, perché non torna in classe mentre parlo con il detective?»

Seguii Culver in un ufficio spazioso con una serie di finestre che si affacciavano su un campo sportivo. A parte una mela di ceramica lucida e una targhetta con il nome, la sua scrivania era vuota.

«Si metta comodo. Desidera un caffè o qualcos'altro?»

«No, grazie.»

Culver si accomodò sulla sedia mentre io scrutavo la credenza alle sue spalle. Quattro foto di una ragazza. Aveva una figlia.

«Cosa la porta alla Barron Collier High?»

«Siamo venuti a conoscenza del fatto che nei primi anni Novanta ci sono state delle relazioni inappropriate tra insegnanti e studenti.»

Culver mi studiò per un attimo. «Inappropriate?»

«Di natura sessuale.»

«Oh, andiamo, detective, mi sta dicendo che un insegnante qui» — picchiettò sulla scrivania con l'indice — «ha fatto sesso con una studentessa?»

«Esatto, e si tratta di insegnanti, non di un insegnante.»

Aggrottò la fronte.

«Lei era un insegnante a quei tempi, non mi dica che non circolavano voci al riguardo.»

«Erano solo voci, nient'altro.»

«Ne è sicuro?»

Fece spallucce. «A quei tempi c'era un insegnante che piaceva a molte ragazze, e non c'è dubbio che a lui piacesse l'attenzione, ma questo è tutto ciò che so.»

«Come si chiama?»

«Morgan. Peter Morgan, ma se n'è andato da un pezzo.»

«Una delle ragazze a cui piaceva era per caso Debbie Boyle?»

Esitò. «Sa una cosa? Ora che ci penso, sì, lo era.»

«Vorrei dare un'occhiata al suo fascicolo e avere il suo ultimo indirizzo conosciuto.»

«Certo, venga.»

Mentre uscivamo dal suo ufficio, mi fermai a fissare il diploma di laurea appeso alla parete. Era della Rutgers University.

42

NON RIUSCIVO A SMETTERE DI PENSARE AL COLLEGAMENTO con la Rutgers. Debbie Boyle aveva un anello della Rutgers e ora avevamo un insegnante laureato alla Rutgers. Era una coincidenza o una connessione? La cosa andava approfondita, ma prima volevo dare seguito alla pista di Peter Morgan.

Morgan viveva a Jacksonville e insegnava alla Robert E. Lee High School. Aveva insegnato alla Barron Collier High solo per due anni. Mentre inserivo quello che sapevo su Morgan nel fascicolo dell'omicidio, continuavo a chiedermi cosa l'avesse spinto ad andarsene così in fretta.

Mentre valutavo la mia prossima mossa, Derrick entrò in ufficio sventolando un disegno a pastelli.

«Bert l'ha fatto per te.»

Era un'auto della polizia blu con una palla rossa sul tetto e due omini stilizzati accanto. Nella nuvoletta sopra l'auto, Bert aveva scritto: «Io e il detective Frank.»

«Ti sei fatto un nuovo amico.»

«Dovrò farlo incorniciare. Avrei bisogno di qualche quadro da queste parti.»

«Lo so, è come se non avessi una vita fuori da questo posto.»

«Mi piace tenere le cose separate, capisci?» Sperai che non demolisse quella teoria chiedendomi perché vivessi con il mio ex partner.

Lui inarcò un sopracciglio e si sedette dietro la sua scrivania.

«Cosa hai scoperto su Norwicky?»

«I genitori hanno venduto la casa nel 2001, quasi otto anni dopo l'omicidio della Boyle. Il figlio Jason se n'è andato per frequentare la Florida State University a Tallahassee dopo il diploma. Hanno detto che è partito a fine luglio.»

«Che impressione ti hanno fatto?»

«Gli ho creduto.»

«La convinzione si basa sui fatti, non sulle sensazioni. Chiama la FSU e verifica quando è arrivato Norwicky. E per quanto riguarda un alibi per la notte dell'omicidio?»

«Hanno detto che non riuscivano a ricordare.»

«Vedi?»

«Vedere cosa? Hanno settant'anni.»

«Cose come un omicidio ti si imprimono a fuoco nella memoria. Ti ricorderesti cosa stavi facendo se qualcuno che conoscevi, un amico di tuo figlio, fosse stato assassinato. Questa non è New York, dove spunta fuori un cadavere con la stessa regolarità del sole. Soprattutto nel 1993, questa città era molto più piccola.»

«Sei proprio come il presidente Reagan: fidati, ma verifica.»

«Esatto. Dovresti saperlo. Quante stronzate hai sentito a Washington?»

«Un'infinità. Hai ragione. Vuoi che prenda dei campioni di DNA?»

«Non c'è altro modo per essere sicuri che non sia lui.»

«Glielo chiedo direttamente, o prendo quello che riesco a trovare?»

«Decidi tu. Non mi importa come lo ottieni, basta che lo fai.»

«Ricevuto.»

«A pensarci bene, non chiederglielo. Vedi se ci sono opportunità per recuperare un loro campione.»

«Come mai questo cambio di idea?»

«Ne hanno già passate abbastanza con la perdita di un figlio. Se il loro ragazzo non era coinvolto, non voglio stressarli ulteriormente.»

«Hai ragione.»

«Ehi, fammi un favore, fai una ricerca sulla Rutgers University nel Jersey. Vedi quanti laureati sfornano e quanto è grande il loro dipartimento di scienze della formazione.»

«Me ne occupo subito.»

Mentre lui picchiettava sulla tastiera, io completai una pagina su Morgan.

«Wow. La Rutgers esiste da un'eternità. È stata fondata nel 1766, prima ancora che fossimo una nazione.»

In che modo questo avrebbe aiutato l'indagine? «Non lo sapevo.»

«È enorme. Cinquantamila studenti, più altri ventimila nei corsi di specializzazione.»

«Quant'era grande nel 1984?»

«Difficile dirlo con esattezza, ma sembra sui trentamila e rotti, più i corsi di specializzazione. Più grande della maggior parte delle città.»

«Quante lauree in scienze della formazione hanno rilasciato nel 1984?»

«Per questo dovrò telefonare. Ma anche se fosse solo il dieci per cento, sarebbero comunque un paio di migliaia.»

«Lascia perdere. Non sprecarci altro tempo. Torna a Norwicky.»

———

JACKSONVILLE ERA A BEN sette ore di distanza con traffico moderato. Stavo per dire a Derrick di farsi il viaggio, quando vidi il disegno che suo nipote aveva fatto per me e infransi il mio stesso protocollo usando il telefono.

Quando sentii la voce da fumatrice di Peter Morgan, fui contento di aver schivato il fumo passivo. Mi presentai e proseguii: «Vorrei farLe qualche domanda sul periodo in cui ha insegnato alla Barron Collier High.»

«È passato un secolo.»

«Conosceva una studentessa di nome Debbie Boyle?»

«Certo, quella povera ragazza è stata uccisa subito dopo che me ne sono andato.»

«Dopo aver lasciato la scuola?»

«Sì. Me ne sono andato circa un mese prima che venisse uccisa.»

«E perché ha lasciato la zona?»

«Mia madre aveva l'Alzheimer precoce e mi sono trasferito a Jacksonville per dare una mano a mio padre.»

«Ed è certo che fosse prima dell'omicidio della Boyle?»

«Assolutamente.»

«Dove è andato al college?»

«Alla FSU.»

Sentii un fiammifero accendersi. «Mi risulta che Lei

fosse oggetto di molte attenzioni da parte delle studentesse quando era lì.»

«Cosa intende?»

«Che un sacco di ragazze avevano una cotta per Lei.»

«Io? Chi gliel'ha detto?»

«Larry Culver.»

«Culver? È una pazzia. Ho sentito che ora è il preside.»

«Lo è.»

«Dovrebbe chiederlo a lui. Tra lui e Fred Stark, avevano metà delle ragazze della scuola che pendevano dalle loro labbra.»

«Crede che uno dei due avesse una relazione inappropriata con qualcuna delle studentesse?»

«Non lo so per certo, ma è decisamente possibile. Il loro flirtare mi dava un fastidio tremendo.»

«Pensa che uno dei due potesse avere qualcosa a che fare con Debbie Boyle?»

«Non saprei per quanto riguarda Stark, ma ho visto Culver e lei insieme diverse volte.»

«Da soli?»

«Solo una volta nella sua aula, ma altre volte con un'altra ragazza o due.»

«Quando erano soli quella volta, cosa ha osservato?»

«Non stavano facendo niente. Lui era seduto dietro la cattedra e lei era di lato. Ma erano a disagio; c'era tensione. La ragazza non mi guardava. Ho avuto l'impressione che avesse pianto.»

43

Mary Ann era seduta sulla mia poltrona reclinabile quando le lasciai cadere in grembo la foto.

«Cos'è?»

«Me l'ha fatto Bert, il nipote di Derrick.»

«Quando l'hai conosciuto?»

«Un paio di giorni fa. È venuto in ufficio con sua madre. Quel ragazzino è uno spasso. Gli ho preso un distintivo e un cappello dal programma di prossimità del quartiere e lui è impazzito di gioia.»

«È stato gentile da parte sua fartelo. Gli hai fatto una bella impressione.»

«Bert ha detto che vuole fare il poliziotto.»

«Non l'avrai mica scoraggiato, vero?»

«Non lo farei mai. I bambini devono decidere da soli.»

«Saresti un bravo padre, Frank.»

«Non saprei.»

«Beh, io sì. Un bambino sarebbe fortunato ad averti per giocare e come guida nella vita. Avere un padre come te è importantissimo per la crescita di un figlio. So che non è una garanzia, ma aiuta molto a far sì che un bambino diventi un adulto sano.»

«Non per cambiare argomento», anche se era proprio quello che stavo facendo, «ma la ragazza Boyle... ha perso il padre da piccola. Era attratta dai ragazzi più grandi, ma che mi dici di un insegnante?»

«Molto probabile. Un insegnante è il capo della classe, un leader che istruisce i ragazzi e si prende cura del loro benessere.»

«È l'ultima parte che mi crea problemi. Se la relazione ha superato il limite, se è diventata sessuale...»

«Pensi che potesse avere una storia con un insegnante?»

«Qualcosa stava succedendo in quella scuola. Ma se riguardasse la Boyle o avesse a che fare con la sua morte è quello che scoprirò.»

———

Di nuovo a Pelican Landing, parcheggiai davanti alla casa di Janet Lipton. Il colore dell'edificio mi ricordò il giallo senape. Un giardiniere stava tagliando il prato e spense il tosaerba mentre mi avvicinavo. Suonando il campanello, studiai la campana a vento tubolare. Piccole figure di Kokopelli erano incise su ogni tubo. Oscillando, davano l'impressione che stessero danzando.

«Le piace la nostra campana a vento?»

«Il Kokopelli che suona il flauto mi ha sempre divertito.»

«Beh, con noi ha funzionato.»

«La musica?»

«No, i Nativi Americani consideravano Kokopelli il dio della fertilità. Quando avevamo difficoltà ad avere un bambino, mia sorella ce l'ha presa e io sono rimasta incinta un paio di settimane dopo.»

Fertilità? Gravidanza? «Questo non lo sapevo, ma è un argomento di cui volevo parlarLe.»

Mi guardò con sospetto. «Ci sediamo fuori dietro come l'ultima volta?»

«Certo. È una giornata splendida.»

«Vada pure, io vado a prenderci un paio di tè freddi.»

Aveva più o meno la mia età, ma sembrava più vecchia. Era forse lo stress di essere un genitore?

La Lipton posò due bicchieri carichi di ghiaccio. Non mi piaceva quando c'era troppo ghiaccio.

«Grazie.»

«Come procedono le indagini?»

«Bene. Stiamo facendo progressi.»

«Come posso aiutarLa?»

«Debbie lasciò la squadra di cheerleader a metà stagione. Sa perché?»

«Non ha mai detto veramente perché. Rimanemmo sorprese, ma un minuto diceva che il ginocchio cominciava a darle fastidio, il minuto dopo che fare la cheerleader era una cosa da bambine.»

«Stava succedendo qualcosa nella sua vita al tempo in cui ha lasciato?»

«Non mi viene in mente nulla.»

«Sono curioso di sapere una cosa. Pensa che Debbie potesse avere una relazione con un insegnante della Barron High?»

Accarezzò il bicchiere con un dito, disegnando righe nella condensa. «La risposta è non lo so.»

«Ma pensa che fosse possibile.»

«Immagino di sì.»

«L'ultima volta che ci siamo visti, aveva detto di pensare che potesse avere una storia con Padre Harrigan, mi pare.»

Annuì. «Sì. A Debbie piacevano gli uomini più grandi. Le figure autoritarie.»

«Era un insegnante di nome Peter Morgan?»

«Peter Morgan? Assolutamente no. Lo prendevamo in giro per i denti gialli e le dita macchiate di nicotina. Puzzava come un posacenere.»

Mi ero sempre chiesto come si potesse essere sposati con un fumatore senza esserlo.

«E per quanto riguarda Fred Stark o Larry Culver?»

Inarcò le sopracciglia. «Il signor Stark e il signor C erano i rubacuori della scuola, senza dubbio. E Debbie, beh, era Debbie. Flirtava con loro in continuazione.»

«Pensa che potesse, uhm, spassarsela con entrambi?»

«Assolutamente no.»

«Ma ha detto che flirtava con entrambi. Potrebbe averli messi uno contro l'altro?»

Il suo volto si aprì in un sorriso. «Sarebbe da Debbie.»

«Aveva un preferito tra i due?»

«Non lo so, anche se alla maggior parte delle ragazze piaceva il signor C. Ma va detto che Debbie non era come la maggior parte di noi.»

«Debbie usava qualche tipo di anticoncezionale?»

«Non lo so.»

«Pensa sia possibile che Debbie fosse incinta al momento del suo omicidio?»

Fece scorrere un dito lungo il bordo del bicchiere. «È possibile; era sessualmente attiva.»

44

Stavamo portando in casa le buste della spesa che Mary Ann aveva comprato da Publix quando lei gridò: «Ahi! Mi sa che ho sbattuto il nervo del gomito».

«Raccontami una barzelletta. Vediamo se si è rotto.»

«Non sto scherzando. L'ho sbattuto proprio qui.»

«Ti do un bacino sulla bua, vedrai che passa.»

Lei sorrise. «È quello che mi diceva sempre mia madre quando mi facevo male. Te l'avevo già detto?»

«No». Tirai fuori da una busta una boccetta di Neurofuse. «Cos'è questo?»

«Un integratore. Hai detto che il Brainol non funzionava, quindi ho pensato che dovresti provare qualcos'altro.»

È questo il vero motivo, o si è accorta che la mia memoria sta peggiorando? «Grazie. Sai, non riesco a smettere di pensare alla madre di Boyle. C'era una tale tristezza in lei. È come se avessi paura di avvicinarti troppo e di essere contagiato, capisci?»

«Non mi sorprende. Non c'è niente di peggio che perdere un figlio. È incredibilmente difficile riprendersi. Ho letto da qualche parte che più della metà delle coppie il cui figlio muore prima dei trent'anni finisce per divorziare.»

«Mmm. Fa paura.»

«Non puoi lasciarti intimidire. Le possibilità sono poche, ma anche se non lo fossero, ne vale la pena. Mia madre diceva sempre: "Non hai vissuto finché non hai avuto un figlio".»

Non sapevo cosa dire e sbottai: «Avere un padre poliziotto non è facile per un figlio, sai».

«Potrebbe essere più facile se lo sono entrambi. Guarda Ron e Joan, ne hanno tre, e Bill e Lucy; sembrano entrambe famiglie da film della Disney.»

«Questo perché non li conosci davvero.»

«Solo che in ogni casa, non importa come sembri dall'esterno, non tutti i quadri sono appesi dritti.»

«Vero. Ricordo che dall'altra parte della strada viveva una famiglia con una figlia di un paio d'anni più grande di me e un figlio che era il quarterback del liceo. Il padre era un medico e la madre una volontaria modello. Poi si scoprì che la ragazza, che aveva solo quindici anni, era rimasta incinta e che la madre era un'alcolizzata.»

«Che genere di cose succedono a una ragazza quando rimane incinta? So della nausea, ma quali altri segni ci sarebbero?»

«Stai parlando della ragazza Boyle?»

Misi i broccoli nel cassetto della verdura. «Sì.»

«Avrebbe avuto delle perdite vaginali. Le avrebbero macchiato le mutandine.»

«Sua madre avrebbe potuto scambiarle per qualcosa legato al ciclo mestruale?»

«Non sono mai stata incinta, Frank. Non ne ho idea.»

«Puoi chiedere a un'amica?»

«Pensi davvero che fosse incinta, non è vero?»

Non potevo dirle che il Kokopelli mi aveva tenuto un concerto privato di flauto. «Lo ritengo sempre più probabile. Risponderebbe a un paio di domande.»

«Come quali?»

«Perché ha lasciato la squadra delle cheerleader e un possibile movente se la persona che l'aveva messa incinta non voleva il bambino e lei sì.»

«Pensi che avrebbe tenuto il bambino? Non ne sono così sicura.»

«Perché dici così?»

«Aveva appena compiuto diciassette anni. Aveva tutta la vita davanti. Stava per andare al college. Come avrebbe fatto con un bambino?»

Era una buona osservazione. «Forse ha cambiato idea quando ha scoperto di essere incinta. Ha lasciato le cheerleader per proteggere il bambino, no?»

«Erano tempi diversi, Frank.»

«Esatto! Venticinque anni fa posso capire che avere un bambino avrebbe cambiato il punto di vista di una ragazza. Oggi non credo che esiterebbero ad abortire se fosse d'intralcio ai loro piani.»

«Accidenti a te, Frank! Sei un cavernicolo.»

«Non ti agitare tanto, Mary Ann. Non sto giudicando nessuno.»

«Col cavolo che non lo fai.»

«No, dico sul serio. Sto solo cercando di risolvere questo caso di omicidio, tutto qui.»

«Una donna ha il diritto di fare ciò che vuole. È il suo maledetto corpo.»

«Lo so. Non sto dicendo che non potesse fare quello che voleva.»

«Non iniziare a raccontarmi cazzate, Frank.»

«Non lo sto facendo.»

«Ah, no? E allora cos'era quella stronzata sull'abortire se un bambino è d'intralcio?»

«Mi sono solo espresso male, tutto qui. Dove stai andando?»

«A fare una passeggiata.»

Mi stava mettendo in croce per niente. Non ero né a favore né contro l'aborto. Cristo santo, quando la mia ex moglie rimase incinta mentre stavamo per divorziare, fui io a suggerire l'aborto. Non sarebbe stato un bene per il bambino, e di certo non sarebbe stato l'ancora di salvezza che lei pensava. Ero grato per quell'opzione e non avrei negato a una donna la sua scelta.

Perché Mary Ann si era offesa così tanto? Ero troppo ossessionato dal caso? Di nuovo? Era il suo desiderio di avere un bambino? Mi infilai le scarpe da ginnastica e uscii dalla porta per cercarla.

———

MI MARTELLAVA LA TESTA. Feci cadere tre aspirine sul palmo della mano e le ingoiai con il caffè. Con un sapore disgustoso in bocca, controllai il resoconto degli arresti notturni. Grato che non fosse emerso nulla, mi appoggiai allo schienale e chiusi gli occhi.

«Hai fatto tardi ieri sera?»

«Ho bevuto troppo, Derrick.»

«Tu? Mi sorprendi. Dove sei andato?»

«Da nessuna parte. Io e Mary Ann abbiamo litigato. Per cosa? Non saprei dirtelo.»

«Tutto a posto?»

Sbadigliai. «Sì, niente che un paio di bottiglie di vino non possano sistemare. Com'è andata con i genitori di Norwicky?»

«Nessun problema. Ho recuperato tre bottigliette d'acqua e due mozziconi di sigaretta.»

Lo stomaco mi si rivoltò al pensiero di una sigaretta. «Le hai mandate al laboratorio?»

«Sì. Qual è il prossimo passo?»

Mi sforzai di dire: «Vado a fare un salto dalla madre di Boyle. Vuoi venire con me?»

«Assolutamente.»

«Non prenderla nel modo sbagliato, ma questa donna ne ha passate più di quanto chiunque dovrebbe sopportare. Vorrei che tu avessi un ruolo di osservatore. Se hai qualcosa di importante da dire, dillo pure, ma con tatto.»

45

Il sorriso tirato della signora Boyle si trasformò in una smorfia quando vide Derrick. Fece un piccolo passo indietro. «C'è una svolta nel caso?»

«Non ancora, signora. Lui è il mio partner, il detective Dickson.»

Gli strinse la mano e disse: «Prego, entrate».

Di nuovo quell'odore di lucidante per mobili. La seguimmo fino alla stessa coppia di divani. Sul tavolino c'era un'altra foto della giovane Debbie, questa volta davanti a uno scuolabus. Doveva essere il suo primo giorno di scuola. Debbie aveva uno zainetto rosa, una coda di cavallo e un sorriso da un orecchio all'altro. Scacciai la malinconia che si stava insinuando e dissi: «Grazie per averci ricevuti di nuovo».

«Non si preoccupi. Trovare l'assassino di Debbie è l'unica cosa che m'importa.»

Avrei voluto chiederle: suo figlio non conta? «Apprezziamo la sua disponibilità ad aiutarci, ed è stata di grande aiuto. So che è difficile, ma cerchi di andare avanti con la sua vita. Continuerò a occuparmi del caso finché non avremo assicurato alla giustizia chiunque sia stato.»

Derrick annuì.

«Lei non capisce, nessuno capisce. Pensa che catturare chiunque abbia fatto questo sistemerà tutto? Be', non sarà così!» Scosse la testa. «Non mi fraintenda, voglio che l'uomo che ha fatto questo alla mia bambina paghi, ma non sistemerà niente.»

Uomo? Era una descrizione generica per tutti i maschi? «Capisco, signora. Tutto ciò che posso fare è quello che ho promesso: assicurare il colpevole alla giustizia.»

«E di questo Le sarei grata.»

«Non sono sicuro che Lei sia a conoscenza di un incidente avvenuto alla Barron High School. Riguardava sua figlia e uno studente di nome Jason Norwicky.»

I suoi occhi spenti si animarono. «Non lasciava in pace Debbie. Continuava a chiamare e Debbie gli riattaccava. Alla fine, ho dovuto dirgli io di smettere.»

«Sa di cosa trattavano le telefonate?»

«Una sorta di malinteso. Debbie diceva che lui provava qualcosa per lei, ma a lei non interessava.»

«Quando è stata l'ultima volta che ha chiamato?»

La luce nei suoi occhi scomparve. «Circa una settimana prima che succedesse.»

«Debbie Le ha mai detto che l'abbia minacciata?»

«Minacciata no, solo che non la lasciava in pace.»

«Ora ho un paio di domande che potrebbero turbarLa, ma fanno parte dell'indagine e sono informazioni di cui ho bisogno. D'accordo?»

Si mise le mani in grembo e annuì.

«Perché Debbie ha lasciato le cheerleader a metà stagione?»

«Si era stufata. Lo considerava una cosa da bambine e, francamente, ero d'accordo con lei. Ero felice che stesse maturando.»

«Non è stato per un infortunio?»

«No, affatto.»

«Sua figlia era incinta al momento della morte?»

La sua guancia ebbe un tic. «Incinta? Non credo.»

«Mentre faceva il bucato, ha notato qualche perdita sulla sua biancheria o sulle lenzuola?»

Non sapevo quali guance fossero più rosse, se quelle della signora Boyle o quelle di Derrick. Con gli occhi fissi sulle mani, la donna espirò. «C'è stata una volta, le ho chiesto spiegazioni e mi ha detto che era il ciclo. Ho lasciato perdere, ma a dire il vero, da quel momento ha iniziato a fare il bucato da sola. Temevo che facesse sesso, e che si trattasse di quello. Lei sa qualcosa che io non so?»

«Come ho detto, stiamo esplorando ogni possibilità. Sua figlia era sessualmente attiva?»

«Credo di sì. Le ho detto più volte di stare attenta.»

«Nel fascicolo non c'era nulla riguardo al fatto che prendesse la pillola anticoncezionale. Usava qualcosa?»

«Non che io sappia. Avrei dovuto saperlo, ma il ginecologo non me l'avrebbe mai detto se gliel'avessi chiesto, quindi non l'ho mai fatto.»

«Ci sono leggi sulla privacy per proteggere i pazienti. Quindi non si preoccupi.»

«Grazie.»

«Le dispiacerebbe se portassimo con noi l'anello che abbiamo trovato nella tartaruga? Vorremmo fare un test. Glielo restituirei il prima possibile.»

«Vuole l'anello?»

«Se non Le dispiace.»

«Per me va bene. Non sapevo nemmeno che fosse lì.» Si alzò. «Vado a prenderlo.»

«Grazie, e per favore non tocchi l'anello. Porti giù la tartaruga. Lo prenderò io.»

Le sue sopracciglia si inarcarono. «Oh. D'accordo.» Scomparve lungo un corridoio.

Derrick si chinò verso di me. «Amico, è distrutta.» Afferrò la foto dello scuolabus.

Sussurrai: «Mettila giù».

«Vive da sola, vero?»

«Sì.»

«La casa profuma di Vetril Limone, e tutto è così ordinato.»

«Dovresti vedere la camera del...» Mi zittii quando sentii i suoi passi.

La madre della vittima portava la tartaruga con entrambe le mani come se trasportasse delle uova. Tese le braccia e io presi la tartaruga. La posai, le tolsi il guscio e infilai i guanti.

Infilzai l'anello con la penna, lo lasciai cadere in un sacchetto di plastica per le prove e lo porsi a Derrick, che registrò la data e il luogo.

«Pensa davvero che fosse il suo anello? Della persona che l'ha fatto?»

Derrick disse: «Non lo sappiamo, ma il processo di eliminazione è una componente fondamentale del processo investigativo».

Ben detto, ma guardava troppi telefilm polizieschi.

«Grazie ancora, signora Boyle. Per oggi abbiamo finito, ma mi farò sentire.»

Il rumore della portiera dell'auto che si chiudeva era

ancora nell'aria quando Derrick disse: «Come mai ce ne siamo andati così in fretta?»

«Abbiamo ottenuto quello che volevamo: l'anello, informazioni sulla sua gravidanza e qualche dettaglio in più su Norwicky.»

«Non lasciava in pace la Boyle. Tormentava lei e la madre.»

«Senza dubbio Norwicky era insistente. Vediamo cosa ci dirà il DNA dei genitori.»

«Dovremmo averlo domani.»

«Bene.»

«Pensi che la ragazza fosse incinta?»

«Sì.»

«Vorrei che non le avessi detto di andare a prendere l'anello. Volevo vedere la camera da letto, come hai fatto tu.»

«Fidati, non hai bisogno di vederla. È deprimente.»

«Cosa hai intenzione di fare con l'anello? Lo analizzi?»

«Tanto vale vedere se c'è del DNA sopra.»

«Più informazioni. Giusto?»

Annuii.

«Sono stato zitto, come hai detto tu.»

«Quella frase sul processo di eliminazione l'hai provata davanti allo specchio?»

46

Mᵢ sᵢ afflosciarono le spalle quando vidi il tecnico informatico seduto dietro la scrivania di Derrick.

«Buongiorno, detective Luca.»

«Buongiorno, Marco. Che succede?»

«Solo un aggiornamento, signore.»

«Rischio di perdere di nuovo qualcosa?»

«No, no. L'ultima volta non c'entrava niente con quello che stavamo facendo.»

«Sì, un'altra coincidenza.»

Lui fece spallucce e io accesi il computer. A metà del caffè, mi ritrovai a fissare un cursore lampeggiante.

«Marco, mi dica che non ha toccato il mio computer.»

«Perché? Che problema c'è?»

«Non si accende.»

«Aspetti, non tocchi niente. Deve completare il ciclo di aggiornamento.»

Scolando l'ultimo goccio di caffè, vidi lo schermo riaccendersi con uno sfarfallio.

«È ripartito.»

C'era un'email dal sistema scolastico di Jacksonville. L'oggetto era "Peter Morgan". Mi sporsi verso lo schermo, la aprii con un clic e lessi.

Peter Morgan si era trasferito a Jacksonville prima dell'omicidio Boyle e stava insegnando lì il giorno del delitto. Aveva tenuto lezione per tutta la giornata e la sua ultima lezione era terminata alle tre e mezza. Jacksonville era a sette ore buone di macchina. Non potevo escludere la possibilità, ma a meno che Morgan non fosse Clark Kent, sarebbe stato impossibile farcela.

Sentii l'odore del caffè prima che Derrick entrasse con due bicchieri. Alzò gli occhi al cielo. «Che succede? Un altro aggiornamento?»

«Già. Credo che possiamo escludere Morgan. Era a Jax a insegnare fino alle tre e mezza.»

«L'ultima volta che ci sono andato in macchina ci ho messo quasi dieci ore.»

Tolsi il coperchio dal caffè: bello, forte e scuro. «Hai portato l'anello al laboratorio?»

Derrick tirò fuori il cellulare. «Sì, ce l'hanno. Hanno detto che il rapporto sui genitori di Norwicky sarà pronto questo pomeriggio. Ehm, dai un'occhiata a questa email dell'Interpol.»

Il documento dell'Interpol era una raccolta di rapporti della Polizia Ellenica e della versione russa dell'FBI, il Comitato Investigativo della Russia. La maggior parte delle informazioni nel rapporto erano cose che già sapevamo: che Papadakis era sospettato della morte di un ragazzo in Grecia, che la famiglia si era trasferita dalla Russia alla Grecia e che Papadakis aveva ignorato l'obbligo di informare la Polizia Ellenica prima di viaggiare all'estero.

La novità era stata fornita dai russi. Si trattava di informazioni riguardanti l'aggressione a un prete ortodosso e il furto della colletta giornaliera. Boris Yenko, un uomo di sessantotto anni a capo della Cattedrale di Cristo Salvatore, era stato quasi picchiato a morte subito dopo una messa.

La famiglia Papadakis era membro di quella chiesa e Igor Papadakis era l'unico chierichetto alla messa mattutina prima dell'aggressione. Papadakis fu interrogato riguardo al pestaggio e alla rapina, ma non venne trattenuto. Il giorno dopo l'aggressione, la chiesa si rese conto che mancavano quattro preziose icone.

Le autorità ritenevano che le icone fossero state rubate dopo che padre Yenko era stato reso inoffensivo.

Papadakis era stato visto da un vicino di casa mentre trasportava un sacco la mattina dopo l'attacco a padre Yenko.

La polizia interrogò Papadakis e perquisì l'abitazione di famiglia. Non fu recuperato nulla e l'indagine si spense con la disintegrazione dell'Unione Sovietica. Le icone risultano disperse ancora oggi.

Dissi: «Ci credi a questo tipo? È un piantagrane continentale.»

«Credi che abbia picchiato un prete?»

«No.»

«Perché? Perché era un chierichetto?»

«No. Perché è un opportunista.»

«Non capisco.»

«Credo che Papadakis abbia assistito al pestaggio e alla rapina e che lo abbia usato come copertura per rubare le icone.»

«Cosa te lo fa pensare?»

«Come chierichetto, non aveva motivo di picchiare il prete per rubare. Sono sicuro che avesse molte occasioni e accesso, se avesse voluto i soldi. Credo che non abbia resistito all'opportunità che l'incidente gli ha offerto. Il problema, per lui, è che era troppo stupido per capire che non sarebbe mai riuscito a piazzare le icone.»

«Mmh.»

«La mia sensazione è che le icone se ne stiano nel suo baule.»

«Probabile, ma che impatto pensi che abbia sul caso Boyle?»

«È un'ulteriore prova che Papadakis è un bastardo depravato con una capacità di giudizio discutibile.»

47

Dissi: «Senza una corrispondenza del DNA di Papadakis, ci serve qualcosa di concreto contro di lui. Per ora, abbiamo solo fumo».

«Da quello che ho imparato sui serial killer, e non sto dicendo che lui lo sia, le persone che uccidono a lunghi intervalli di tempo sono rare».

«Forse non ne abbiamo presi abbastanza, specialmente uno come Papadakis. Quest'uomo non solo si è spostato, ma l'ha fatto attraverso tre continenti; ecco perché non c'è traccia».

Non la pensavo così, ma dissi: «Potrebbe essere più furbo di quanto pensiamo».

«Ma adesso gli stiamo alle costole».

«Non ne sono convinto».

Aprii Google Traduttore e digitai Fred, in cerca della traduzione russa. Era qualcosa tipo Igor? Apparvero caratteri russi che non avevano alcuna somiglianza con l'inglese. Premetti l'icona dell'altoparlante e partì qualcosa che suonava come Igor. Ripetendo il procedimento, Igor in greco suonava come Igor in inglese.

«Derrick, Papadakis aveva un secondo nome?»

«Sì, Misha. È il russo per Michael. Dovremmo chiedere un mandato».

Papadakis mi dava da pensare, ma era lui l'assassino della Boyle? Il suo DNA non corrispondeva a quello trovato sotto l'unghia della ragazza, ma non riuscivo a togliermi dalla testa quello scrigno chiuso a chiave. Cosa c'era dentro? Le icone rubate? Sarebbe stato folle tenere l'arma del delitto lì dentro. Non volevo chiedere un mandato di perquisizione. Non avevamo abbastanza elementi e avrei rovinato la mia reputazione per qualcosa su cui non avevamo alcun diritto legale. Per un nanosecondo pensai di chiedere a Derrick di stilare la richiesta, ma non era il caso che quel ragazzo partisse con il piede sbagliato.

«Non ne abbiamo le basi. Nessun giudice ce lo concederebbe».

«Forse non ce ne sarà bisogno. È appena arrivato il rapporto sui genitori di Norwicky. Te lo inoltro».

Non sembrava che Norwicky fosse l'assassino. Il DNA sotto l'unghia della Boyle non corrispondeva al DNA mitocondriale della madre di Norwicky.

«Cosa significa DNA mitocondriale?»

«È un tipo di DNA che ereditiamo dalle nostre madri. In sostanza, chiunque abbia lasciato quel DNA sull'unghia della vittima, sua madre non era la signora Norwicky».

«E se fosse stato adottato? Sai, se avesse una madre biologica diversa?»

Mi piaceva come ragionava. Era il modo in cui ragionavo io prima della chemio. «È abbastanza facile da verificare. Controlla i registri di nascita».

«Lo farò».

———

LA GIORNATA ERA COSÌ bella che avrei portato Mary Ann a pranzo al Turtle Club. Mi chiedeva sempre di andarci, ma siccome era il posto dove avevo conosciuto Kayla, avevo evitato di portarcela.

Ero contento di aver chiamato un amico che faceva il barista lì. Una ragazza sui vent'anni, con una camicetta scollata e pantaloncini minuscoli, ci accompagnò attraverso il ristorante fino alla terrazza. Per essere un pomeriggio di metà gennaio, la terrazza era affollata.

La mano del fato ci indirizzò allo stesso tavolo dove avevo pranzato con Kayla.

«Non c'è qualcos'altro di disponibile?»

«È perfetto, Frank. Che succede?»

La ragazza disse: «Mi dispiace. Se vuole aspettare al bar finché non si libera qualcosa...»

«No, va bene così».

«Questo tavolo è meraviglioso, Frank».

Ero teso e volevo un bicchiere di vino per ammorbidire un po' le cose. «Vuoi un bicchiere di vino?»

«Vino? Stiamo lavorando».

«Un bicchiere non ti comprometterà di certo, Mary Ann».

Il suo sguardo si gelò. «È contro le regole del dipartimento, e lo sai bene».

«Ok, ok. Volevo solo festeggiare la nostra prima volta qui».

Prese in mano il menu. «Cosa prendi di solito?»

«Il panino con il pesce basa. È buono».

«Basa? Da dove viene?»

«Da qualche parte in Asia».

«Preferisco qualcosa del Golfo».

Facemmo la nostra ordinazione e il mio telefono vibrò per una nuova email. Mary Ann e io avevamo fatto un patto di non guardare i nostri telefoni quando eravamo fuori. Non potevamo credere a quanta gente sedesse ai tavoli e giocherellasse con i cellulari invece di interagire. Anzi, avevamo istituito una regola quando uscivamo a mangiare con gli amici: metti il telefono al centro del tavolo, e chiunque lo prenda per primo deve pagare il conto. Funzionava a meraviglia.

Il mio telefono squillò. Un brivido mi percorse la nuca. Guardai Mary Ann. Lei annuì. Era il laboratorio della scientifica. Risposi e la vibrazione aumentò.

«Dobbiamo andare».

«Che succede?»

«Sono arrivati i risultati dell'anello della Boyle e non ci crederai, ma corrispondono».

Mary Ann si irrigidì. «A chi?»

«Allo stesso tizio il cui DNA era sotto l'unghia della vittima».

«Ma non sai chi sia».

Non avevo bisogno che me lo ricordasse. «Per il momento, no. Ma è una svolta importante. Andiamo».

«Frank, il caso ha venticinque anni. Abbiamo entrambi fame. Può aspettare una mezz'ora».

———

Cosa avevamo? Debbie Boyle conosceva il suo assassino. Doveva avere avuto un interesse romantico per lui. Per quale altro motivo avrebbe avuto il suo anello del college? Era un uomo più grande, uno che ora avrebbe avuto circa cinquantacinque anni. Forse aveva i capelli biondi e probabilmente aveva frequentato la Rutgers University o la loro scuola di specializzazione.

Propendevo per un insegnante, ma Papadakis aveva all'incirca l'età giusta, capelli biondi e un passato oscuro. Il problema era che il suo DNA non sembrava corrispondere.

Tornai a esaminare l'annuario dell'ultimo anno di Debbie Boyle e andai dritto alla foto della classe di Fred Stark. Stark aveva i capelli biondo cenere, anche se tagliati corti. Con un ghigno strafottente e un fisico da ragazzo, sembrava solo di qualche anno più vecchio dei suoi studenti. C'erano quattordici ragazze e solo otto ragazzi nella sua classe: un mix perfetto per qualcuno che avrebbe potuto predare giovani influenzabili.

Larry Culver aveva capelli lunghi e biondi e una corporatura muscolosa. Se non fosse stato per la cravatta rossa e la camicia bianca, sarebbe potuto passare per un surfista. Potevo immaginare come un'adolescente potesse essere attratta dal suo bell'aspetto e dalla sua aria rilassata. La composizione di studenti e studentesse era equamente divisa, undici per parte.

Sfogliai fino alla sezione degli eventi. C'era quella foto di Halloween di Culver con il braccio intorno alla Boyle e a un altro studente. Studiai il suo viso. Era ubriaco o fatto? Difficile dirlo, ma qualcosa sembrava strano.

Una pagina dedicata al gruppo teatrale aveva una foto di due studentesse con le braccia intorno a un insegnante dai capelli brizzolati. Non ricordavo che i ragazzi del mio liceo mostrassero un tale affetto per gli insegnanti. La maggior parte del tempo ci lamentavamo della mole di lavoro che ci davano.

La Barron High organizzava diversi programmi a beneficio dei meno fortunati. La foto della festa di Natale per la United Way attirò la mia attenzione. Due studentesse carine erano sedute sulle ginocchia di Babbo Natale. Lui aveva le braccia avvolte attorno alla loro vita e sussurrava all'orecchio di una delle ragazze. Non riuscii a capire di che insegnante si trattasse, ma non era Stark né Culver.

C'erano molte altre foto di insegnanti, uomini e donne, che abbracciavano e tenevano per mano gli studenti in modi che oggi li metterebbero nei guai. Chiusi l'annuario. Nella migliore delle ipotesi, inconcludente.

Era ora di controllare l'anno del diploma di Culver e vedere da quale scuola si era diplomato Stark. Presi il telefono e chiamai la Barron High School.

48

«MA PORCA MISERIA, QUALI SONO LE PROBABILITÀ?»

Derrick disse: «Di che stai parlando, Frank?»

«Fred Stark e Larry Culver si sono laureati entrambi alla Rutgers nel 1984.»

«Andavano all'università insieme?»

«Maledizione! Ho appena detto che si sono laureati alla Rutgers nello stesso anno.»

«Okay, okay. È lo stesso anno dell'anello trovato nella camera da letto della Boyle.»

«Quei due bastardi lavoravano insieme? Sarebbe stato difficile nascondere una relazione con una studentessa, ma se si fossero coperti a vicenda, sarebbe diventato molto più facile.»

«Mi fa star male solo a pensarci. Però, sai, un sacco di preti l'hanno fatta franca con cose molto, ma molto peggiori.»

«All'epoca i genitori si fidavano degli insegnanti. Oggi, se un insegnante critica un ragazzo, i genitori corrono a chiamare un avvocato.»

«È assurdo.»

«Potrebbe essere uno di loro o entrambi.»

«Quindi non è Papadakis, allora?»

«Se stessi ascoltando, sapresti che parlavo di una relazione, che potrebbe avere o meno a che fare con il suo omicidio.»

«Ma tu pensi di sì, vero?»

«È un movente solido. La Boyle potrebbe aver minacciato di rivelare la relazione o essere rimasta incinta, il che avrebbe complicato parecchio le cose per un insegnante.»

«Sembra che tu propenda per Stark o Culver.»

«Ci servono i loro campioni di DNA, poi sapremo a chi appartiene l'anello. Che ci spieghino loro come ha fatto il loro DNA a finire sotto le sue unghie e cosa ci faceva la Boyle con il loro anello.»

«Come potrebbero spiegarlo?»

«Non lo so. Papadakis corrisponde al profilo e potrebbe essere stato lui, ma in ogni caso, darò la caccia a questi insegnanti. Se hanno fatto quello che penso, devono risponderne. E se la Boyle era incinta e riuscissimo a stabilire da quanto, potremmo avere un caso per violenza sessuale su minore, anche se il reato è caduto in prescrizione.»

«Ma in Florida ci sono sanzioni speciali se a farlo è un insegnante, no?»

«Sì, ma di quello se ne occupano ai piani alti. Se scopriamo questa storia, Stark e Culver sarebbero più che screditati; verrebbero privati della pensione e cacciati dalla città.»

«Se fossi padre, amico, farei un culo così a qualcuno.»

Squillò il telefono della mia scrivania. Era un'amica di Joanne Wilbur, dalla voce timida. Mentre parlava, feci un cenno a Derrick e alzai il pollice in segno di approvazione. La telefonata durò un minuto, ma aprì una nuova pista.

«Era una donna che ha detto di voler parlare di Fred Stark.»

Derrick scattò in piedi. «È la svolta che aspettavamo. Lo portiamo dentro?»

«No. Vado a parlare con lei. Voglio che tu vada dal procuratore distrettuale, a scoprire cosa possiamo o non possiamo fare con un'accusa di violenza sessuale su minore vecchia di venticinque anni. Non so nemmeno se questa donna fosse minorenne all'epoca. In ogni caso, mettiamoci in regola dal punto di vista legale.»

———

MURIEL TULCH VIVEVA in un vecchio edificio su Vanderbilt Drive. Delle impalcature rivestivano la struttura di cinque piani, il cui pregio maggiore era la vista sul Golfo. Gli operai ascoltavano musica spagnola e usavano martelli pneumatici sullo stucco. Salii le scale esterne fino al secondo piano e suonai il campanello due volte.

La porta si aprì di uno spiraglio e mi presentai. La Tulch tolse la catenella e incrociò il mio sguardo per un istante. Dovetti sforzarmi per sentirla mentre mi invitava a entrare.

Muriel Tulch non era un granché, ma se al liceo aveva un seno come quello, si spiegava l'interesse di un depravato come Stark. Nell'ingresso c'era una fotografia di famiglia con due ragazze e un marito alto. Mi fece sentire bene il fatto che la Tulch fosse sopravvissuta a qualunque cosa le fosse successa al liceo. Indossava un maglione giallo e jeans neri.

Il suo appartamento era piccolo. I figli dovevano essere

all'università. Una splendida vista sul Golfo compensava la sensazione di oppressione data dai soffitti bassi dell'unità. La Tulch girò intorno a un tavolo da cucina in vetro e tirò indietro una sedia.

«Bella vista.»

«Normalmente terrei le porte scorrevoli aperte, ma con tutti i lavori in corso...»

Come? Nessuna offerta di qualcosa da bere o commenti sul tempo? «Voglio ringraziarLa di nuovo per essersi fatta avanti. È molto coraggioso da parte Sua.»

«Mi ero lasciata questa storia alle spalle anni fa, ma quando Joanne ha detto che stavate indagando sugli insegnanti della Barron... ho soltanto... sentito di dover dire qualcosa.»

«Siamo contenti che l'abbia fatto. Mi parli di Fred Stark.»

La Tulch si tormentò un'unghia del pollice. «Beh, tutte le ragazze erano affascinate da lui e dal signor C. Erano belli, indipendenti, e ci dedicavano molte attenzioni.»

«Che tipo di attenzioni?»

«Beh, all'inizio erano solo incoraggiamenti di routine. Sa, dicevano cose carine sul nostro aspetto, su quanto fossimo intelligenti, cose del genere.»

«Lo definirebbe adescamento?»

«Ci ho pensato, e col senno di poi, credo di sì. Il signor Stark lo faceva senza destare alcun allarme.»

«Cosa faceva esattamente?»

«La prima volta, quando ero al terzo anno, fu allora che mi toccò per la prima volta. La lezione era finita, ma avevo problemi con un progetto e mi ero trattenuta per mostrarglielo. Lui era seduto alla sua cattedra e io ero in piedi accanto a lui, china. Lui... lui mi cinse con un braccio e mi tirò a sé. Affondò il viso proprio nel mio seno e non mi lasciava andare. Non sapevo cosa fare. Disse che... che ero piacevole al tatto, e poi tornammo al lavoro.»

«Le cose sono andate avanti da lì?»

«Facevo la volontaria allo stand degli snack per le partite di football, e dovevo essere lì presto, e lui lo sapeva. Iniziò a farsi vedere, e una cosa tira l'altra, e cominciammo a baciarci e, sa, a toccarci.»

Dovetti sporgermi in avanti per sentirla. «Con le mani?»

Fissò il tavolo e sussurrò: «Sì, lui, cioè... io l'ho masturbato.»

«C'è stata penetrazione di qualche tipo? Orale o altro?»

«No! Niente di così grave. Solo la masturbazione.»

«Quanti anni aveva quando è successo?»

«Diciassette.»

«Sapeva di altri insegnanti che lo facevano?»

Arrossì come un pomodoro. «Il signor C. cominciò a fare l'amichevole, se capisce cosa intendo. Sono sicura che Stark deve avergli parlato di noi, quel bastardo.»

«È successo qualcosa tra Lei e Larry Culver?»

«No. Ma sono abbastanza sicura che stesse facendo qualcosa, o almeno ci provasse, con la ragazza che è morta.»

«Cosa glielo fa credere?»

«Li ho visti litigare una volta sotto le gradinate, prima di una partita.»

«Si ricorda quando è stato?»

«Un paio di giorni prima che venisse uccisa.»

49

STARK CERCÒ DI LIQUIDARMI, DICENDOMI CHE SUA MOGLIE era malata e che doveva correggere dei compiti. Cedette rapidamente quando dissi che l'avrei interrogato la mattina al liceo. Dato che sosteneva che sua moglie fosse malata, gli proposi di vederci giù a Bayfront, un complesso residenziale di lusso con ristoranti e un porto turistico.

Stark era seduto a uno dei tavolini all'aperto dell'EJ's Café. Indossava un cappellino da baseball degli Yankee calato sulla fronte. Tirai fuori una sedia di metallo e mi sedetti. Stark portava la fede, ma non l'anello della Rutgers.

La mano di Stark tremava mentre sollevava la tazza. «Vuole un caffè?»

«No.»

Stark si pulì un baffo di panna dal labbro. «Sono dipendente da questi Frappuccini.»

«Muriel Tulch.»

Potei sentire l'odore della sua paura prima ancora di aver pronunciato il cognome della donna.

«Mi scusi?»

Mi sporsi sul tavolo. «La smetta con queste stronzate, signor Stark. Sa benissimo chi è e cosa le ha fatto.»

«Io... io non so di cosa sta parlando. Davvero.»

Bene. Ci siamo tolti di mezzo subito l'appello all'onestà. «Speravo di poter avere una discussione schietta su quello che succedeva alla Barron High venticinque anni fa. Tanto perché lo sappia, Muriel Tulch è stata molto esplicita nel descrivere la vostra relazione.»

Stark chinò il capo. «Ho fatto un errore, ma è successo tanto, tanto tempo fa. È stata una cosa di una volta sola...»

«Mi risparmi il rimpianto. Quello che ha fatto è stato superare un limite enorme.»

«Dovrei chiamare un avvocato?»

«Sta solo a Lei deciderlo, ma in questo momento voglio solo parlare di Debbie Boyle.»

«E lei cosa c'entra?»

«Le ha fatto qualcosa, o ha fatto qualcosa con lei, come con Muriel Tulch?»

«No. No. Lo giuro.»

Giurava. Che conforto. «Sa di qualcun altro che l'abbia fatto?»

Stark esitò troppo a lungo. O aveva fatto qualcosa, o conosceva qualcuno che l'aveva fatto. «No, non so nulla al riguardo.»

«È disposto a fornire un campione di DNA?»

Gli occhi di Stark si spalancarono. «Non credo sia una buona idea.»

«Posso farlo qui, con discrezione. Nessuno lo saprà.»

«No.»

Avrei voluto sputargli addosso. «Perché insegna ancora? Dovrebbe avere abbastanza anni di servizio per andare in pensione.»

«È vero, ma amo insegnare. I ragazzi mi divertono.»

Non c'era dubbio. «Se ne vada. Ho finito con lei.»

«Davvero?»

Annuii, e lui schizzò via come un procione spaventato. Lo guardai finché non sparì dalla vista e presi la tazza di caffè da cui aveva bevuto.

———

MENTRE INTINGEVO un pezzo di pane nell'olio d'oliva, Mary Ann disse: «Siamo vicini a catturare un pervertito informatico. Farò da esca allo Starbucks di Golden Gate.»

«Non mi piace. A fare da esca si rischia di farsi male.»

«Non preoccuparti, Frank. Abbiamo tutto sotto controllo.»

«Credi di aver pianificato tutto per bene, ma non sai mai come reagirà.»

«Andrà tutto bene.»

«Chi dirige l'operazione? McGowan?»

«Sì.»

«Digli che vuoi due uomini dentro il locale. Uno dietro al bancone e un altro che si finga un cliente.»

«È già stato fatto.»

«Assicurati che ci siano almeno due auto, a motore acceso.»

«Ne avremo tre.»

«Non dimenticare...»

Mi mise una mano sul braccio. «Non preoccuparti, Frank. Andrà tutto bene. Non c'è niente di cui preoccuparsi.»

«Non voglio che qualcosa vada storto.»

«Non succederà.»

«Sai, se tu... se diventassi madre o qualcosa del genere, non potresti fare questo tipo di lavoro.»

Posò la forchetta e sorrise. «Se quel giorno dovesse mai arrivare, farò in modo di essere assegnata a un lavoro d'ufficio. D'accordo?»

Annuii. «Non sto dicendo che ti faresti male o altro, ma un bambino... loro non sanno, si preoccuperebbero ogni volta che esci di casa.»

«E tu? Si preoccuperebbero anche per il loro papà.»

Papà?

———

DOPO UNA NOTTE insonne a immaginarmi padre, fui contento di lavorare di sabato. L'idea della paternità era diventata un tiro alla fune mentale. Sarebbe stato bello avere un figlio a cui poter insegnare, ma...

Il pensiero di avere una figlia era terrificante. Come avrei potuto proteggerla in un mondo come il nostro? C'erano viscidi e pervertiti dietro molti volti sorridenti. Avevo arrestato così tante persone che avevano sorpreso i loro amici con la loro criminalità che avevo smesso di contarle.

Bastava guardare quei vermi del caso Boyle. Stark e Culver davano la caccia a ragazzine, e Papadakis, chi sapeva di cosa fosse capace? Persino i tizi che avevamo scagionato non erano dei campioni. Se mia figlia avesse mai portato a casa uno come loro, mi sarebbe venuto un colpo.

C'erano tanti uomini cattivi là fuori. Uomini che non volevano altro che sesso. Uomini che volevano dominare le loro mogli. Che avrebbero soppresso i loro sogni, ucciso la loro scintilla.

Le possibilità di trovare un bravo ragazzo erano scarse, e questo ammesso che il bambino fosse nato senza problemi di salute. Quello era un altro rischio, e in più Mary Ann non era così giovane come la maggior parte delle madri. Sapevo che le donne facevano figli più tardi, ma c'erano molte ricerche che confermavano i rischi che le madri più anziane dovevano affrontare.

Il mondo era troppo pericoloso e, unito all'età di Mary Ann, la mia mente propendeva contro l'idea della paternità mentre svoltavo su Crayton Court.

Larry Culver viveva in un ranch intonacato di bianco costruito negli anni Sessanta. La sua casa era sovrastata da due nuove abitazioni: un colosso marrone in stile mediterraneo e una slanciata casa costiera contemporanea, dipinta di grigio chiaro.

Infilandomi a forza un anello al dito, notai un padre che seguiva un bambino su una bicicletta con le rotelle. Il padre sorrideva come se suo figlio avesse scalato il Monte Everest. Il bambino fece un giro e si fermò davanti al loro vialetto.

«Papà! Papà, ce l'ho fatta!»

Il padre sollevò il figlio dalla bici. «Lo so. Vedi, puoi fare qualsiasi cosa!»

Sentii le mie guance allargarsi in un sorriso e applaudii. «Grande, grandissimo!»

Il bambino mi salutò con la mano, si liberò e tornò sulla sua bici. Assomigliava a Bert. Feci un pollice in su al padre e mi diressi verso la porta di casa di Culver.

Un gatto nero era raggomitolato su una sedia Adirondack, a godersi il sole. Aprì un occhio verde prima di riprendere il suo pisolino.

Il suono del campanello stava ancora risuonando quando la porta si aprì. Culver mi stava aspettando. Indossava una camicia bianca a maniche lunghe e un paio di pantaloni chino beige. Di sabato mattina? Sebbene un'ombra di borse spiccasse sotto i suoi occhi color nocciola, questi scintillavano ancora.

«Buongiorno, detective. Venga, entri.»

«Buongiorno.» Entrai in una casa con pavimenti in legno nuovi di zecca.

Una donna in abbigliamento sportivo entrò nel corridoio con in mano una tazza di caffè. «Buongiorno, gradisce una tazza di caffè?»

«Certo, grazie.»

La cucina aveva mobili che erano stati ridipinti di un bianco sporco e sormontati da un ripiano di marmo beige venato. Mentre sua moglie mi versava il caffè, un altro gatto, stavolta un soriano, saltò sul bancone.

«Scendi subito di lì, Fred.»

«Fred?»

«A Larry piace chiamare i suoi gatti Fred.»

Scriveva anche messaggi sotto i loro nomi?

«Non tutti. Ne ho avuti solo tre.»

«No, sono stati almeno quattro.»

«E va bene. Andiamo a sederci in veranda.»

Fui sorpreso dal grande lago a forma di mezzaluna. Non c'era da meravigliarsi che i suoi vicini avessero investito così tanti soldi nelle loro case.

«Bello qui. Ha un'ampia vista in entrambe le direzioni.»

«L'ambiente è magnifico. Siamo qui da quasi vent'anni, ma è cambiato.» Indicò la casa del suo vicino in stile mediterraneo.

Presi un sorso di caffè. «Come si suol dire, ogni medaglia ha il suo rovescio.»

Lui annuì e prese una sigaretta elettronica che era sul tavolo di vetro.

«Sono venuto qui dal Jersey, quindi non posso lamentarmi di nulla. A proposito, questo mi ricorda che ho visto il Suo diploma di laurea in ufficio. Lei è andato alla Rutgers, quindi sa tutto del New Jersey, vero?»

Soffiò una nuvola di vapore di lato. «Suppongo di sì.»

Non riuscii a percepire alcun odore dal vapore. «La Rutgers è un'ottima università. Persino la loro squadra di football è ad alti livelli di questi tempi.»

«È stata la scelta giusta. Ho passato alcuni dei miei anni migliori lì. Ci ho persino conosciuto mia moglie.»

«Allora deve avere un forte spirito di appartenenza a quella scuola.»

«Ero molto attivo, senza dubbio.»

«Io sono andato al John Jay.» Indicai l'anello della mia università. «Dov'è il Suo anello?»

Fece spallucce. «È passato tanto tempo. Non ho idea di dove possa essere.»

«Davvero?»

«Lavora il sabato mattina per indagare su anelli scomparsi?»

«Preferirebbe che parlassimo nella Sua scuola?»

Si accigliò e prese un sorso di caffè.

«Lei è stato insegnante, e ora preside della Barron High, per oltre trent'anni. Gliel'ho chiesto l'ultima volta che ci siamo incontrati e glielo chiedo di nuovo. C'erano membri del corpo docente coinvolti in relazioni inappropriate con gli studenti?»

«Quest'è un'accusa grave da insinuare, detective.»

«Non sto insinuando nulla. Le sto facendo una domanda diretta e mi aspetto una risposta onesta.»

La vena sulla sua tempia cominciò a pulsare. «Sono preside da quasi dieci anni e non sono a conoscenza di alcun comportamento del genere.»

«E per quanto riguarda i vent'anni precedenti?»

«A quel tempo non ricoprivo un ruolo dirigenziale. Il mio ruolo era puramente quello di insegnante.»

«Il suo collega, il signor Stark, era un insegnante, eppure lui, diciamo così, era più che informato.»

«Mi chiederà anche un campione di DNA?»

Stark e Culver avevano parlato. Che avessero un piano? «Desidera fornirne uno volontariamente?»

Fece un lungo tiro dal suo dispositivo. «Il Suo interesse per cose che potrebbero essere accadute molto tempo fa è sorprendente.»

«Perché lo trova sconcertante?»

«I termini di prescrizione per qualsiasi trasgressione che lei sembra pensare sia avvenuta sarebbero scaduti anni fa.»

Faceva il saputello. Ma conoscere la legge era un'ammissione di aver abusato della sua posizione di insegnante. Quale altro motivo c'era per conoscere i termini di prescrizione?

«È vero, ma non ci sono termini di prescrizione per l'omicidio.»

Non batté ciglio. «Crede davvero che Fred Stark abbia ucciso Debbie Boyle?»

Culver stava spostando l'attenzione su Stark? «Se Lei è a conoscenza di un legame e si rifiuta di divulgarlo, si renderebbe colpevole come minimo di ostruzione alla giustizia e forse di complicità in omicidio.»

Culver posò la sigaretta elettronica sul tavolo. «Io e Fred Stark lavoriamo insieme da più di trent'anni. È un brav'uomo e un buon insegnante, ma come tutti noi, non è perfetto.»

«Non perfetto? Si veste male? Dice troppe parolacce? O è un predatore sessuale?»

«Predatore? Non è l'uomo che conosco.»

Il mio allarme della vescica suonò. «Mi scusi, devo scappare, o farò tardi al mio prossimo appuntamento.»

Culver si alzò non appena pronunciai la parola "scappare". «Oh, allora è meglio che vada.»

Fece scorrere la porta-finestra e rientrò in casa. Lo seguii per un paio di passi prima di voltarmi. «Oh, ho dimenticato il telefono.» Tornai di corsa fuori, presi la sigaretta elettronica e la scambiai di posto con il mio telefono.

«L'ho preso.»

Culver aprì la porta di scatto e il gatto nero sfrecciò in casa passandogli tra le gambe. Portava sfortuna? E a chi?

50

APPENA SALITO IN MACCHINA, MANDAI UN MESSAGGIO A Derrick. Ci serviva un campione della calligrafia di Culver, e mi venne in mente che gli annuari scolastici avevano sempre una lettera firmata dal preside. Che i nuovi integratori per la memoria comprati da Mary Ann stessero funzionando?

Culver si sarebbe accorto che gli avevo preso il dispositivo prima ancora che arrivassi a Pine Ridge. Non mi importava: un'informazione era pur sempre un'informazione. Se la mia intuizione era giusta, mi sarei preoccupato più tardi di ottenere delle prove che potessero reggere in tribunale. Misi la sigaretta elettronica in un sacchetto per le prove e partii. Erano le dieci e quarantacinque. Potevo lasciare le prove al laboratorio della scientifica e arrivare al barbecue dei nostri vicini per le due.

Ogni sabato, il laboratorio della scientifica veniva sanificato. Entrando nell'atrio, l'odore di candeggina mi bruciò le narici. La reception era deserta. Mi registrai e suonai il campanello. Stavo per suonare di nuovo quando vidi Miller, un tecnico esperto, attraverso la stretta finestra della porta.

I bottoni inferiori del suo camice da laboratorio erano slacciati. Mentre si affrettava verso la porta, il fondo del camice sembrava la coda di una sirena. Quando mi vide attraverso il vetro, sul suo viso comparve un'espressione corrucciata. Le serrature scattarono e la porta si aprì.

«Detective Luca, cosa la porta qui di sabato?»

Mostrai il sacchetto. «Ho bisogno del profilo del DNA di questo al più presto. Poi, dovremo confrontarlo con il DNA del caso Boyle.»

L'espressione corrucciata tornò. «Il caso Boyle di venti-cinque anni fa?»

«Sì, Debbie Boyle, un'innocente diciassettenne brutal-mente pugnalata a morte a Delnor-Wiggins Park.»

Controllò l'orologio. «Non so se avrò tempo. Oggi lavo-riamo solo in due.»

«Mi dispiace, detesto chiederlo, ma siamo a un passo da una svolta nel caso.»

Scosse la testa. «È esattamente quello che ha detto il suo collega quando ha voluto, anzi, ha preteso, l'analisi di un campione di calligrafia.»

«Oh, non lo sapevo. Siete riusciti a fare l'analisi calli-grafica?»

«No. Ryan oggi non lavora.»

«Maledizione. Speravo di non dover aspettare fino a lunedì.»

Lui sorrise. «Dovrà aspettare di più; è in ferie fino a mercoledì.»

«Mercoledì? Sta scherzando?»

«Pazienza, detective. Dopotutto, è un caso vecchio; che fretta c'è?»

Avrei voluto chiedergli se gli sarebbe piaciuto dirlo alla madre della Boyle. «È andato via?»

«No. Un paio di suoi amici sono in città.»

«Okay, ma ho bisogno del profilo del DNA sulla sigaretta elettronica.»

Annuì leggermente e si voltò sui tacchi.

———

ERA MEZZOGIORNO PASSATO. Ryan era un golfista. Speravo con tutto me stesso che ai suoi ospiti piacessero gli orari di partenza anticipati. Ci avrei messo venti minuti per arrivare a casa sua a Naples Lakes. Stavo per chiamare Mary Ann, ma optai per un messaggio. Uscii dal parcheggio e mi diressi da Ryan.

Il tonfo del mio morale che crollava si sentì probabilmente fino in Maine. Ryan aveva portato il suo amico a La Playa per una partita di golf. Perché avrebbe dovuto pagare per una partita? Naples Lake era una comunità "bundled", il che significava che tutti dovevano pagare per il golf, che lo usassero o no.

Feci fatica a essere cortese con sua moglie. Uno dei loro ospiti veniva dal New Jersey e voleva discutere delle tasse che spremevano i suoi residenti. La voglia di fuggire dal Jersey era forte quasi quanto la sensazione che provavo ora. Adducendo un'urgenza di polizia, mi congedai.

Il traffico si era infittito ed era l'una e mezza passata quando svoltai su Immokalee. Girai a sinistra, attraversando il ponte dove avevamo trovato una delle vittime del serial killer che galleggiava in un canale di scolo. Accelerai verso il golf club.

La Playa aveva un hotel e uno stabilimento balneare

famosi su Vanderbilt Drive, ma non essendo un golfista, non ero mai stato al loro campo da golf. Mi diressi verso un edificio dove era parcheggiato un esercito di golf cart. Cercai Ryan con lo sguardo, ma con tutti che indossavano polo e pantaloncini colorati, avresti dovuto essere André the Giant per distinguerti.

C'era un'ampia terrazza all'aperto piena di golfisti in cerca di un rinfresco. Mi feci strada tra la folla, ma di Ryan nessuna traccia. Era ora di alzare il tiro.

Mostrare il distintivo al concierge suscitò un'espressione di preoccupazione e discrezione. Spiegai che un'importante questione di polizia richiedeva di localizzare Ryan, e il concierge chiamò un caddie, che si diresse verso le buche con i numeri più alti.

Arrivò una chiamata da Mary Ann. Mancavano un paio di minuti alle due. Rifiutai la chiamata, scrivendole un messaggio per dirle che l'avrei raggiunta a casa dei nostri vicini. Non rispose.

Ryan si tolse il cappellino da baseball, facendo una smorfia quando mi vide. Saltò giù dal cart, disse qualcosa al suo amico e indicò il bar.

«È meglio che sia importante, Luca.»

«Scusami, amico, ma ho bisogno che tu dia un'occhiata a una cosa per me sul caso Boyle.»

«Mi hai interrotto la partita per il caso Boyle?» Indicò il bar, dove era andato il suo amico. «Vedi quel tizio là? È stato il mio testimone di nozze, e non lo vedo da quasi dieci anni.»

«Mi dispiace, davvero. Non ci vorrà molto. Mi hanno detto che non saresti tornato prima di mercoledì, e non potrei resistere così a lungo.»

«Beh, dovrai fartene una ragione.»

«È solo un campione. Non ho bisogno di nulla di ufficiale, solo della tua opinione sul fatto che corrisponda o meno a chi ha scritto il messaggio sull'annuario.»

Mi fulminò con lo sguardo. «Okay, ma solo qualcosa di informale.»

«Grazie.»

Guardò l'orologio. «Siamo alla diciassettesima buca. Finiremo tra venti minuti. Troviamoci al laboratorio tra quarantacinque minuti.»

Mary Ann sarebbe stata furiosa, ma non potevo aspettare fino a mercoledì. Fu più facile mandarle un messaggio per dirle che avrei fatto tardi. Un secondo dopo aver premuto invio, rispose: «Come hai potuto? BILLY ti sta aspettando!». Avevo detto al ragazzino che avremmo giocato a palla insieme, insegnandogli a prendere le palle alte.

Erano le quattro e trentacinque quando aprii la porta a zanzariera della veranda coperta dei nostri vicini. Erano tutti seduti attorno a un tavolo pieno di frutta e dolci. Billy stava masticando un brownie. Sorrise quando mi vide e fece per alzarsi. Mary Ann scosse la testa, gli disse di restare e mi venne incontro.

Sussurrò: «Dove sei stato? Billy ti ha cercato tutto il pomeriggio.»

«C'è stata una svolta nel caso Boyle. La calligrafia sull'annuario è probabilmente di Culver.»

«Probabilmente? Hai deluso Billy per un 'probabilmente'?»

«No, non è... non è così.»

«E allora com'è?»

Risuonò la notifica di un messaggio mentre Billy arrivava di corsa con il guanto e la palla. Mary Ann disse: «Non avrei dovuto, ma ti ho tenuto un piatto. È in cucina.»

«Ehi, Billy! Scusami, amico. È sorto un imprevisto in un caso a cui sto lavorando.» Tirai fuori il telefono. Il messaggio era del laboratorio della scientifica.

51

LE DOMENICHE PASSAVANO SEMPRE IN FRETTA, MA QUELLA DI ieri no. Ero arrabbiato con Miller. Il suo messaggio diceva che non aveva avuto tempo per analizzare il DNA sulla sigaretta elettronica di Culver. Avevo commesso un errore a insistere con lui?

Avevo lasciato due messaggi in laboratorio prima di dirigermi al poligono di tiro. Se avessi rimandato ancora i requisiti per la ricertificazione, avrei perso il porto d'armi. Avevamo un bel poligono nel seminterrato dell'edificio, accanto alla stanza con la vasca per le prove balistiche.

Dopo essermi registrato, mi diedero due scatole di munizioni, delle cuffie antirumore e dei bersagli. Indossai le protezioni per le orecchie e mi fecero entrare nella camera di tiro con un cicalino. Un solo agente stava sparando qualche colpo nella postazione centrale. La mia abilità con la pistola era sempre stata buona, ma per qualche motivo ero solo un discreto tiratore con il fucile.

Trattenendo il respiro, premetti il grilletto per il primo colpo: centro perfetto. Sette dei miei primi otto colpi finirono in pieno centro. Ricaricai e sparai in rapida successione. Fu bello concentrarsi sul tiro. Cambiai i bersagli, mettendone uno a sagoma umana. Mirai e colpii entrambe le ginocchia. Poi passai a ciascuna delle spalle. Di nuovo due su due.

L'armaiolo commentò la mia performance all'altoparlante, e io gli feci un pollice in su. Riavvolgendo il bersaglio, sapevo di essere in giornata e avrei voluto portare con me un fucile. La giornata era iniziata bene. La domanda che mi frullava in testa mentre salivo le scale era se sarebbe continuata così.

———

APPENA MI SEDETTI, Derrick disse: «Come ti è andata?»

«Solo centri perfetti.»

«Davvero?»

«Già.» Il cellulare vibrò. Lo tirai fuori. Era Miller del laboratorio. Mi alzai e risposi. Ascoltando, strinsi il pugno in segno di vittoria.

Quando glielo dissi, Derrick balzò dalla sedia e disse: «Arrestiamo quel bastardo!»

«Aspetta.»

«Aspetta? Lo abbiamo in pugno.»

«Dovremo spremerlo il più possibile. Ieri ho parlato con il procuratore distrettuale, ed è molto preoccupato di ottenere una condanna, anche con la corrispondenza del DNA sull'unghia.»

«Perché?»

«Primo: è una prova di venticinque anni fa che non è stata catalogata e la difesa sosterrà che è stata piazzata. Secondo: non possiamo collocarlo sulla scena del crimine.

Terzo: il movente è circostanziale. Mi ha dato meno del cinquanta per cento di probabilità di ottenere una condanna e ha detto di non arrestarlo a meno che non otteniamo di più.»

Dickson disse: «Ma sappiamo che l'ha presa di mira.»

Annuii. «Lo so. Alla fine, più elementi abbiamo, più facile sarà ottenere una condanna. Se lo arrestiamo adesso, si prenderà un avvocato.»

«Cosa facciamo?»

«Voglio parlargli prima che si trovi un avvocato. Vediamo se ci dà qualcosa.»

«Amico, non vedo l'ora. Lo faremo qui, vero?»

«No. Si prenderebbe un avvocato se lo portassimo qui. Sto cercando di decidere se farlo a casa sua o a scuola.»

«Io dico a scuola. Se andiamo lì, se la farà sotto dalla paura.»

«Abbiamo bisogno che sia il più rilassato possibile. Lo faremo a casa sua. Avremo più possibilità di cavargli qualcosa.»

———

IL SOLE SPLENDEVA, ma c'era un'aria frizzante. Era la prima settimana di febbraio e non era strano che facesse fresco, specialmente al mattino. Derrick suonò il campanello e io mi girai verso il sole.

Culver aprì la porta. L'unica cosa fresca di lui era la camicia. Era evidente che la notte prima non avesse dormito molto. Guardò noi e poi il suo orologio. Culver voleva che andassimo dopo che sua moglie fosse uscita per una lezione di yoga. Avevo acconsentito, ma volendo che sua moglie aggiungesse pressione, mi rimangiai la parola.

«Entrate pure.» Lo seguimmo in cucina. «Gradite un caffè?»

Dicemmo di no all'unisono mentre sua moglie entrava tenendo in mano un tappetino arrotolato. «Va tutto bene, Larry?»

«Sì, solo alcune faccende della scuola, tutto qui.»

«Okay, ci vediamo dopo.»

Culver diede un bacio a fior di labbra sulla guancia della moglie e ci disse: «Sediamoci qui; il sole non ha ancora riscaldato l'ambiente.»

Io dissi: «Dategli un'ora. Si arriverà sopra ai venti gradi.»

Culver tirò fuori una sigaretta elettronica rossa. «Per cosa voleva vedermi? Per il signor Stark?»

«No. Lei ha insinuato che Peter Morgan fosse un insegnante che potrebbe aver avuto una relazione con una studentessa. Era un depistaggio?»

Fece un lungo tiro, girò la testa ed espirò il fumo. «Niente affatto. Lei mi ha chiesto chi avrebbe potuto fare una cosa del genere e lui mi è venuto in mente. Era popolare con le ragazze.»

«Beh, è strano, perché lui ha detto che quelli popolari eravate lei e Larry Stark.»

«Davvero? Ha detto così?»

«Ha anche detto di credere che lei avesse una relazione con Debbie Boyle.»

Culver fece roteare il dispositivo per fumare tra le dita. «Cosa gli avrebbe dato questa impressione?»

«Morgan ha detto di avervi visti da soli in un'aula, e che la Boyle stava piangendo.»

«Oh, sì, me lo ricordo. Era turbata per l'assenza di suo padre. Forse era il suo compleanno.»

«Anche Muriel Tulch vi ha visti sotto le gradinate prima di una partita di football.»

Fece un tiro. «Non ho alcun ricordo di ciò.»

«Si ricorda di aver scritto un messaggio sull'annuario della Boyle?»

«Assolutamente no.»

«Ne è sicuro? Il nostro perito calligrafo ha detto che il messaggio lasciato sotto il nome di Fred corrisponde alla sua calligrafia.»

«Non può essere.»

«I tabulati telefonici documentano nove chiamate tra casa sua e casa Boyle. Perché la chiamava?»

«Non ricordo di averla chiamata, ma se l'ho fatto, era per questioni scolastiche.»

«Ma a quel tempo non era una sua alunna.»

«Ogni tanto mi chiedeva aiuto.»

«Aveva una relazione con Debbie Boyle?»

«No.»

«Come spiega il fatto che Debbie Boyle avesse il suo anello della Rutgers?»

«Davvero? Come? Non capisco come possa dire che fosse il mio anello. La Rutgers ha migliaia di studenti. Anche Frank è andato alla Rutgers. Probabilmente è il suo.»

«C'è sopra il suo DNA.»

«Ciò non prova nulla. Probabilmente me l'ha rubato dalla scrivania. Le dita mi si gonfiano e ogni tanto me lo toglievo.»

«Come spiega la presenza del suo DNA sotto l'unghia di Debbie Boyle quando è stata uccisa?»

Il suo viso divenne inespressivo, ma si riprese in fretta. «Non ne ho idea. Forse ce l'avete messa voi, proprio come mi avete rubato la sigaretta elettronica. A proposito, mi siete costati quaranta dollari.»

«Non Le serviranno soldi dove sta andando.»

«È una minaccia, detective? Dirò al mio avvocato che mi avete derubato e che mi state minacciando.»

«Parlerò molto volentieri con il suo avvocato.»

«Guardi, questo è un caso vecchio e nessuna di queste accuse reggerà in un'aula di tribunale.»

«Forse no, ma Le garantisco che una volta che la scuola verrà a sapere di tutto questo, per Lei sarà finita.»

«La scuola mi sosterrà. Combatterò queste accuse. Non ci sono prove.»

«Mostreremo loro la lettera d'amore che abbiamo trovato nella stanza di Debbie, quella che Lei le aveva scritto.»

Culver strinse gli occhi e si alzò. «È ora di andare, signori.»

52

«Ancora non ci credo che gli hai tirato fuori quella storia della lettera d'amore. Quando l'hai detto, pensavo che avessi un asso nella manica.»

«Non lo farei mai.»

«Culver sembrava che stesse per morirci lì sul posto.»

«Ha retto il colpo meglio di quanto mi aspettassi, ma ha avuto l'effetto desiderato. Stai sicuro che ora sta impazzendo.»

«Mi è piaciuto un sacco, ma» si chinò verso di me «possiamo davvero fare cose del genere? Mentire a un sospettato?»

«E perché no? Loro ci mentono di continuo.»

«Vero, ma ai tribunali va bene?»

«Tu puoi fare una dichiarazione e loro possono confutarla. Puro e semplice.»

«Ha senso.»

«Ci puoi scommettere. Era una cosa che non si sarebbe mai aspettato e resterà sveglio tutta la notte a cercare di capire cosa possa aver scritto lei.»

«Non sapere è la cosa peggiore. Ti fa impazzire.»

«Ci serve un modo per mettere ancora più pressione a Culver. Se ci riusciamo, potrebbe cedere.»

«A cosa pensi?»

«Secondo me è andata così: lui l'ha messa incinta e lei voleva tenere il bambino oppure rendere pubblica la loro relazione. Questo avrebbe distrutto Culver; sarebbe finito in prigione per aver fatto sesso con una minorenne. Così, la affronta, la minaccia. La loro lite degenera e lui la pugnala a morte. Ha usato un coltello. Potrebbe non essere stato del tutto premeditato, ma non c'è dubbio che ci fosse dolo.»

«Esatto, Frank. Stai pensando di offrirgli un patteggiamento per omicidio preterintenzionale?»

«Mi piacerebbe, solo per vedere come reagisce, ma non è una mia decisione. Culver deve sapere che siamo seriamente intenzionati a incriminarlo. Vado a sentire al piano di sopra, ma forse è ora di portarlo qui.»

«Quando pensi di farlo?»

«Domani. Andrò a parlare con il procuratore, poi chiamerò Culver.»

———

CHIAMAI LA SCUOLA DUE VOLTE, ma mi dissero che Culver era impegnato. La terza volta, dissi alla receptionist che se non me lo avesse passato al telefono, sarei andato a parlargli di persona. E infatti, Culver rispose.

«Detective Luca, sono molto impegnato. Questa settimana siamo nel pieno degli esami di metà semestre.»

«Non ci vorrà molto, signor Culver. Domani mattina dovrà venire qui. Alle nove in punto.»

«Venire qui?»

«Sì, all'ufficio dello sceriffo.»

«Ma perché? Abbiamo già parlato.»

«Il procuratore distrettuale vuole parlarLe.»

«E di cosa?»

«Non ne sono del tutto sicuro, ma forse per offrirLe un patteggiamento, sa, da omicidio di primo grado a omicidio preterintenzionale.»

«Oh mio Dio, no.»

«Non ne ho la certezza, ma Le consiglio di trovarsi un avvocato. Se non può permettersene uno, credo che la contea gliene fornirà uno d'ufficio.»

————

IL GIORNO dopo si preannunciava interessante. Le preoccupazioni del procuratore sulla vetustà delle prove e sulle circostanze del ritrovamento del frammento di unghia erano state superate dal sostegno dello sceriffo Chester alla convocazione di Culver.

Verso la fine della giornata, fui sorpreso di non aver ancora saputo se Culver si fosse procurato un avvocato. La cosa mi insospettì e mi aspettavo di ricevere una fregatura la mattina dopo con un suo rifiuto a comparire.

Per quanto fastidiosa potesse essere una richiesta di rinvio, mi costrinsi ad accettarla. Se la signora Boyle aveva potuto aspettare venticinque anni, io potevo aspettare un altro paio di giorni.

Con la mano sull'interruttore della luce, il telefono squillò. Afferrai la cornetta e ascoltai. Era appena cambiato tutto.

53

Una piccola folla si era radunata nel vialetto attorno a una donna che singhiozzava in modo incontrollabile. Due agenti in uniforme erano di guardia vicino alla porta d'ingresso. Firmai il registro e indossai guanti e calzari.

«Dov'è il corpo?»

«Nel garage. È sulla sinistra.»

Entrai in casa e chiusi la porta, proprio mentre la donna emetteva un urlo straziante. La prima porta era quella della lavanderia. Feci una pausa, mi feci coraggio e aprii la porta del garage. Entrando, un'ondata di calore e nausea mi travolse.

Una corda pendeva dall'apertura della soffitta. Era legata attorno al collo di un uomo che mi dava le spalle.

L'immagine di Barrow, il ragazzo innocente che si era impiccato la sua prima notte in cella, mi inondò la mente. Il mio primo caso tornava a perseguitarmi. Scacciai via quel pensiero e girai attorno al corpo.

La caduta non era stata abbastanza lunga da spezzargli il

collo. Larry Culver era morto di una morte atroce, per strangolamento. Deglutii a fatica e feci un passo avanti.

Culver, in pantaloncini e polo blu, dondolava in modo quasi impercettibile. Non c'era dubbio che fosse morto. Gli palpai una gamba: era fredda, ma senza alcun segno di rigor mortis. Era morto da un paio d'ore, non di più. Quanto tempo dopo la mia telefonata? Una punta di senso di colpa mi sfiorò la mente per un istante. Culver era responsabile della propria morte, non io.

Era difficile guardarlo in faccia. Girai intorno al corpo. Un pezzo di carta spuntava dalla sua tasca posteriore. Un biglietto d'addio? Afferrai una scala a pioli che aveva usato e la appoggiai vicino a Culver. Nel tirare fuori il foglio, il corpo di Culver arrivò a un paio di centimetri dal mio viso. Era normale che a un detective della Omicidi venisse la pelle d'oca?

Aprii il biglietto. Era indirizzato a sua moglie e a sua figlia. Mi ero dimenticato della figlia. Facevo proprio uno sporco mestiere.

Mie carissime Marilyn ed Emily,

Spero che possiate trovare nei vostri cuori la forza di perdonarmi.

Lasciarvi è la cosa più difficile che abbia mai fatto.

Purtroppo, mi è impossibile continuare a vivere, sapendo il dolore che vi ho causato e la vergogna che ho gettato su me stesso e sulla mia amata scuola.

Anche se è difficile da capire, la mia decisione di lasciare questo mondo è la cosa migliore per tutti noi.

Non sto cercando di minimizzare le mie azioni, ma sappiate che è stato un incidente e che la mia indiscrezione con Debbie Boyle è stata un caso isolato.

Con tutto il mio amore, Lawrence

Lo lessi due volte. Era stato un codardo o aveva scelto la via più coraggiosa? In ogni caso, con il suo desiderio di evitare il disonore, mi aveva fatto un favore. Un avvocato difensore esperto avrebbe avuto buone possibilità di farlo assolvere a un processo.

Dovevamo verificare che non si trattasse di un omicidio, ma sembrava proprio un suicidio. Feci una foto del biglietto di Culver e imbustai l'originale. La signora Culver aveva il diritto di vedere quel biglietto, ma era una questione delicata. La famiglia di Culver era innocente e non si sarebbe guadagnato nulla rendendo pubblico il motivo per cui Larry Culver si era tolto la vita.

Avrei lasciato allo sceriffo la decisione sulla divulgazione delle informazioni. Avrei interrogato la signora Culver e le avrei mostrato il biglietto. Come ho detto, facevo proprio uno sporco mestiere. Il medico legale non sarebbe arrivato per un po', così saltai sulla Jeep.

————

IL SORRISO della signora Boyle svanì all'istante. I suoi occhi scrutarono il mio viso mentre stavo sulla soglia. Sapeva, e io annuii in segno di conferma.

Si fece da parte, dicendo a bassa voce: «Prego, entri».

Ci dirigemmo dritti verso i suoi divani. Io guardavo una foto di Debbie su delle montagne russe, lei che chiedeva: «Chi è stato?»

«Crediamo sia stato Larry Culver, un insegnante e ora preside della Barron High.»

«Ne è sicura?»

«Sì, abbiamo delle prove. Anche se alcune sono circostanziali, sono convinto che sia stato lui.»

«Quel bastardo. Lo uccido con le mie mani…»

«Non ce ne sarà bisogno; si è suicidato.»

«Cosa?»

«Si è impiccato nel suo garage un paio d'ore fa.»

«Quindi, era anche un maledetto codardo?»

Feci spallucce. «Ha lasciato un biglietto in cui faceva riferimento a sua figlia, ma non era una confessione esplicita. Crediamo che Culver e sua figlia avessero una relazione sentimentale che includeva rapporti sessuali.»

Le sue spalle si afflosciarono. «Come ha potuto?»

«È disgustoso, e non era l'unico.»

«Vuol dire che la mia Debbie aveva un'altra, uhm, relazione con un altro insegnante?»

«No, no. Intendevo dire che abbiamo scoperto altri casi di condotta impropria che coinvolgevano altri studenti e insegnanti. Non era una cosa limitata a sua figlia.»

Scosse la testa. «Incredibile, davvero. Come diavolo è potuto succedere?»

Non avevo una risposta, ma cavolo, se ero contento di non essere stato nei paraggi a quei tempi. «Mi dispiace.»

«Perché mia figlia è stata l'unica a finire uccisa?»

«Crediamo che stesse per rivelare la loro relazione o che fosse rimasta incinta di Culver e volesse tenere il bambino.»

La sua testa crollò e scoppiò a piangere. Le porsi una scatola di fazzoletti e cercai di consolarla. Avrei voluto che Mary Ann fosse lì e di non dover parlare con la signora Culver dopo questo incontro.

———

ERA STATA una giornata terribilmente intensa: due famiglie distrutte in poche ore. Era tardi ed ero esausto, ma questa era la mia ultima visita prima di tornare a casa. Premetti con forza il campanello e la porta si spalancò. Gli occhi di Fred Stark si sgranarono.

Dissi: «Venga fuori».

Esitò prima di fare un solo passo avanti. Gli afferrai il polso e lo trascinai sul vialetto. Stark sembrava sul punto di vomitare. Avvicinai il mio naso al suo, a un paio di centimetri di distanza.

«Domattina, Lei andrà alla Barron High e presenterà le sue dimissioni. Se ne andrà domani. Se vuole la sua pensione, faccia come le dico. Mi ha sentito?»

Stark annuì.

«Se resta oltre l'ora di pranzo, giuro che farò finire la sua storia sui giornali e non otterrà nulla. Se qualcuno le chiede il perché di questo improvviso cambio di idea, dica che è per il suicidio di Culver. Allora, cosa farà domani?»

«Ma cosa, cosa dirò a mia moglie?»

«Non mi importa un accidente di cosa le dirà. Si assicuri solo di fare come le ho detto, o se ne pentirà come non mai in vita sua.»

54

Era passata una settimana da quando Culver si era impiccato. Avrei dovuto sentirmi soddisfatto per aver risolto un caso irrisolto, ma non era così. Chester si era pavoneggiato e la cosa mi aveva fatto incazzare. L'unica cosa positiva era stata approfittare di Chester per convincerlo a fare pressione per una perquisizione del garage di Papadakis.

Ero disgustato dal fatto che l'attenzione fosse concentrata sullo scandalo sessuale e non sull'omicidio di Debbie Boyle. Avevamo davvero bisogno di un'ulteriore prova che il sesso vende?

I media erano passati a un focolaio del morbo del legionario al casinò di Immokalee, ma nel distretto scolastico della contea si stavano profilando dei cambiamenti. Dopo una tumultuosa udienza pubblica, erano state messe a punto nuove regole che disciplinavano l'interazione tra studenti e insegnanti ed era stata approvata l'autorizzazione a finanziare l'installazione di telecamere in ogni scuola.

Mi stavo chiedendo se fosse abbastanza, quando il mio telefono squillò.

«Signora Boyle, come sta?»

«In realtà, sto molto meglio, detective Luca.»

«Mi fa piacere sentirlo.»

«Volevo solo ringraziarLa per tutto quello che ha fatto per Debbie. Senza di Lei, non avremmo mai saputo cosa le è successo.»

«La ringrazio, signora. È il mio lavoro, e il minimo che potessimo fare per voi.»

«Beh, io e Brian lo apprezziamo, davvero.»

«Sono felice che siamo riusciti a risolvere il caso, ma vorrei che non fossero passati così tanti anni.»

«So di averLe detto che non sarebbe cambiato nulla, ma devo dirLe che invece è cambiato. Sento di poter provare ad andare avanti, ora. Anzi, sto pensando di trasferirmi in un posto più piccolo, più vicino al mare.»

«Mi sembra un'ottima idea. Una casa nuova, un nuovo inizio. Sono sicuro che andrà tutto per il meglio.»

———

DUE VALIGIE aperte erano sul pavimento della nostra camera da letto. Due bagagli per quattro giorni? Non volevo nemmeno andare a Key West. Non pesco, e abbiamo spiagge stupende proprio qui. L'unica cosa che mi impediva di perdere le staffe era la vestaglia rosa in cima a una pila di vestiti.

«Cosa stai facendo, Mary Ann?»

«Sto facendo le valigie. Non ti ho sentito entrare.»

«Pensi di avere abbastanza vestiti?»

«Non le prendo entrambe, Frank. La cerniera di quella marrone è rotta.»

«Oh.» Trattenere la lingua ogni tanto aveva i suoi vantaggi. «Mi ha chiamato la signora Boyle, poco prima che uscissi.»

«Cosa ha detto?»

«Voleva ringraziarmi. Ha detto che proverà ad andare avanti con la sua vita, forse si trasferirà persino da quella casa.»

«Non capisco come si possa vivere nello stesso posto. È un promemoria costante.»

«Lo so. È bello vederla provarci.»

«Oh, hai visto la foto sul bancone?»

«No, quale foto?»

«Quella che Bert ha fatto per te. L'ho fatta incorniciare. È carinissima. Gli hai fatto davvero una grande impressione.»

Uh-oh. È il suo modo di introdurre l'argomento di avere un figlio? Non posso avere un paio di giorni di ferie prima di dover iniziare a prendere decisioni che cambiano la vita?

«Grazie. La porterò in ufficio quando torniamo.»

«A che ora vuoi partire domani?»

«Non so, forse alle otto? Arriveremo verso le due.»

«Perfetto. Vado a preparare la cena.»

«Okay.»

Mentre Mary Ann mi passava accanto, il mio cellulare squillò. Lo tirai fuori. «Uh-oh.»

«Che succede?»

«È Chester.»

Con le mani sui fianchi, disse: «Stiamo andando in vacanza. Non mi interessa cosa sta succedendo.»

«Pronto, sceriffo.»

«Salve, Frank. È sorto un problema.»

«Di che si tratta, signore?»

«Avevi ragione su Papadakis. La cassa conteneva le icone scomparse.»

———

GRAZIE PER AVER DEDICATO del tempo a leggere *Un caso freddo e difficile*. Se vi è piaciuto, per favore, prendete in considerazione l'idea di parlarne con un amico o di pubblicare una breve recensione. Il passaparola è il migliore amico di un autore. Grazie, Dan

Dan ha una newsletter mensile che presenta i suoi scritti, articoli sulla costruzione dell'autostima e della fiducia in sé, oltre a pezzi didattici sul vino. Mette in risalto anche i libri di altri autori che sono in vendita. Iscrivetevi su www.danpetrosini.com.

Dan è un autore di bestseller per USA Today e Amazon che ha scritto la sua prima storia all'età di dieci anni e ama raccontare storie o barzellette.

Dan trae le idee per le sue storie esplorando la domanda: e se?

In quasi ogni situazione in cui si trova, Dan si chiede cosa succederebbe se accadesse questo o quello. E se questa persona morisse o facesse qualcosa di insolito o illegale?

Questo suo continuo lavorio mentale fornisce a Dan abbondante materiale da intrecciare in storie interessanti.

Amante di libri e film con colpi di scena e difficili da prevedere, Dan costruisce le sue storie in modo da impedire ai lettori di indovinarne lo svolgimento. Scrive ogni giorno, forzando le parole a uscire quando necessario, e a oggi ha scritto più di venticinque romanzi.

Non è una questione di voler scrivere, per Dan è semplicemente una necessità.

Dan crede fermamente che le persone possano realizzare i propri sogni se si concentrano e agiscono, ed è proprio ciò che incoraggia a fare.

Il suo detto preferito è: «Il prezzo della disciplina è sempre inferiore al costo del rimpianto»

Dan ricorda alle persone di eliminare la negatività dalle proprie vite. Crede che sia contagiosa e consiglia di stare alla larga dalle persone negative. Sa che avere una mentalità autentica e positiva dà la sensazione che la vita sia truccata a proprio favore. Quando si sente giù, si dice: «Non si può avere una bella giornata con un brutto atteggiamento».

Sposato, con due figlie e un Maltese bisognoso di attenzioni, Dan vive nel sud-ovest della Florida. Originario di New York, Dan ha insegnato nei college locali, scrive romanzi e suona il sassofono tenore in diverse jazz band. Beve anche decisamente troppo vino e non si prende mai, e poi mai, troppo sul serio.

Pubblica una newsletter bimensile con articoli, i suoi scritti e offerte speciali e occasioni imperdibili.

Iscriviti su www.danpetrosini.com